Le prix de ton corps

LEDA

SWANN

LES SŒURS CLEMENS – 1

Le prix de ton corps

Traduit de l'anglais (Nouvelle-Zélande)
par Catherine Frémov

J'AI LU

Titre original
THE PRICE OF DESIRE

Éditeur original
Avon Red, an imprint of HarperCollins Publishers, Inc., New York

1

Avec un sourire figé, Caroline Clemens posa un regard belliqueux sur les invités.

Si elle tremblait de peur en son for intérieur, elle s'interdit d'en rien laisser paraître. Le moindre signe de faiblesse déclencherait l'hallali. Elle ne leur offrirait pas la satisfaction de s'effondrer devant eux. Elle surmonterait les potins malveillants de ces vieilles filles qui l'avaient toujours enviée, mais aussi les fausses condoléances de ces prétendus amis venus se régaler de ses malheurs.

Le Ciel lui vienne en aide, en cette fin d'après-midi, elle pourrait presque supporter la compassion des quelques rares personnes qui l'aimaient vraiment.

Elle promena les yeux sur l'assemblée colorée qui lui faisait face, s'arrêtant sur la vareuse rouge et or du capitaine Bellamy. Lui, au moins, l'aimait bien. Peu lui importait que la famille de Caroline soit ruinée. La semaine précédente, alors que des rumeurs commençaient à courir sur leurs difficultés financières, il lui avait juré de l'aimer même si elle devenait pauvre.

Cet empressement l'avait d'abord fait sourire mais, à présent, elle s'accrochait à ce souvenir. La semaine dernière, elle croyait encore qu'il lui faudrait juste se passer des gants de chevreau dont elle avait besoin puisque les anciens étaient usés et tachés. Aujourd'hui, elle devait affronter la cruelle vérité : c'était la déchéance. Complète, irrémédiable.

À la fin du mois, la maison de Mayfair et tous les meubles seraient vendus aux enchères. Après la mort prématurée de son père, il ne leur restait rien pour vivre. Rien.

N'était son mariage imminent avec le capitaine Bellamy, elle et ses jeunes frère et sœurs seraient bons pour l'hospice des pauvres. Elle frémit. Inutile de s'étendre sur les horreurs de ces ateliers de travail forcé, leurs uniformes rêches, les maigres repas qui permettaient à peine de survivre, les maladies qui vous emportaient quand la faim et l'épuisement n'avaient pas déjà eu raison de vous. Le capitaine allait leur épargner cette vie misérable. Les sauver tous.

Tandis qu'elle parcourait la foule du regard à la recherche de son sauveur, son attention s'arrêta sur un autre homme. Un inconnu. De quoi déjà la surprendre. Rares étaient les inconnus qui parvenaient à s'immiscer dans la société très fermée des banquiers de Londres à laquelle sa famille appartenait. S'ils ne prenaient que des risques très mesurés dans leurs transactions, lorsqu'il s'agissait des relations de leurs épouses ou de leurs filles, ces hommes d'affaires éliminaient tous les aléas possibles. Seules les personnes les plus respectables étaient autorisées à les fréquenter au cours des rares soirées qu'ils donnaient.

Caroline s'autorisa un sourire narquois. À n'en pas douter, ces personnes respectables l'observaient avidement du coin de l'œil, salivant à l'idée de la mettre en pièces.

L'inconnu capta son sourire, apparemment persuadé que cela lui était destiné. Il le lui rendit, tout en haussant un sourcil gentiment interrogateur.

Caroline retint son souffle. Quand il souriait, le visage de cet homme de toute évidence convenable se métamorphosait en une invitation au péché. La lueur de malice dans ses prunelles semblait promettre des délices auxquelles elle n'osait songer. Son teint mat, buriné par le soleil, étrangement décalé dans l'automne anglais, ne la surprenait plus ; elle y voyait plutôt toutes sortes de mystères dangereusement séduisants.

Il s'avança vers elle, comme pour clamer son droit de faire sa connaissance. Bien qu'affublé de ce morne costume noir porté par tous les messieurs présents dans la salle, il se déplaçait d'un mouvement souple et élégant, avec la puissance tranquille d'un tigre. Et, tel un tigre, il dégageait une dangereuse énergie tout en suscitant chez les autres une envie folle de le caresser.

Cependant, c'étaient encore ses yeux qui la fascinaient le plus, qui l'hypnotisaient. Au point qu'elle ne pouvait s'en détourner. Et il semblait faire exprès de la regarder fixement, comme pour l'empêcher de bouger alors qu'il s'approchait.

— Nous nous connaissons, je crois ?

Il possédait une voix grave et profonde, qui l'enveloppa de son ampleur. Malgré une diction parfaite, il s'exprimait avec un doux accent et roulait un peu les R.

Toujours incapable de détacher son attention de ces iris d'un brun profond, elle secoua la tête.

— Je ne pense pas.

Elle avait la gorge tellement sèche que c'en était difficile de parler.

— Dans ce cas, permettez que je me présente.

Elle acquiesça d'un mouvement léger. La présence de cet homme produisait sur elle l'effet d'une drogue. Même si elle n'avait pas voulu faire sa connaissance, elle aurait été incapable de lui refuser quoi que ce soit.

Il se pencha vers sa main.

— Dominic Savage, à votre service.

Du bout de la langue, elle s'humecta la lèvre inférieure tandis qu'il effectuait un petit salut, mais il eut le temps de surprendre sa réaction et son sourire s'élargit.

— Caroline. Ca… Caroline Clemens, répondit-elle en énonçant étourdiment son nom complet.

Elle se sentait trop grisée pour réfléchir correctement.

Il haussa les sourcils.

— Auriez-vous un lien de parenté avec Isaac Clemens ? Celui qui vient de…

Bien qu'elle ne puisse se libérer de son emprise, une sourde colère s'empara d'elle devant l'expression dégoûtée qu'il lui opposait soudain.

— En effet, dit-elle froidement.

Elle savait très bien comment il allait réagir. Les revers de fortune de son père avaient dû parvenir aux oreilles de ce monsieur, cependant elle n'aurait pas cru que quiconque puisse se montrer assez mal élevé pour en faire mention devant elle.

— Je vois.

Il plissa les paupières, ce qui permit à Caroline de s'arracher enfin à son pouvoir sur elle. Écartant imperceptiblement la tête, elle put échapper au danger de tomber dans le piège fatal de ces yeux. Quelque étrange pouvoir qu'il exerçât sur elle, elle ne s'y laisserait pas prendre une seconde fois. Jamais plus elle ne le regarderait en face.

Ah ! Justement, elle repéra le capitaine au fond de la salle, lancé dans une conversation animée avec Kitty Earnshaw, le rouge éclatant de sa vareuse se détachant sur la foule en noir et blanc. À le voir ainsi, Caroline éprouva l'impression d'un vent frais sur son esprit embrumé de lourds parfums. Cela lui rendit les idées plus claires.

— Veuillez m'excuser, lança-t-elle avec une royale désinvolture à M. Savage.

Maintenant qu'il connaissait son nom de paria dans ce monde de riches banquiers et autres hommes d'affaires, nul doute qu'il espérait la voir s'éloigner de lui. Bon moyen de ne pas poursuivre une conversation qu'il avait amorcée sur un coup de tête.

Quant à elle, elle n'allait pas regretter ce genre de malotru. Avec de telles manières, il portait bien son nom : un vrai sauvage.

— Certainement pas.

Battant des cils, elle s'immobilisa.

— Je vous demande pardon ? Y verriez-vous une objection ?

— Je ne vous laisserai pas partir aussi vite. J'avais envie de vous parler.

Elle risqua un coup d'œil oblique vers lui et constata que son expression dégoûtée avait fait place à une évidente curiosité.

— Que désiriez-vous me dire ?

— Que vous êtes une belle femme et que je ne connais pas Londres. Dès lors, comment s'étonner que j'aie envie de passer un agréable moment à discuter avec vous ?

Fallait-il qu'il soit étranger à cette société pour se montrer aussi amical avec la fille d'un banquier ruiné !

— Même si vous savez qui je suis ?

Ignorait-il donc que l'infortune de sa famille risquait de gâter tout ce qu'elle touchait ?

— Surtout parce que je le sais.

Il lui prit la main, la plaça au creux de son bras.

— Allons, racontez-moi quelque chose. Distrayez-moi de cette sinistre soirée.

Le contact de ce bras sous la paume gantée de Caroline lui donna l'impression qu'un fleuve de lave parcourait ses veines.

— Je crains de n'être qu'une triste compagne.

Il fallait qu'elle parle au capitaine, sans gâcher ces précieux moments avec un inconnu qui lui mettait les sens en feu.

— Dans ce cas, permettez que je vous distraie.

Sa voix glissait sur elle comme une caresse, et son timbre grave la picotait jusqu'au creux du ventre.

— Voilà trop longtemps que j'avais quitté la Grande-Bretagne. Je rêvais de retrouver la compagnie des femmes anglaises.

Elle ne tenait aucunement à se prêter aux exigences d'un inconnu, pas plus que lui offrir le divertissement qu'il réclamait. D'autant qu'il provoquait chez elle un effet trop déroutant.

— Je doute que vous puissiez me raconter quoi que ce soit d'intéressant, laissa-t-elle tomber sèchement.

Ce qui eut pour effet de le faire sourire.

— Ne devriez-vous pas m'écouter un peu avant de juger ?

— Inutile d'écouter le diable pour savoir qu'il ment.

Elle voulut s'éloigner, mais il la retint par la main.

— Bien vu !

Son brusque éclat de rire la fit sursauter.

— Quoiqu'il ne soit pas très poli de votre part de me comparer à ce vieux dépravé, précisa-t-il. Je voulais juste vous dire à quel point je vous trouvais belle, à quel point j'admirais vos yeux verts comme des émeraudes et votre teint si éclatant à la lumière des lampes.

Jamais un honnête homme ne lui adresserait de compliments aussi extravagants.

— Ne vous fiez pas aux apparences…

Elle laissa le dernier mot résonner sur une pause insultante, profitant de cet instant pour tâcher furtivement de voir où se trouvait le capitaine. Celui-là au moins était un honnête homme, qui n'irait jamais comparer ses yeux à des émeraudes ni retenir sa main contre son gré.

Il était toujours là-bas, coincé au fond de la salle avec Kitty. Étonnamment, il n'avait pas remarqué la présence de Caroline et ne s'était pas précipité à sa rencontre.

— Qui cherchez-vous avec une telle insistance ? s'enquit M. Savage. Votre amoureux se serait-il égaré ?

Il suivit son regard avant d'ajouter :

— Ah ! Le beau capitaine dans son grand uniforme adorerait-il une autre déesse ? Est-ce donc ce qui vous rend si mordante ?

— Pas du tout… Je veux dire… je ne suis pas… Oh ! Je ne vous répondrai pas !

— Ce n'est pas une bien grande perte. Un homme qu'on dit endetté jusqu'au cou, à la recherche d'une riche épouse. Une femme telle que vous peut espérer mieux.

Sa grossièreté n'avait d'égales que son arrogance et son ignorance.

— Vous, par exemple ? demanda-t-elle, l'air incrédule.

— Certainement. Je serais ravi de prendre la place du capitaine.

Du bout des doigts, il lui effleura la joue.

— Il fera appel à ses relations dans le monde aristocratique pour harponner une femme richement dotée, et n'aura plus le temps de s'occuper de vous. Vous passerez toutes vos nuits à l'attendre dans votre lit, à rêver de le voir venir enfin cajoler votre jolie peau.

Elle fut choquée par l'audacieuse insistance qu'il mettait dans sa caresse, mais ne put s'en écarter.

— Moi, je ne vous abandonnerais pas une seule nuit dans votre lit si vous étiez mienne. Je passerais la main dans vos cheveux, je caresserais votre peau délicate, j'entrerais dans vos replis les plus secrets. Je connaîtrais chaque recoin de votre corps, je l'explorerais de mes mains, de ma bouche, de ma langue. Et il en serait ainsi nuit après nuit.

Sous le froid contact des doigts calleux, elle dut faire appel à toute sa volonté pour empêcher ses genoux de trembler, sans toutefois trouver les mots susceptibles de corriger l'erreur qu'il commettait. Le capitaine n'était pas son amant, mais son fiancé. Elle serait l'épouse auprès de laquelle il se coucherait la nuit, la femme qu'il prendrait doucement dans ses bras…

Elle préféra interrompre là ses pensées. Elle manquait à ce point d'expérience que son imagination ne pouvait l'entraîner plus loin.

— Vous méritez un homme meilleur que le capitaine pour réchauffer votre lit. Vous méritez un homme généreux à tous les points de vue, tant de son argent que de son temps et de son affection. Il vous faut un homme qui se soucie de votre plaisir davantage que du sien, afin de totalement vous satisfaire.

Ses yeux insistants la taraudaient, lui ôtant toute capacité de répliquer.

— Le capitaine se conduit-il ainsi ? Se préoccupe-t-il de votre plaisir, ou bien se jette-t-il sur vous comme un chien qui ne songe qu'à lui et ne vous considère que comme le réceptacle de sa semence ?

Cette façon qu'il avait de promener les doigts sur sa gorge donnait à Caroline la chair de poule. Elle se sentait incapable de les en éloigner, sans trop savoir si c'était par manque de volonté ou simplement parce que son corps ne lui obéissait plus. Toujours est-il qu'elle se retrouvait de nouveau prise au piège, incapable de bouger.

— Embrasse-t-il vos seins blancs, en suce-t-il les tétons jusqu'à ce qu'ils deviennent durs à son contact ?

Un souffle chaud lui parcourait la nuque et elle percevait chacune de ses questions comme un léger murmure.

— Taquine-t-il votre petite chatte en vous regardant vous tordre de désir ? Y promène-t-il la langue jusqu'à ce que vous criiez de plaisir sous lui ? Et vous prend-il enfin, toute pantelante, vous baise-t-il brutalement comme je vous baiserais, enfonçant mon sexe en vous jusqu'à ce que vous explosiez d'une jouissance dévastatrice ?

La brutale crudité de ces paroles eut pour effet de rompre le charme où il la tenait.

— Il faudrait vingt hommes comme vous pour égaler le capitaine ! cracha-t-elle en s'écartant de lui. Vous n'êtes qu'un répugnant débauché et vous me dégoûtez.

Fallait-il qu'il la considère comme une traînée pour lui souffler pareilles horreurs à l'oreille ! Seul le pire des vauriens pouvait faire des propositions aussi abjectes au milieu d'une foule respectable.

Elle n'en fut que plus surprise de le voir éclater de rire.

— Vous êtes impayable ! Sous vos airs d'innocente colombe, vous cachez bien vos griffes et vos dents ! Dites-moi, les Anglaises s'emportent-elles toutes ainsi quand un homme leur glisse des mots d'amour à l'oreille ?

Des mots d'amour ? Elle eut un petit rire méprisant. M. Savage ne savait rien du véritable amour. L'amour n'était que tendre respect et douce galanterie, loin de ces innommables avances de débauche et de luxure.

— Je ne suis pas qualifiée pour juger le tempérament des Anglaises et je n'ai aucune raison de les insulter.

Secouant la tête, elle dégagea vivement son bras qu'il retenait encore.

— Maintenant, si vous voulez bien m'excuser, je suis attendue auprès du capitaine.

Là-dessus, elle s'éloigna sans attendre de réponse.

Un ricanement la suivit.

— Ce fut un plaisir de faire votre connaissance, délicieuse Caroline. Souvenez-vous de moi quand le capitaine vous rejettera. Je vous attendrai.

Adorer une autre femme ? À la recherche d'une riche épouse ? Décidé à la rejeter ? Les assertions inconsidérées de M. Savage avaient planté une flèche d'effroi dans sa poitrine.

Et si le capitaine l'abandonnait maintenant, lorsqu'elle avait le plus besoin de lui ? Quand bien même ils avaient contracté un engagement des plus solennels ? Elle n'avait pas envie d'y penser. S'il la trahissait, elle serait perdue, et toute sa famille avec elle.

La traversée de la salle lui sembla durer une éternité. Quand il l'avait demandée en mariage, trois mois auparavant, le capitaine ne se doutait pas de la situation qu'il allait devoir affronter. Et s'il venait à le regretter, maintenant ?

Caroline l'aimait bien, mais si elle avait accepté sa demande, c'était avant tout pour obéir à son père qui l'y avait vivement invitée. Cependant, le fidèle soutien du capitaine en ces moments d'épreuve avait ajouté la gratitude à ses sentiments pour lui et transformé son affection en amour. C'était un homme de valeur, et elle s'efforcerait de mériter sa bonté tout au long de leur vie commune.

La tête haute, elle se faufilait parmi la foule, brûlant d'impatience qu'il l'aperçoive et vienne à sa rencontre. L'âme douloureuse, elle avait hâte de retrouver le refuge de ses bras.

Les gens s'écartaient sur son passage, comme si elle était atteinte d'une maladie contagieuse. Personne ne voulait la toucher, de peur de se voir à son tour contaminé par la faillite. Isolée au cœur de la multitude, elle se sentait comme un lépreux affublé d'une clochette, prévenant les autres de garder leurs distances s'ils ne voulaient pas subir son sort.

Kitty Earnshaw la vit arriver et ses joues s'empourprèrent sous les anglaises châtain clair qui lui encadraient le visage. Incapable de soutenir son regard, elle baissa les yeux.

Le capitaine Bellamy se retourna, accueillant Caroline avec un sourire.

— Mademoiselle Clemens !

Était-ce son imagination ou semblait-il, lui aussi, fuir ses yeux, comme s'il était gêné de la rencontrer ?

Tout en se réprimandant intérieurement, elle saisit avec gratitude le bras qu'il lui tendait. Ses propres malheurs lui faisaient voir le mal partout, même là où il n'existait pas.

— Veuillez nous excuser, lança-t-elle à Kitty. Le capitaine et moi aimerions faire le tour de la salle.

La jeune fille avait déjà reculé pour aller se recroqueviller dans un coin. À l'annonce froide mais polie de Caroline, elle déguerpit, visiblement peu désireuse de lui disputer la place.

— Je suppose que vous avez quelque chose à me dire, chuchota le capitaine quand ils partirent bras dessus, bras dessous. J'imagine que c'est dans ce but que vous avez chassé cette pauvre Kitty Earnshaw. À moins que vous ne soyez prise de vapeurs féminines en me voyant converser avec une autre jeune femme ?

— Je ne l'ai pas chassée ! protesta Caroline.

Le ton peu aimable de son fiancé la mit profondément mal à l'aise. Jusque-là, il s'était toujours conduit en parfait gentleman, aimable, tendre, indulgent malgré toutes les fautes qu'elle pouvait commettre.

— Vous êtes arrivée droit sur elle, l'air hautain et mécontent. Pas étonnant que cette pauvre petite en soit restée quasi muette d'effroi... Même si je suis prêt à parier que vous n'avez pas fait exprès de l'effaroucher ainsi. Après tout, quelle menace pourrait-elle représenter pour vous ?

Caroline grinça des dents.

— Soyez également certain que je ne souffre pas de vapeurs féminines.

— Certes, répondit-il.

Il paraissait si peu sincère qu'elle serra les lèvres pour ne pas rétorquer. À quoi bon se quereller avec lui maintenant ? Autant elle avait envie de lui reprocher son attitude, autant elle savait qu'elle ne pouvait se le permettre.

Trois mois auparavant, elle était une princesse, aujourd'hui elle n'était plus qu'une pauvresse dépendant de la générosité du capitaine. Cela seul suffirait à excuser son manque de galanterie, pour peu qu'il en manquât.

Le tirant doucement par le bras, elle l'entraîna vers les portes-fenêtres ouvertes sur la terrasse.

La pluie du matin avait nettoyé l'atmosphère noircie par la suie qui régnait en cette fin d'été londonien. Une brise répandait les premières senteurs de l'automne émises par les tardives roses thé.

Par une telle soirée, avec le capitaine à son côté, Caroline pouvait presque oublier ses ennuis.

La voix de son fiancé brisa le flot de ses pensées.

— Vous êtes en grand deuil, à ce que je vois.

Ce ton méprisant la froissa. Jamais il ne lui avait parlé ainsi – du moins ne s'en était-elle pas rendu compte. Était-ce lui qui avait changé, ou elle ?

— Mon père est mort, lui rappela-t-elle sèchement. Vous ne comptiez tout de même pas me voir m'ébattre en robe jaune, des rubans plein les cheveux, alors qu'il vient tout juste d'être mis en terre ?

— Mais pourquoi une tenue aussi sévère ? En la circonstance, je ne pense pas qu'elle soit tout à fait, euh… appropriée. Vous devriez tout au plus porter du gris, ou du lavande.

Elle serrait tellement les poings que ses ongles faillirent lui percer la peau.

— Mon père est mort, répéta-t-elle.

Si elle avait revêtu du noir, c'était par respect pour la mémoire du défunt, quand bien même la tradition n'imposait pas le grand deuil aux familles de suicidés. Pour elle, il n'était pas question d'y déroger. En fait, elle avait largement entamé le peu d'argent qui lui restait pour les habiller, elle et ses frère et sœurs.

— Je n'aime pas cela, mademoiselle, maugréa-t-il d'un ton sévère. Ce n'est pas pertinent.

Elle crut saisir la cause de son irritation.

— Je sais que nous ne pourrons nous marier tant que je serai en grand deuil. Mais une cérémonie discrète au bout de six semaines reste dans le domaine du possible.

Entre-temps, elle espérait pouvoir encore abriter et nourrir sa famille, en faisant appel à la générosité de leurs amis.

— La mort de mon père ne doit pas trop affecter nos projets de mariage, ajouta-t-elle.

Le capitaine ne répondit pas tout de suite. Il contemplait le jardin, les mains agrippées à la balustrade avec une telle force qu'il en avait les articulations blanchies.

Son expression tendue la fit frémir d'angoisse.

— William ? souffla-t-elle.

D'un geste désespéré, elle plaça une main sur son bras, comme pour lui rappeler qu'il était sien.

Il détourna la tête.

— Je ne puis vous épouser, lâcha-t-il soudain.

Paroles douces, mais mortelles. Caroline dut faire appel à toute sa fierté pour ne pas s'effondrer. Dans un même souffle, il les condamnait, elle et ses frère et sœurs, à l'enfer de l'hospice.

— Tant qu'existait l'espoir d'obtenir quelque argent des propriétés de votre père, quand bien même on était loin des cinquante mille livres dont nous étions convenus avec lui pour votre dot, j'étais prêt à tenir mes engagements.

Il se passa la main dans les cheveux.

— Je vous aime, Caroline. Je vous aime assez pour ne vous prendre qu'à vingt mille livres, ou même dix mille. J'aurais pu me contenter de dix.

Une lueur de compréhension se fit jour en elle.

— Mais il ne reste pas un sou pour ma dot. Pire, papa a laissé des dettes que je ne pourrai jamais payer.

Cette fois il se retourna, l'air consterné.

— Caroline, je vous aime…

Qu'avait-elle à faire d'un amour aussi tiède ? Elle aurait préféré subir sa haine plutôt que de se voir concéder ce genre d'affection sous conditions.

— Pas assez pour m'épouser, maintenant que je suis pauvre.

— Je n'ai pas les moyens de vous prendre pour femme. Je suis loin d'être riche, votre père le savait bien. Il me faut une femme qui renforce ma position, non qui l'anéantisse.

— Ainsi, vous rompez nos fiançailles ? lança-t-elle avec un rire désabusé. Comment trouverez-vous une autre épouse quand votre attitude envers moi sera connue ? Un gentilhomme doit tenir parole auprès d'une dame.

— Vous avez raison… je ne saurais les rompre.

Il se pencha vers elle, mais l'espoir suscité par ce mouvement eut tôt fait de se briser.

— Il faut que ce soit vous qui les rompiez, assena le capitaine. Il faut que vous offriez de me libérer de ma promesse, offre que j'accepterai à regret.

— Vous me demandez de broyer ma propre vie ? D'anéantir l'unique espoir qui reste à ma famille de retrouver sa respectabilité ?

Était-il assez cruel pour lui tendre le couteau avec lequel se tuer car il n'avait pas le cœur de le faire lui-même ?

— Je ne veux pas mourir. Ne me demandez pas cela.

— Je vous en récompenserai, promit-il.

— Vous paieriez pour vous débarrasser de moi ?

Étant donné qu'elle pouvait le forcer à respecter ses engagements, à moins de le faire publiquement cataloguer comme voyou sans honneur, elle n'aurait pas dû s'étonner qu'il estimât lui devoir une certaine compensation. Aucun homme d'affaires ne pourrait survivre à une telle atteinte à sa réputation.

Fallait-il qu'elle soit dans une situation désespérée pour écouter une proposition aussi insultante ou, pire encore, envisager d'accepter son argent ! Mais c'était cela ou envoyer ses frère et sœurs à l'hospice.

— Combien ?

— J'ai l'accord de M. Earnshaw pour demander la main de sa fille, Kitty, aussitôt que vous m'aurez libéré, annonça-t-il avec un fin sourire. Cette jeune personne ne semble pas opposée à une telle perspective. Si tout se passe bien, je l'épouserai sous quinze jours.

— M. Earnshaw est un homme fortuné. Sans doute plus que ne l'était papa avant…

— Elle aura une dot de soixante mille livres et je recevrai la moitié des parts de l'entreprise de M. Earnshaw lorsqu'il décédera.

Tandis qu'elle-même n'avait plus rien. Moins que rien, étant donné ses quatre sœurs et son frère demeurés à sa charge. La dot considérable de Kitty ne représenterait pas une mince tentation, même aux yeux d'un homme plus brillant que le capitaine. Comment s'étonner dès lors qu'il soit prêt à la repousser ?

— Tant que vous pouviez assurer une dot, je n'avais aucune raison de me tourner vers Kitty Earnshaw, expliqua-t-il. Bien qu'elle semble paisible et assez maniable, elle ne présente pas la moitié de votre beauté ni de votre esprit. Seulement voilà, vous n'avez plus aucune…

Il eut un geste d'impuissance.

— Vous devez comprendre ma situation.

Elle ne voulait pas en entendre davantage. Rien ne comptait plus, désormais, que le montant de la somme qu'il était prêt à lui verser pour pouvoir obtenir la dot de Kitty.

— Combien m'offrez-vous pour rompre nos fiançailles ? demanda-t-elle d'un ton âpre.

— Quand Kitty et moi serons mariés, je paierai la location d'une petite maison en ville pour vous et j'ajouterai une rente annuelle de deux cents livres…

Un logement et deux cents livres par an, voilà qui suffirait à peine pour faire vivre cinq personnes mais, avec un peu de chance, cela ferait l'affaire. Bien que cette allocation n'ait rien de généreux, elle permettrait à la famille d'éviter l'hospice. Caroline n'hésiterait donc pas à l'accepter. Et c'était peu cher payer pour lui, en échange d'une riche fiancée.

— ... une somme supplémentaire de cinq cents livres pour chaque enfant que vous me donnerez, et une rente réduite à cinquante livres annuelles si notre liaison devait prendre fin.

Elle était tellement obsédée par la perspective de cette solution pour entretenir sa fratrie qu'elle faillit manquer la fin de la proposition. Horrifiée, elle écarquilla les yeux en prenant conscience de ce qu'il annonçait.

— Vous parlez de devenir mon protecteur. Vous me prenez pour une prostituée ?

Un sombre nuage de désespoir tomba sur elle. Il lui demandait de rompre leurs fiançailles, mais voulait la garder comme maîtresse. Pour deux cents livres par an. Une telle somme suffirait à peine à tenir la famille au chaud l'hiver. L'offre, qui lui semblait encore tolérable quelques minutes auparavant, tenait à présent de l'insulte.

— Et la pauvre Kitty ? Vous l'épouseriez alors que vous ne l'aimez pas assez pour lui être fidèle ?

Du vivant de son père, le capitaine n'aurait jamais osé faire une telle demande. Si seulement son père n'avait pas abandonné tout espoir de voir ses spéculations porter un jour leurs fruits... Mais il avait baissé les bras. Jeudi dernier, il s'était tiré une balle dans la tête, à son bureau, les abandonnant tous à leur triste sort.

— Ne vous inquiétez pas pour Kitty, murmura le capitaine. Je serai gentil avec elle. Jamais elle ne regrettera de m'avoir épousé.

Bien qu'elle n'ait aucune raison de ménager cette fille, Caroline se sentit vibrer de colère devant une telle désinvolture vis-à-vis de sa future épouse.

— Alors que vous comptez vous servir de son argent pour m'établir comme votre maîtresse ?

— Je ne puis vous épouser mais je vous aime encore, assura-t-il d'une voix mielleuse. Songez-y, Caroline. Si nous devions nous marier, nous serions tous deux indigents. Vous êtes une femme trop extraordinaire pour vivre dans la pauvreté.

— Je ne crains pas la pauvreté.

Elle pourrait l'envisager, la supporter. Elle avait déjà appris à vivre avec. Ce qu'elle craignait par-dessus tout, c'était le dénuement. L'hospice. Chaque fois qu'elle y songeait, elle était parcourue de frissons.

— Soyez raisonnable, Caroline, voyez la logique de la situation. Ma solution nous avantagera chacun de notre côté. Je pourrai me lancer dans les affaires tout en conservant la compagnie de la femme que j'aime, et vous mènerez une vie confortable auprès de vos frère et sœurs tout en gardant l'homme que vous aimez. Car vous m'aimez, n'est-ce pas ?

Durant un affreux instant, elle faillit accepter. Elle voulait se montrer généreuse et lui permettre de se montrer généreux envers elle en retour. Deux cents livres par an, c'était déjà considérable pour une famille qui risquait l'enfermement. Son père aurait certainement compris quelle détresse avait pu la mener à suivre un chemin aussi désespéré. Il lui aurait pardonné.

Mais sa fierté était plus grande encore que son angoisse. Elle n'allait pas suivre le chemin de la facilité comme l'avait fait son père. Il s'était épargné la honte de sa situation d'une balle dans le cerveau, condamnant ses enfants à une double peine. En tant que fille d'un banquier en faillite, Caroline subissait déjà une terrible honte, mais quand on savait que ce banquier s'était en outre donné la mort, cela devenait pire encore. En se soustrayant à ses difficultés, il avait entraîné sa famille vers l'enfer.

Elle se redressa. Quel qu'en soit le prix, elle saurait se montrer plus forte que son père. Ce ne serait pas facile, ni pour elle, ni pour le capitaine. Il lui avait fait un serment. S'il voulait le briser maintenant, que cela lui retombe sur la tête.

— Non.

— Non ?

— Non, je ne deviendrai pas votre maîtresse, laissa-t-elle tomber d'une voix cassante. Pas plus que je ne vous libérerai de votre engagement. Si vous ne désirez plus m'épouser, si vous avez l'intention de rompre nos fiançailles, il vous faudra le faire en homme responsable et en affronter les conséquences.

— Que vous me libériez ou non, je ne vous épouserai pas, gronda-t-il, menaçant. Ne croyez surtout pas me couvrir de honte. Je ne me condamnerai pas à une vie de dénuement.

— Je sais bien que vous ne m'épouserez jamais.

Elle lui tourna le dos pour qu'il ne voie pas les larmes qui commençaient à lui piquer les yeux. Elle pouvait dire adieu à ses espérances et à ses rêves d'une vie avec l'homme qu'elle aimait. Le capitaine les avait jetés à terre et piétinés de la semelle de ses bottes.

— Et j'en suis contente, ajouta-t-elle. Après l'offre que vous m'avez faite, je ne tiens de toute façon plus à vous épouser.

— Alors pourquoi emprunter cette voie insensée ? l'implora-t-il d'un ton à nouveau mielleux. Soyez la femme que je connais. Libérez-moi de ma promesse. Il ne vous en coûtera rien et ce sera tellement important pour moi…

— Vous me demandez à moi, miséreuse, de renoncer à tout ce qui me reste.

Son âme se durcissait comme une pierre de silex ; il ne subsistait plus la moindre trace de pitié à y glisser.

— Vous me demandez de renoncer à ma fierté, enchaîna-t-elle. C'est impossible. Vous ne devriez même pas y songer.

— Je peux améliorer votre vie, ou la rendre plus difficile, beaucoup plus difficile. À vous de choisir.

— Je ne crains pas vos menaces. Elles ne signifient rien pour moi.

Il se mit à aller et venir sur la terrasse, frappant le sol de ses talons.

— Vous allez vous en mordre les doigts.

Elle se les mordrait mille fois plus si elle renonçait à toute fierté en devenant sa maîtresse.

— Peu importe.

Devant cette réponse irritée, il ralentit le pas.

— Vous êtes à bout de nerfs, dit-il en venant la prendre dans ses bras.

Il parlait d'un ton apaisant comme s'il tentait de calmer un cheval rétif.

— Le choc de la mort de votre père a été trop brutal pour votre sensibilité féminine. Je n'aurais pas dû vous confronter si vite à ces dures réalités.

Elle se raidit, mais le laissa faire en silence. Il n'avait plus le droit de la toucher.

— Je vous accorde quinze jours pour y réfléchir et prendre votre décision, continua-t-il en lui caressant l'épaule. De toute façon, je ne pourrais décemment annoncer plus tôt mes fiançailles avec Kitty.

Ce brusque changement d'attitude, qui le faisait passer des menaces à la bienveillance, ne la convainquit pas pour autant. Elle avait pris sa décision.

— Vous avez déjà ma réponse. Ces quinze jours n'y changeront rien.

Il laissa échapper un bref ricanement qui lui donna envie de le gifler.

— Laissez-moi prédire que si. Vous, les femmes, êtes des créatures inconstantes, prêtes à changer d'avis pour un détail en dépit de toute raison, de toute logique... Qui sait ce qui peut arriver en quinze jours ?

Se penchant vers elle, il lui déposa un baiser mouillé dans la nuque.

— Au revoir, douce Caroline. Je passerai vous voir vendredi en huit avec l'espoir de vous trouver dans un meilleur état d'esprit.

Elle demeura totalement immobile, sans laisser frémir un muscle de son corps, tandis qu'il s'éloignait en faisant claquer les talons de ses bottes militaires pour regagner le salon. Ce ne fut qu'après avoir perçu le léger déclic de la porte qui se refermait sur lui, qu'elle se frotta la nuque de sa main gantée à l'endroit où il l'avait embrassée.

Son capitaine l'avait trahie, abandonnée. À présent, elle se retrouvait sans aucun espoir.

Les jambes tremblantes, elle se dirigea vers le bord de la terrasse. Elle ne pouvait rester seule dans le jardin, ce serait reconnaître la sévérité du coup qu'il venait de lui infliger. Néanmoins, elle ne se sentait pas le courage de revenir tout de suite à l'intérieur. Son âme se révoltait à l'idée de s'engager dans des conversations polies, de faire comme si de rien n'était alors que le monde achevait de s'écrouler autour d'elle.

La terrasse était bordée par un jardin d'hiver dont on devinait, à la lumière de ce début de soirée, les plantes exotiques qui s'élevaient sous les voûtes de la verrière. Elle y vit la tentation d'un refuge temporaire.

Soulevant un pan de sa jupe pour descendre les marches plus commodément, le dos bien droit, elle se dirigea vers la petite porte latérale qui ouvrait sur la serre.

Dès l'entrée, elle fut saisie par l'atmosphère humide et odorante, si puissante qu'elle en eut presque le souffle coupé. Des gouttelettes d'eau suintaient sur les parois de verre, comme pour pleurer avec elle.

Un canapé d'osier occupait tout l'angle du fond, à l'abri des larges feuilles d'un palmier.

Sans plus songer à protéger sa robe noire, elle s'y laissa tomber.

Ce dernier coup, aussi cruel qu'inattendu, l'avait totalement brisée. Elle n'avait plus aucune ressource, aucune chance d'améliorer un tant soit peu sa vie et celle de ses frère et sœurs.

Elle n'allait pas devenir la maîtresse du capitaine alors qu'elle avait cru bientôt devenir sa femme. Elle préférait gagner sa vie dans la rue, laisser des inconnus faire la nuit ce qu'ils voudraient de son corps, plutôt que de le vendre à ce goujat pour deux cents livres par an. Rien, même l'hospice, ne saurait être plus dégradant.

Alors que le désespoir s'emparait d'elle, une idée lui vint, peut-être une autre solution, non seulement pour elle mais pour toute la famille. Une voie par laquelle s'échapper avec ses frère et sœurs, sans laisser quiconque derrière eux pour les pleurer.

Cette voie que leur père avait déjà empruntée.

S'ils devaient tous mourir, c'en serait fini de leurs soucis et nul ne porterait le poids de la honte et du chagrin.

Cette perspective voletait dans son esprit sur ses ailes empoisonnées, scintillantes comme de l'or.

Le revolver de son père était caché en haut d'une étagère dans l'armoire à fusils de son bureau. Combien de balles restait-il ? Assez pour son frère, ses sœurs et elle ?

À présent que leur père les avait abandonnés, il ne restait à ses six enfants que la fierté, qui ne durerait pas longtemps à l'hospice. Ne leur serait-il pas plus facile de mourir rapidement plutôt qu'à petit feu, de faim et de tristesse ? Au moins demeureraient-ils ensemble jusqu'au bout, sans s'infliger le chagrin de voir la famille dépérir.

Elle pourrait certainement endurcir son cœur assez longtemps pour les envoyer chacun vers le sommeil éternel, où plus rien ne viendrait les tourmenter. La vie n'avait rien de bon à leur offrir. Dans la mort, ils trouveraient tous la paix.

Seul un lâche hésiterait devant une telle solution, et elle n'était pas lâche.

Sa décision était prise. Elle achèverait ce que son père avait commencé. Cette nuit, la famille Clemens disparaîtrait.

Elle s'en chargerait dès ce soir, avant de perdre son courage. Ils dormiraient tous, elle pourrait leur tirer dessus et finir par elle-même.

Pourtant, une hésitation survolait encore le noir désespoir qui lui étreignait le cœur.

Elle ne voulait pas mourir. Elle avait tant de choses à faire, à découvrir. Jamais elle ne visiterait Paris au printemps, jamais elle ne piqueniquerait dans les bois à minuit avec son amoureux. Jamais elle ne grimperait dans une montgolfière, pour s'élever au-dessus du sol comme un oiseau. Elle ne verrait jamais ses jeunes sœurs faire un beau mariage ni son frère, Teddy, devenir un homme.

Mais il était trop tard pour elle, pour eux tous. Ses sœurs ne se marieraient pas et Teddy demeurerait à jamais un petit garçon. Elle allait mourir ce soir. Mourir, et toute sa famille avec elle.

Alors qu'elle se relevait en lissant sa robe, prête à affronter la foule puis à faire ses derniers adieux aux amis, un ultime regret la saisit. Jamais elle n'aimerait un homme.

Elle allait mourir vierge.

2

Dominic Savage s'adossa au chambranle sans la quitter des yeux.

Elle était courageuse, il fallait le reconnaître. Ni flots de larmes ni cris hystériques, juste ce même calme glacial donnant l'impression que rien ne pouvait la toucher. Il devait admirer une telle maîtrise de soi, particulièrement chez une toute jeune femme qui ne devait pas avoir plus de vingt ans.

Ni la mort ni l'abandon, semblait-il, ne sauraient avoir raison d'elle. Elle avait le cœur si bien accroché qu'il restait ferme alors même qu'elle perdait son amant.

Si toutefois elle avait un cœur.

Encore que le capitaine ne vaille pas la peine de pleurer sur lui. C'était visiblement un homme à l'ambition dévorante, qui savait tirer profit de toutes les situations. Une pauvre veuve ruinée, même aussi fascinante que Caroline Clemens, ne saurait le détourner de ses objectifs égoïstes.

Néanmoins, les femmes étaient d'étranges créatures et il n'existait pas d'échelle pour mesurer leurs goûts en matière de cœur. Sans doute était-elle tombée amoureuse de lui. « Amoureuse », la belle excuse pour toutes sortes de conduites égoïstes et pleines d'indulgence envers soi-même. Ce devait être largement suffisant pour qu'une très jeune femme, mariée à un monsieur plus âgé et trop raisonnable, veuille se prendre un amant.

Dès lors, comment abattre ses défenses, le rempart qu'elle avait élevé autour d'elle-même ? Comment la faire fondre en larmes ou crier d'angoisse, alors que ni son mari ni son amant n'y étaient parvenus ?

Une esquisse de mouvement attira l'attention de Savage vers la silhouette encore immobile. Elle gardait les poings serrés à s'en blanchir les articulations.

Intéressant. Ainsi, elle ressentait de profondes émotions mais ne le montrait pas.

Soudain, elle se leva, lissa sa robe les poings toujours serrés et se dirigea vers la porte qui conduisait au jardin. La soirée, du moins pour elle, était bel et bien terminée.

Aucune femme ne l'intriguait comme Caroline Clemens. Elle avait beau essayer de cacher sa sensualité naturelle sous une attitude des plus rigides, elle ne faisait que lui embraser les sens. Il n'avait aucune envie de la laisser lui échapper. Émergeant de l'ombre, il lui bloqua la sortie.

— Votre capitaine vous aurait-il déjà faussé compagnie ?

Au son de sa voix, elle tressaillit et se tourna vers lui.

— Ah, monsieur Savage ! L'homme qui s'amuse à se moquer de ceux qui ont moins de chance que lui. Vous voilà encore.

Malgré sa voix ferme, l'amertume de ses paroles autant que son regard farouche le frappèrent. Elle était beaucoup plus bouleversée qu'il n'en avait eu l'impression.

— Pardonnez-moi, déclara-t-il en toute sincérité. Je ne voulais pas me moquer de vous.

Elle haussa un élégant sourcil.

— Vous m'en direz tant !

Jamais il n'avait vu quiconque se donner des airs aussi hautains et détachés alors même que son cœur devait se briser. Elle avait beau essayer de cacher sa souffrance derrière un masque de glace, maintenant qu'il s'était approché d'elle, il sentait son chagrin vibrer dans l'atmosphère.

— Le capitaine a regagné le salon quelques minutes avant vous, et il ne paraissait pas très réjoui. Je suis venu vous chercher car je pensais que vous aviez dû vous quereller.

Elle haussa le sourcil un peu plus haut.

— Vos bontés envers des inconnus me laissent sans voix.

Si elle élevait davantage la voix, cela claquerait comme une gifle.

— Vous m'en voulez de vous voir désormais libre ?

Plus il restait près d'elle, plus il sentait le feu qui brûlait dans les veines de cette jeune femme, sauvage et passionné, bien loin de la glace qu'elle voulait afficher.

Il avait envie qu'elle perçoive sa présence, qu'elle se sente autant en accord avec lui que lui avec elle.

— Je vous ai dit que je vous attendrais quand vous rompriez avec le capitaine. Et me voilà, comme promis. Juste un peu plus tôt que je ne l'aurais cru.

Ce qui eut pour effet de la raidir davantage.

— Vous faites erreur. Le capitaine et moi ne nous sommes pas disputés.

Elle mentait. Tout son corps, son attitude, jusqu'à la brillance de ses yeux, clamaient le contraire. Il tendit le pouce vers sa joue pour essuyer une goutte d'eau.

— Dans ce cas, pourquoi donnez-vous l'impression que votre monde vient de s'écrouler ?

Elle repoussa son bras d'un geste impatient.

— L'air est humide ici, voilà tout ! Ce n'est pas une larme.

Son ton ne souffrait aucune contestation.

— Regardez-moi dans les yeux, Caroline.

Il lui souleva doucement le menton pour l'obliger à lui obéir.

— Vous ne pouvez me mentir. Pas avec ces traces laissées par vos pleurs.

— Et quand bien même ? s'emporta-t-elle sans parvenir à détourner la tête. Est-ce un crime ? Je me croyais seule ici. Je voulais être seule.

Elle insista sur ces derniers mots, comme pour mieux le blesser.

Mais il ne se laissait pas atteindre aussi facilement et elle eut beau y mettre toute sa rage, leur violence tomba à plat.

— Et moi, j'espérais vous trouver seule ici.

— Ainsi, vous vous êtes immiscé dans ma solitude ?

— Parfaitement.

Il capta son regard en faisant appel à toute sa force de persuasion.

— Si vous n'aviez pas été seule, je ne pourrais agir comme je l'entends.

Elle se mordit la lèvre, mais ne détourna toujours pas les yeux.

— Que comptez-vous faire, au juste ?

— Ce que j'ai voulu faire dès l'instant où je vous ai vue. Vous embrasser.

Le visage de la jeune femme s'empourpra et il la sentit frémir.

— Et si je ne veux pas qu'on m'embrasse ?

— Caroline, énonça-t-il d'un ton grave en secouant la tête. Vous n'allez tout de même pas m'infliger un autre mensonge ! Cela ferait deux en…

Il sortit sa montre de gousset, la consulta, l'air sévère.

— ... en autant de minutes. Je crois qu'il vaudrait mieux me révéler ce qui se passe vraiment dans votre esprit. Dites-moi la vérité.

La vérité ? Caroline eut un rire amer. Si elle devait lui avouer exactement ce qui occupait son esprit avant qu'il ne l'aborde, il reculerait d'horreur. Elle était une meurtrière. Peut-être pas encore en actes, mais certainement en intention.

Avant la fin de la nuit, ses frère et sœurs seraient au ciel et son propre corps traînerait au sol, une balle dans le cerveau.

Sans doute M. Savage ne le savait-il pas, mais s'il l'embrassait ce soir, il embrasserait un fantôme. Mentalement, elle était déjà morte.

Néanmoins, elle avait quand même envie qu'il l'embrasse. Désespérément. D'autant plus désespérément que ce serait la première et la dernière fois qu'elle se laisserait embrasser par un homme qu'elle désirait.

Car elle le désirait. Sans qu'elle comprenne pourquoi, quelque chose en lui l'attirait, ses yeux parlaient d'expériences qui n'avaient pas lieu dans l'univers qu'elle connaissait. Il possédait le regard mystérieux d'un homme qui avait tout appris de la vie, de la mort, de l'amour, dans un monde bien éloigné des sphères qu'elle fréquentait.

La promesse de sa mort prochaine lui donnait envie de tirer le maximum du peu de temps qui lui restait. Dès lors, pourquoi s'inquiéter de ce que la société penserait de ses actes ? Qu'avait-elle à faire des occupants de la salle voisine, si prompts à juger et à exécuter ? Sur le point de commettre plusieurs meurtres et un suicide, elle n'en était plus à un péché mortel près et pouvait tout aussi bien y ajouter la fornication.

Dix minutes auparavant, n'avait-elle pas regretté de devoir mourir vierge ?

Et voilà que M. Savage l'interrompait dans ses pensées pour lui annoncer qu'il désirait l'embrasser. À quoi pourrait-elle l'encourager encore ? Le jardin d'hiver était bien séparé du reste de la maison et, de toute façon, qu'importait si quelqu'un venait à les surprendre ? Sa réputation ne signifiait plus rien pour elle. Cela ne nourrirait pas son frère quand il aurait faim, pas plus que cela ne garderait ses sœurs au chaud durant les nuits glaciales de l'hiver. Elle pouvait bien risquer sa réputation et sa vertu. Pour ce que ces deux qualités lui avaient rapporté jusque-là…

Toute son énergie la poussait à vivre un dernier moment d'intensité. À vivre, tout court. Sans avoir rien à perdre. Elle pourrait alors devenir un pur esprit et choisir sa propre voie.

Elle soutint le regard de son interlocuteur.

— J'accepte que vous m'embrassiez.

Ces mots résonnaient étrangement à ses oreilles, mais elle les prononça sans hésitation. Car c'était la vérité. Elle avait envie qu'il l'embrasse, et qu'il fasse bien davantage.

Vrillée par l'énergie du désespoir, elle se pencha vers lui, posa les lèvres sur les siennes. Le sort en était jeté. Rien ne pourrait plus la détourner de sa décision.

Dans un sentiment de triomphe, Dominic sentit sa bouche se presser contre la sienne. Ah ! Il le savait bien : elle valait la peine qu'on insiste un peu. Dès l'instant où il l'avait aperçue, il avait senti cette passion sauvage qui l'habitait, ce goût de la vie qui ne se laisserait pas facilement étancher. Et voilà qu'elle l'embrassait comme si, mourant de soif, elle voyait en lui un grand verre d'eau fraîche.

Il aimait l'enthousiasme chez les femmes. Elles avaient des seins pour qu'on les caresse, des jambes pour les enrouler autour de la taille d'un homme, un sexe pour y recevoir celui d'un homme. Ce qui différenciait une femme d'une autre dans l'acte d'amour, ce n'était pas la fermeté ou la maturité de son corps, mais sa joie durant l'union.

Ouvrant la bouche, elle lui offrit sa langue puis l'embrassa avec une ferveur redoublée, comme si elle voulait le dévorer. Il but à même sa passion, recevant ce contact avec délices, l'incitant à exprimer davantage son désir. Le monde qui les entourait disparut dans la nuit ; pour lui n'existaient plus que Caroline et ses caresses, Caroline et la douceur de ses baisers.

Bientôt, cependant, cela ne lui suffit plus. Il voulait, non, il devait se rapprocher d'elle. Descendant les paumes vers sa gorge, il la caressa avec une tendresse que contredisait la force de ses doigts, puis il s'empara de ses seins si délectables, comme tout en elle. À travers ses vêtements, il sentait leur ronde impertinence qui semblait réclamer ses caresses.

Il passa les doigts sur ses tétons et fut aussitôt récompensé par un geignement de plaisir, suivi de baisers plus intenses encore. Ainsi, la douce Caroline aimait qu'on lui masse les seins. Il s'en souviendrait la prochaine fois qu'il se retrouverait seul dans une serre avec elle.

Du pouce et de l'index, il en pétrit les extrémités jusqu'à ce qu'elles deviennent dures. À sa grande surprise, la jeune femme se cambra, lui offrant sa poitrine sans la moindre résistance.

Quand il l'avait abordée, il avait voulu seulement s'assurer qu'elle n'était pas trop bouleversée par l'évidente désertion du capitaine, son amant, afin de sécher ses larmes et peut-être lui voler un baiser si l'occasion s'en présentait. Cependant, comme elle répondait si bien à ses avances, de tout autres pensées lui venaient maintenant à l'esprit.

Il se demandait si elle était aussi chaude, moite et prête qu'elle en avait l'air. À cette idée, il sentit son sexe se durcir, si violemment que c'en fut presque douloureux. Avec un peu de chance, il obtiendrait davantage qu'un baiser et une étreinte à la sauvette dans la semi-obscurité. Si Caroline persistait à montrer une telle résolution, il allait lui soulever les jupes et la combler avant la fin de la nuit.

Elle répondit à ses caresses par d'autres caresses, promenant les doigts sur sa nuque et dans son dos, l'attirant contre elle.

Bien qu'emprisonnée dans le pantalon, la hampe de son sexe jaillit vers le ventre de Caroline. Au lieu de repousser cette preuve plus qu'évidente de l'excitation de son partenaire, celle-ci plaqua les mains sur ses fesses comme pour le coller encore davantage contre elle, initiant un mouvement du bassin sans cacher ses intentions.

Bon sang ! La donzelle était aussi prête que tout homme aurait pu le rêver.

Maintenant qu'il était sûr de la posséder, paradoxalement, il n'avait plus envie de se dépêcher. Il lui ferait l'amour en savourant chaque instant de leur union, lentement, sans avoir à se presser tel un coupable craignant de se faire surprendre.

En revanche, Caroline ne semblait pas partager son désir de traîner indéfiniment. D'un geste décidé, elle entreprit de déboutonner son pantalon. Et lui ne souhaitait que voir ses mains le caresser, le cajoler jusqu'à ce qu'il entre en elle.

Au fond, il n'avait sans doute pas si envie que cela de traîner. D'un geste habile, il l'aida à défaire la fermeture de son pantalon afin de libérer son érection.

Non contente d'avoir dégagé son membre, elle fit glisser le pantalon le long de ses jambes pour l'en débarrasser complètement, avant de replacer les paumes sur ses fesses dénudées et de les presser. Elle avait les mains froides, ce qui ne les empêchait pas de laisser une traînée brûlante dans leur sillage.

Paraissant comprendre ce qu'il voulait sans qu'il soit nécessaire de le lui dire, elle tomba à genoux devant lui, les yeux à hauteur de son gland.

— C'est mauve, souffla-t-elle en le touchant délicatement du bout des doigts, les yeux écarquillés comme si c'était la première fois qu'elle voyait un homme nu. Et je le sens palpiter.

— Caressez-moi.

Elle obéit, passant sur lui ses mains douces, l'explorant par de timides caresses, à croire qu'elle n'avait jamais tenu un homme entre ses mains.

Lui-même promenait les siennes dans les cheveux emmêlés de la jeune femme, attirant peu à peu sa tête vers son érection.

— Embrassez-moi, dit-il d'une voix épaisse.

— Vous voulez que je vous embrasse là ? s'étonna-t-elle.

Il orienta le gland dans sa bouche.

— Je voudrais que vous m'embrassiez, me léchiez et me suciez. Que vous me rendiez dur comme du marbre.

Malgré une première hésitation, elle saisit rapidement la manœuvre, d'abord par un timide baiser, puis en sortant la langue pour entreprendre de le lécher, de l'explorer, comme elle l'avait fait auparavant avec ses mains.

Encouragée par les gémissements de béatitude de son partenaire, elle se montra de plus en plus entreprenante à mesure qu'elle découvrait les secrets qui pouvaient le satisfaire, soulevant ses testicules, caressant la base de son érection, la léchant, l'enveloppant dans sa bouche.

Il souleva sa chemise pour s'offrir une vue plus précise des gestes de Caroline. À la regarder ainsi le câliner et l'embrasser, il éprouvait un plaisir dévastateur.

Seigneur ! Pas étonnant que son vieux mari ait récemment rendu l'âme. Les tendres attentions de son épouse avaient de quoi conduire un homme âgé au bord de l'apoplexie.

Ces considérations s'interrompirent brusquement lorsque Caroline s'empara de son membre tout entier ou presque, le léchant et s'accompagnant de mouvements de la tête d'arrière en avant.

S'il la laissait faire, il allait céder trop vite, avant même d'avoir goûté à son sexe. Il se dégagea, renonçant aux délices de cette bouche dans l'espoir de s'enfoncer bientôt dans son fourreau.

Il la poussa doucement vers le canapé d'osier derrière elle, l'y fit asseoir en appuyant sur son épaule.

— À moi de vous déguster un peu, maintenant, comme vous venez de le faire avec moi.

De nouveau, elle lui opposa une expression un rien gênée, mais se laissa faire quand il lui écarta les jambes.

Elle était tellement ardente, et en même temps étrangement innocente... Cette combinaison avait quelque chose d'irrésistible.

Passant les mains sous ses jupes, il remonta le long de ses bas de soie, jusqu'à palper le coton de sa culotte bouffante.

Il allait falloir l'enlever. Trouvant le cordon de caoutchouc qui la fermait, il tira dessus pour l'écarter un peu. Caroline se laissa faire, allant jusqu'à l'aider en soulevant un peu les hanches, afin qu'il glisse le sous-vêtement sur ses jambes, jusqu'à ses chevilles, avant de le jeter derrière lui.

Maintenant qu'il était débarrassé de cette cotonnade, il allait pouvoir la contempler à loisir. Remontant encore ses jupes, il écarta davantage ses cuisses afin d'admirer son sexe à la pâle lueur des lampes à gaz. Une touffe d'un joli blond-roux assorti à ses cheveux recouvrait le triangle de sa féminité, dont les lèvres entrouvertes révélaient de fines lueurs rosées.

Après s'être régalé les yeux, il se rapprocha pour en humer le parfum capiteux. Il adorait découvrir ainsi l'intimité des femmes, ce qui en faisait des êtres si extraordinaires.

Enfin, il entreprit d'y goûter, promenant la langue autour de la fente, se risquant une ou deux fois à l'intérieur.

À ce contact, elle tressaillit, poussa un petit cri de surprise, et son corps se tendit.

Ah ! Ainsi, le vieux M. Clemens n'avait jamais trop cherché à savourer les replis secrets de son épouse. L'insensé ! En même temps, Dominic ne doutait pas que le capitaine ait été un amant trop égoïste pour prendre un quelconque plaisir à se délecter de sa douce Caroline. Tant pis pour eux, tant mieux pour lui.

Sans trop savoir pourquoi, il se sentait ravi de lui enseigner un nouveau jeu, et continua ainsi de la lécher et de la sucer, tout en espérant ne pas avoir perdu son habileté à ainsi plaire aux femmes.

Les mains enfouies dans ses cheveux, elle tirait dessus tout en paraissant plutôt l'attirer vers elle que le repousser.

Encouragé par ses gémissements, il atteignit du bout de la langue le cœur de son plaisir. Tout en s'aidant des doigts pour écarter les petites lèvres, il plaqua le plat de sa langue sur son clitoris. À quoi elle répondit en s'arc-boutant avec délices.

Elle geignait de plus en plus fort, se tordait sur le canapé, posée au bord tout en s'appuyant au dossier pour mieux s'offrir encore, le laisser accéder aux parties les plus intimes de son corps.

Il profita de sa position pour orienter la langue vers son postérieur, qu'il se mit à savourer sans retenue.

En même temps, il sentait son membre palpiter à la perspective de bientôt la posséder.

Mais il avait envie de l'amener à l'orgasme avant de s'introduire en elle. Il voulait qu'elle succombe sous les seules provocations de sa bouche et de ses doigts, et que sa fente s'embue de jouissance, ouverte, prête à le recevoir.

À longs coups de langue, il allait et venait tandis qu'elle ondulait de plus en plus vite, par soubresauts de volupté. La tenant fermement par les fesses, il intensifia encore le mouvement et la sentit perdre le souffle. Soudain elle se raidit, le sexe vibrant d'une vague de pulsations qui la fit crier.

Elle retomba comme une masse sur le canapé, haletante, le visage rosi par l'effort.

— Je n'aurais jamais cru que cela pouvait se passer ainsi, articula-t-elle, les yeux écarquillés de surprise.

Mais aussi, curieusement, de gratitude.

Lui aussi se sentait palpiter d'un désir qui ne demandait qu'à être comblé.

Sans lui laisser le moindre répit, alors qu'elle restait affalée sur le canapé, il se mit à frotter son membre dur comme le marbre contre ses chairs moelleuses. Elle était prête à le recevoir, et lui plus que prêt à la prendre. À croire qu'il avait envie d'elle depuis une éternité.

Lentement, il entra en elle, dans ce fourreau à la fois humide et bien étroit.

Croyant repérer une certaine résistance, il s'arrêta à mi-chemin mais, sans lui laisser le temps d'y réfléchir, ce fut elle qui se rapprocha, l'absorbant tout entier en elle.

C'était fait. Elle avait accueilli un homme jusqu'au plus profond d'elle-même, elle l'avait senti déchirer son hymen.

Elle n'était plus vierge.

Heureusement qu'elle avait eu le courage de tenter l'acte d'amour avant de mourir ! Quel gâchis, si elle était partie vers la mort sans connaître ce plaisir étourdissant qu'il avait commencé par lui faire éprouver de la bouche et de la langue. Elle avait dû étouffer ses hurlements lorsqu'elle avait été submergée par une marée de délices.

À présent, son désir renaissait.

Elle se serra contre lui, l'attirant davantage en elle. Jamais elle ne s'était sentie aussi vivante alors qu'elle humait encore le goût de cet homme sur sa langue, et sa présence dans les moindres replis de son corps. Elle aurait voulu que ce moment ne finisse jamais.

Oh, elle avait tellement envie de vivre !

Enfoui en elle, Dominic l'embrassait sans retenue. Il se mit à remuer à une cadence régulière, l'aimant de tout son corps. Lentement, doucement, il entrait encore plus loin et son plaisir grandissait à chaque mouvement. Elle le recevait sans retenue tout en l'étreignant si fort de ses muscles internes qu'elle semblait vouloir le garder là pour toujours.

Il continua ainsi jusqu'à ce qu'il la sente proche d'exploser à nouveau. Sans prévenir, il se retira d'un coup.

— Tournez-vous. Je veux vous prendre par-derrière, comme le font les animaux. Ce sera un pur plaisir.

Après une brève hésitation, elle le laissa la retourner. Il lui plaça les genoux sur le siège du canapé, l'inclina en avant pour ne plus voir que ses fesses tandis qu'elle s'agrippait au dossier.

Dès qu'elle fut bien accrochée, il écarta ses cuisses fermes et blanches et replongea dans son fourreau.

Seigneur ! songea-t-elle. Elle se sentait encore mieux dans cette posture que dans la précédente. Il pourrait bien ainsi la baiser mille fois jusqu'à ce qu'ils épuisent toutes les façons possibles de faire l'amour.

Arrivé au bord de l'orgasme par petits à-coups, il esquiva l'approche de l'inévitable conclusion en adoptant des mouvements plus longs et plus profonds qui la firent crier de plaisir.

Le sexe presque sorti à l'air libre, il marqua une pause, le temps d'admirer le spectacle de ces formes rebondies qui ne demandaient qu'à l'accueillir encore et encore. D'ailleurs, elle ne lui laissa pas le temps d'en regarder davantage, reculant d'un coup vers lui pour l'aspirer dans ses profondeurs veloutées.

Du bout des doigts, il vint lui caresser le clitoris tout en reprenant ses rapides allées et venues.

Plus il s'immergeait, plus elle tremblait et poussait de petits murmures extasiés, le suppliant d'en finir avec ces délicieux tourments.

— S'il vous plaît, soupira-t-elle en sursautant sous la caresse de ses doigts. S'il vous plaît !

Cette fois, il n'en pouvait plus. Lâchant la petite pointe sensible, il saisit ses fesses des deux mains et se remit à la chevaucher à pleine vitesse, à pleine puissance, jusqu'à ce qu'il sente sa semence prête à jaillir.

Criant à son tour, il s'enfonça aussi profondément qu'il put, le corps secoué de spasmes alors qu'un torrent de lave giclait hors de lui.

Laissant couler en elle ce fleuve brûlant, il la sentit parcourue d'ondes de plaisir et partagea son orgasme qui absorba jusqu'à la dernière goutte de sa semence.

Submergée par le plaisir, elle se laissa tomber sur le canapé, complètement inerte. Toujours en elle, Dominic s'affala sur son corps tandis que son sexe rassasié perdait peu à peu de sa raideur.

Il se tourna sur le côté afin de laisser un peu de place à Caroline pour respirer.

— Vous êtes vraiment une femme surprenante, murmura-t-il en lui écartant une mèche du front. Si convenable en public, si ardente en privé ! Vous m'intriguez.

Maintenant qu'elle avait assouvi sa passion, il voyait la réalité reprendre possession de l'esprit de la jeune femme, mais aussi une tristesse que l'acte d'amour n'avait pas atténuée, bien que sa fragilité ne saute plus aux yeux.

— Je viendrai vous rendre visite, promit-il. Bientôt.

Il envisageait de recommencer avec elle, cette fois sur un lit où il pourrait complètement la déshabiller et se régaler du spectacle de sa nudité sans craindre l'irruption d'un intrus.

Maintenant qu'il y avait pris goût, il savait qu'une fois ne lui suffirait pas. Déjà son membre frémissait à proximité de la hanche de Caroline, comme pour y revenir, se frotter à sa perfection.

Le regard sévère qu'elle lui opposa donnait l'impression qu'il ne contemplait pas les mêmes yeux qu'auparavant.

— Je ne crois pas que nous nous reverrons jamais, monsieur Savage, dit-elle avec un léger sourire. Mais je vous remercie du fond de mon cœur pour ce que vous m'avez enseigné ce soir.

Là-dessus, elle se leva, rajusta ses jupes et, sans un regard en arrière, sans même ramasser la culotte bouffante qui traînait dans un coin, elle se dirigea vers la porte.

3

Dominic la regarda s'éloigner en ondulant des hanches. Décidément, Caroline Clemens réservait bien des surprises. Si brûlante et fervente, et pourtant si inexpérimentée dans l'art de l'amour… vertigineuses contradictions, même à ses yeux, alors qu'il se prévalait du plus grand calme et d'une totale insensibilité aux fourberies féminines. Si le temps passé aux Indes ne lui avait enseigné qu'une chose, c'était bien le moyen d'exploiter le pouvoir de la sensualité, de s'en servir comme d'un outil ou d'une arme, tout en le gardant sous contrôle afin de ne jamais se laisser dominer.

Les moments volés avec Caroline avaient failli détruire les principes sur lesquels il avait basé sa vie. Cette jeune femme l'avait troublé comme aucune autre jusque-là, ce qui la rendait à ses yeux infiniment plus séduisante et dangereuse que quiconque. Il allait devoir maîtriser la puissante attraction qu'elle exerçait sur lui.

Bien que largement rassasié pour le moment, il se rendit compte qu'il ne pouvait pas la laisser lui échapper ainsi. Elle lui appartenait. Corps et âme. En lui faisant l'amour, il avait chassé de son esprit tout souvenir du capitaine, il en était certain.

Mais, dans ce cas, pourquoi le quitter sans même un regard derrière elle ? Une telle désinvolture le rendait fou. C'était lui qui aurait dû se montrer désinvolte, raisonnable, tandis qu'elle brûlerait pour lui d'une passion impossible à nier, impossible à combattre.

Une fois la porte refermée sur elle, il remonta son pantalon, le ferma, prêt à regagner le salon. Malgré ce délicieux interlude, il avait d'importantes affaires à régler ce soir. Les distractions avaient leur importance mais ne devaient pas occuper trop de place, et surtout ne pas interférer avec les affaires, à commencer par celles qui rapportaient de l'argent.

La salle résonnait de murmures et d'exclamations posées. Visiblement, il s'était produit quelque chose durant le temps qu'il avait passé dans la serre, car toutes les femmes s'étaient regroupées pour échanger leurs impressions. Elles s'interpellaient, bavardaient, tels des moineaux sur une branche au coucher du soleil.

Il se tourna vers Adam Farrell, un banquier avec lequel il s'était lié d'amitié à son retour des Indes.

— De quoi donc parlent ces dames ?

Adam haussa les épaules.

— Cela aurait un rapport avec la petite Clemens, je crois.

— La petite Clemens ?

Pas la veuve Clemens ? Drôle de façon de la désigner, mais elle devait effectivement être encore bien jeune.

— La jolie blonde en noir, expliqua Adam. Tu dois la connaître. Je t'ai vu lui parler tout à l'heure. Tu paraissais particulièrement intéressé par ce qu'elle disait.

Dominic préféra ne pas relever. Ce qui s'était passé avec la délicieuse Caroline ne regardait personne.

— Et alors ? reprit-il. Que lui arrive-t-il ?

— Son père, Isaac Clemens, était un spéculateur pas très doué. Il a tout perdu et s'est tiré une balle dans la tête.

— Isaac Clemens était son père ? Pas son mari ?

Bon sang ! S'était-il laissé aveugler au point d'en perdre toute lucidité ?

— Elle était en grand deuil, ajouta-t-il, songeur. À sa robe, j'aurais cru qu'elle était veuve.

— C'était lui, le veuf ; sa femme est morte il y a quelques années. Quand il s'est suicidé, ses filles ont perdu la dot qu'il leur avait promise.

— Elle était en vêtements de deuil comme une veuve, murmura-t-il, davantage pour lui-même que pour Adam. Tout en noir.

Seigneur ! Qu'avait-il fait ? Il la croyait sexuellement frustrée, ou juste infidèle… une jeune femme qui avait plus à se réjouir de son veuvage qu'à s'en lamenter. Jamais il n'aurait pu l'imaginer dans une autre situation.

Et dire qu'il jouait les amants avertis... Il avait soulevé ses jupes jusqu'à la taille, lui avait fait l'amour à la sauvette. Vraisemblablement, elle était encore vierge en arrivant à la soirée, quand bien même elle semblait assez portée sur la question. Pas étonnant qu'elle lui ait paru inexpérimentée ! Mais lui n'avait fait que suivre son idée, alors qu'il aurait dû repérer aussitôt l'ingénue qu'il avait devant lui, et s'en tenir là.

— Elle devait se marier dans une semaine ou deux, mais on dirait que son fiancé vient de l'abandonner pour un parti plus prometteur.

— Elle devait se marier ?

— Au capitaine Bellamy.

Adam fit la grimace avant de préciser :

— Je n'ai jamais trouvé ce type très intéressant, mais un mari est un mari, surtout quand on n'a plus que son joli minois pour se faire valoir.

Ainsi, Dominic ne s'était pas trompé sur le capitaine Bellamy.

— Que va devenir cette jeune fille, maintenant ? demanda-t-il.

Pourvu qu'elle n'ait pas un autre prétendant en vue... du moins, le temps qu'il ait pu se rassasier d'elle. Déjà, il sentait monter une certaine excitation à l'idée de la revoir bientôt.

— Ces jeunes filles, corrigea Adam. Il y a cinq sœurs Clemens. Celle que nous avons vue ce soir est l'aînée. Je ne crois pas qu'elles aient de la famille, du moins au dire de ma femme qui se tient toujours très au courant des potins. Je suppose que leur père, Isaac, leur a laissé de quoi vivre. Une rente ou quelque chose de ce genre, à quoi les créanciers ne peuvent pas toucher. C'est du moins ce que tout homme correct ferait avant d'appuyer sur la détente.

Sans père, sans mari, pratiquement sans ressources, la pauvre Caroline devait être totalement vulnérable. Si elle possédait un minimum de bon sens, elle se chercherait un homme susceptible de l'aider à subvenir à ses besoins…

Un homme comme lui. Prêt à se montrer généreux avec une femme qui lui avait tapé dans l'œil.

Dominic sourit. Voilà qui expliquerait pourquoi elle s'était laissé approcher dans la serre sans opposer de résistance. Elle avait perçu son intérêt et décidé de le harponner.

Indubitablement, c'était une femme intelligente et douée d'un solide esprit pratique. Même si, dans son milieu étroit d'esprit et collet monté, on risquait de s'offusquer de son attitude, lui ne pouvait que l'admirer. Il appréciait son courage et son bon sens presque autant qu'il vénérait son corps si doux, si blanc.

Bon sang ! Il réglerait volontiers toutes ses factures si cela lui permettait de la garder un moment dans son lit. Bien qu'il soit prêt à parier qu'elle était pucelle en entrant dans ce jardin d'hiver, elle avait fait preuve d'une ardeur et d'un engouement propres à susciter son intérêt des mois durant.

Caroline rentra seule par les rues obscures et arriva chez elle peu après minuit. Ce qui s'était passé avec M. Savage ne l'avait en rien poussée à changer d'avis. Au contraire, elle était déterminée à poursuivre son plan. Elle venait de briser ses derniers espoirs de secours en renonçant à sa virginité. Pour ce que celle-ci lui aurait rapporté…

D'autant que cette notion n'était pas entrée en ligne de compte quand le capitaine Bellamy lui avait fait sa proposition un peu plus tôt dans la soirée. La seule idée de devenir sa maîtresse, alors qu'elle aurait dû être sa femme, lui donnait la nausée.

Et qui d'autre pourrait vouloir d'elle, désormais ? Maintenant qu'elle n'était plus vierge, sa valeur sur le marché de la chair humaine ne vaudrait même plus la rente de deux cents livres offerte par le capitaine Bellamy.

Son expression se durcit. Jamais elle ne lui pardonnerait de l'avoir mise dans une telle situation. Si elle en avait la possibilité, elle se jurait qu'une fois morte, son fantôme viendrait le hanter à le rendre fou de désespoir. C'était tout ce qu'il méritait.

Ses chaussures à la main, elle ouvrit la porte d'entrée et se glissa dans la maison silencieuse pour gagner directement le bureau de son père, en prenant garde de ne pas faire le moindre bruit qui puisse alerter ses frère et sœurs. Il ne fallait pas les réveiller, pas maintenant.

Le revolver avait repris sa place dans l'armoire à fusils, soigneusement fermée à clef pour que le petit frère ne risque pas de s'en emparer.

Mais la clef ? Elle réfléchit un instant dans le calme pesant qui régnait autour d'elle.

Puis elle se rappela. Après la mort de son père, elle avait placé la clef dans le premier tiroir de son bureau, là où lui-même la rangeait.

Elle alla fouiller parmi les liasses de papiers. Ce pauvre papa n'avait jamais été doué pour l'ordre. Cela avait fini par provoquer sa chute.

Ses doigts tombèrent sur un objet rigide et froid. La clef !

Caroline tremblait tellement qu'elle eut du mal à la saisir ; puis elle faillit la laisser tomber en la tournant dans la serrure de l'armoire. Enfin, la porte s'ouvrit. Elle trouva tout de suite le revolver qui avait tué son père et anéantirait bientôt le reste de la famille.

Il pesait lourd, beaucoup plus qu'elle ne l'aurait imaginé. Le tenant soigneusement par la crosse, elle fit basculer le barillet, comptant les munitions une à une. Six cartouches de cuivre scintillèrent dans la faible lumière.

Une balle avait été tirée, celle qui avait tué son père. Il n'en restait que la douille. Ce qui en laissait cinq disponibles. Pas assez pour Caroline.

Elle dut s'armer de courage pour ne pas céder au désespoir qui montait en elle. Tant pis si elle-même ne pouvait bénéficier d'une mort rapide par balle. Elle trouverait dans son lit de solides draps de lin qui lui permettraient de se pendre, quand elle en aurait fini avec ses frère et sœurs.

Replaçant le barillet en position, elle s'avisa qu'elle était prête. Elle devait se dépêcher, sans faiblir. D'autant que le premier coup de feu allait réveiller tous les autres ; mais elle espérait achever sa sinistre tâche avant qu'ils ne se rendent vraiment compte de ce qui se passait.

Tenant solidement l'arme des deux mains, elle ouvrit la porte du bureau, demeura un instant sur le seuil à écouter les bruits de la maison. Rien ne bougeait. Apparemment, tout le monde dormait.

Le cœur serré, elle se dirigea vers l'escalier qui menait aux chambres. Il fallait commencer par son frère, le plus jeune des six enfants, celui qui comprendrait le moins pourquoi elle en arrivait à de telles extrémités.

Il dormait, son petit corps pelotonné sous le drap, l'expression presque souriante, comme s'il faisait un joli rêve.

Elle s'agenouilla pour lui embrasser la joue.

— Mon pauvre chéri, je te demande pardon, murmura-t-elle en posant le canon sur sa tempe.

Le visage baigné de larmes, elle parvint encore à souffler :

— Ça vaudra mieux ainsi, je t'assure.

Elle arma le chien dans un lourd déclic qui parut déchirer le silence de la nuit.

L'enfant remua, ouvrit les yeux. Il ne parut pas effrayé de découvrir sa sœur devant lui, qui appuyait le canon d'un revolver sur sa tête.

— Tu vas me tuer ? devina-t-il. Comme a fait papa ?

Elle ne répondit pas. Elle ne le pouvait pas. Elle restait là, bouche bée, paralysée par l'horreur de l'acte qu'elle s'apprêtait à commettre. Son index pressa lentement la détente.

Le petit garçon perçut son hésitation et sortit un bras de sous le drap, comme pour l'encourager.

— Ça m'est égal. Je ne crierai pas, promit-il.

Elle allait tirer, mais la force lui manqua et l'arme s'orienta vers le sol dans une détonation qui retentit à travers toute la maison et perça le parquet non loin de ses pieds.

Anéantie, Caroline se laissa tomber sur le lit en contemplant le trou avec horreur.

— Pardon, Teddy, mais je n'y arrive pas. Je ne peux pas te tuer.

Il s'assit, se jeta dans ses bras.

— Ne pleure pas, Caroline. Je suis content que tu ne m'aies pas tué. Qui veillera sur vous toutes maintenant que papa est mort, si je meurs moi aussi ?

Le bruit avait réveillé les autres filles. L'une après l'autre, elles surgirent dans la chambre, les yeux agrandis par la peur.

— Qu'est-ce qu'il y a, Caroline ? Que s'est-il passé ?

Comment expliquer ce qu'elle avait failli faire ? Quelles paroles employer pour justifier ce terrible manque de courage, le désastre de cet échec ?

Ce fut Teddy qui se lança, de sa petite voix d'enfant :

— C'était un accident. Caroline voulait me montrer comment charger l'arme de papa, et le coup est parti tout seul.

Emily lui jeta un regard soupçonneux.

— Caroline te montrait comment charger l'arme de papa ? En pleine nuit ?

Elle fixa sa sœur :

— Caroline ?

Celle-ci ne put répondre. Elle ne put même pas regarder sa sœur. Le corps secoué de sanglots incontrôlables, elle gardait le revolver entre ses doigts crispés, et il la brûlait comme un fer rouge jusqu'au fond de l'âme. Elle avait failli tuer Teddy, son propre frère, leur petit chéri à toutes. Comment pourrait-elle encore vivre après cela ?

— C'est moi qui voulais, mentit effrontément Teddy. Je ne pouvais pas dormir.

Emily promena son regard vif sur toute la pièce. Elle prit ses jeunes sœurs dans ses bras pour les empêcher de voir les dégâts causés par le coup de feu.

— La prochaine fois que tu ne pourras pas dormir, lança-t-elle à Teddy, demande plutôt un verre de lait. Ça fait moins de bruit.

— Personne n'a été blessé, la rassura-t-il. Vous pouvez toutes retourner au lit.

Après un dernier regard circonspect, Emily entraîna les trois autres filles vers le corridor.

Dès que la porte se fut fermée sur elles, Teddy posa un bras sur l'épaule de Caroline.

— Là, elles sont parties. Tu peux arrêter de pleurer.

Ce geste ne fit que redoubler les larmes de sa sœur.

— Tu as menti pour moi.

Il devint tout pâle.

— Ça t'ennuie ? demanda-t-il, perplexe. Tu n'es pas contente ? C'est pour ça que tu voulais me tuer ?

Bouleversée, elle passa une main dans ses cheveux. Elle tenait tellement à lui ! À lui et à leurs sœurs. Elle n'avait plus qu'eux à qui se raccrocher dans la vie.

— Je ne te reproche rien, soupira-t-elle. Je suis juste… triste.

Qu'est-ce qu'un petit garçon pouvait comprendre à une telle situation ? Au désespoir qui étreignait son âme dès qu'elle songeait à ce qui les attendait ? Elle avait tenté de les sauver d'un terrible avenir, mais elle n'avait pas pu.

— Tu es triste parce que papa est mort et qu'on n'a pas d'argent.

— Je suis triste parce que papa est mort, reconnut-elle. Et, tu as raison, nous n'avons plus d'argent. Pas un sou.

— Même pas de quoi acheter un poney ?

Voilà des mois qu'il rêvait de posséder un poney.

— Non, même pas de quoi acheter un poney, confirma-t-elle.

Pauvre Teddy ! Il ne recevrait jamais ce petit cheval que son papa lui avait promis.

— Nous n'avons pas de quoi acheter à dîner pour demain, avoua-t-elle.

Comment ne pas s'en vouloir de charger un enfant d'un tel fardeau ? Mais il avait le droit de savoir. Elle venait de lui en donner le droit.

Il carra les épaules.

— Je suis l'homme de la maison, maintenant. C'est moi qui vais gagner l'argent pour le dîner.

Il était tellement brave, ce petit bonhomme ! Elle en eut de nouveau les larmes aux yeux.

— Et comment comptes-tu t'y prendre ?

— Je vais vendre des allumettes dans la rue. J'ai vu d'autres garçons le faire.

— Cela ne suffira pas, assura-t-elle à contrecœur. Même si on s'y met tous ensemble.

Un court silence s'ensuivit, durant lequel Teddy réfléchit intensément.

— Alors on va mourir de faim ?

— Non, mon chéri, je te le promets. Quand on aura tout vendu, y compris la maison, on ira à l'hospice. Là, il y aura des gens qui nous donneront à manger.

Dominic jura intérieurement en maudissant la crise qui frappait l'un de ses principaux investissements et l'obligeait à quitter Londres à ce moment précis. En temps normal, il aurait été plutôt content d'échapper à la monotonie de ses ciels gris pour respirer l'air d'un village desservi par ses chemins de fer privés, mais, ces temps-ci, Londres l'attirait tout particulièrement.

Les villageois exprimaient des exigences intolérables pour le laisser construire une voie ferrée parmi leurs terres, alors qu'il allait leur apporter une prospérité inespérée. S'il le pouvait, il quitterait immédiatement cette lugubre auberge au fond de ce trou perdu, avec ses lits branlants et ses repas infects. Au lieu de se retrouver sur ce sinistre matelas à une place, il goûterait les joies de son grand lit aux draps de soie parfumés, en compagnie de l'exquise Caroline.

Caroline Clemens. Il articula son nom qui évoquait si bien les moments passés avec elle dans la serre des Finsbury. S'ils savaient !... Il ne put réprimer une grimace à l'évocation de la rébarbative matrone au turban mauve dont il avait si bien étrenné le jardin d'hiver. Dieu soit loué, Mme Amelia Finsbury ignorait ce qui s'était passé entre lui et Caroline parmi les fougères en pots ! Sinon, elle ne voudrait jamais plus lui adresser la parole ou l'inviter à une soirée.

Pourtant, cela pourrait comporter certains avantages. S'il parvenait à vraiment la scandaliser, elle ne chercherait plus à lui présenter avec tant d'insistance l'une de ses horribles filles. Ses machinations pour attirer son attention sur l'une ou l'autre s'étaient révélées si peu discrètes que c'en devenait gênant.

Quand il avait exprimé son étonnement devant des efforts aussi voyants, ses pairs s'étaient moqués de son ingénuité. Ce genre de tactique était monnaie courante à Londres. Tout père cherchait à bien nantir sa fille, à trouver un gendre qui ne risquerait pas d'embarrasser la famille par ses tendances dépensières ou ses parents indigents.

Les mondanités étaient bien différentes de ce qu'il avait vu aux Indes, où il était né et où, à l'exception de quelques tristes années de pension dans le nord de l'Angleterre, il avait passé toute sa vie.

La bonne société aux Indes s'efforçait pourtant d'imiter exactement les comportements et les habitudes de la mère patrie. Mais rien, pas même les manières anglaises, ne pouvait rester intact dans un autre pays, au cœur d'une autre culture.

Malgré sa grande fortune, Dominic devait s'efforcer d'agir avec précaution afin d'éviter d'offenser les matrones de la haute société comme Amelia Finsbury, qui l'avaient accueilli dans leurs demeures, parmi leurs amis. En faisant l'amour à Caroline Clemens dans la serre, en plein milieu d'une soirée mondaine, il avait démontré un manque de savoir-vivre propre à l'exclure de toutes les maisons respectables d'Angleterre.

Peu lui importait, d'ailleurs. Du moment que Caroline ne s'en formalisait pas… Il n'aimerait pas voir déchiqueter la réputation de cette jeune personne. Elle était sienne, maintenant, sa glorieuse amante anglaise. Dès leur premier baiser, il l'avait revendiquée. Elle lui appartenait.

À cette idée, il sentit l'excitation monter en lui. Caroline était loin de ces glaçons anglais qu'on lui avait décrits aux Indes ; certains proches avaient prétendu qu'on ne pouvait en rien comparer les Britanniques aux Hindoues – ni à la merveilleuse femme qu'il avait épousée. Maya, sa tendre Maya, dont la mort lui avait laissé dans l'âme une blessure indélébile…

Aux Indes, les femmes avaient le sang chaud car un soleil éclatant brillait sur le pays. Elles étaient passionnées et ne s'en cachaient pas ; celles qu'il avait mises dans son lit appréciaient l'acte d'amour comme lui et sans vergogne. Maya l'avait séduit grâce à son corps magnifique, l'attirant pour ensuite mieux le repousser, jusqu'au moment où elle l'avait pris dans des filets si serrés qu'il n'avait pu lui échapper.

À vrai dire, il ne lui serait jamais venu à l'idée de vouloir échapper à une telle femme. Si elle n'était pas morte, il serait encore avec elle, amoureux comme au premier jour, subjugué. D'un seul regard en coin de ses beaux yeux noirs, elle lui faisait tourner la tête. Il avait fallu qu'elle disparaisse pour le faire quitter cette terre qu'il aimait et traverser la moitié du monde afin de rejoindre la grise et froide Angleterre.

Ici, il s'était dit qu'il ne rencontrerait jamais de femme comparable à Maya. Il trouvait les Anglaises froides et impassibles comme le ciel gris d'Albion. Ce n'était pas du sang qui coulait dans leurs veines, mais de l'eau. La seule chose qui fasse briller leurs yeux, c'était la perspective d'épouser un homme qui possédait de l'argent, beaucoup d'argent.

Et toutes ces matrones aux yeux avides, remorquant leurs filles à marier, n'avaient fait que confirmer ses impressions. La cupidité qu'il lisait dans le regard de la moindre péronnelle avait eu tôt fait de le dégoûter des petites Anglaises.

Jusqu'à ce qu'il rencontre Caroline. En elle, il trouvait l'exception qui confirmait la règle. Pas une fois, elle n'avait cherché à s'enquérir de l'état de ses finances ou de la solvabilité de ses investissements. Ses perspectives, son argent liquide déposé dans les coffres de la banque d'Angleterre, rien de tout cela ne semblait la concerner.

Non, à voir l'expression de ses yeux, elle ne s'intéressait qu'à lui, Dominic, en tant qu'homme. Elle se moquait comme d'une guigne de l'homme d'affaires tout juste débarqué des Indes qui possédait la moitié des chemins de fer d'Angleterre. Vraisemblablement, elle ne savait même pas qui il était. Enhardi par un puissant désir, il avait eu la témérité de se présenter lui-même plutôt que de faire appel à un intermédiaire. Elle n'avait reçu aucun conseil d'une amie le désignant comme une bonne prise, la poussant à faire sa connaissance, à obtenir une invitation à danser, à battre des cils devant lui.

Il était prêt à parier que Caroline Clemens ne battait jamais des cils. Elle avait trop confiance en elle pour utiliser un stratagème aussi absurde et transparent. Elle était trop franche et directe pour cela.

Elle l'avait fasciné en exprimant clairement ses désirs. Elle était toute séduction, et non soumission.

Certes, il l'avait violemment désirée, mais il n'était pas le seul coupable en la matière. Loin d'accepter passivement ses caresses, elle l'avait incité à continuer, geignant et s'agrippant à lui sans laisser planer le moindre doute sur ce qu'elle voulait. Ils s'étaient embrassés, ils avaient fait l'amour en moins de temps qu'il n'en fallait pour songer à autre chose.

Elle s'était laissé faire, peut-être dans l'espoir qu'il pourrait l'aider financièrement, mais d'abord et avant tout parce qu'elle l'avait désiré.

Retournant son oreiller, il essaya en vain de ne plus penser aux palpitations qui lui battaient l'entrejambe dès qu'il évoquait l'image de Caroline. Et ce fichu oreiller refusait de mouler confortablement sa tête, tant il était dur et bosselé ; à croire que l'aubergiste l'avait rempli de cailloux ! Ce manque de confort élémentaire ne fit rien pour apaiser la mauvaise humeur de Dominic.

Il se mit à caresser son membre durci. S'il ne pouvait avoir Caroline maintenant dans son lit, il pouvait au moins penser à elle autant qu'il le voulait.

Il pouvait se rappeler le goût de son sexe, ce fourreau serré qui l'avait accueilli. Il imagina ses soupirs et ses gémissements quand il la déshabillerait et l'étendrait nue sur son lit. Il écarterait alors ses petites lèvres, entrerait un doigt puis un autre en elle, la caressant doucement. Il attendrait qu'elle soit bien moite et le supplie pour s'introduire entre ses jambes et pénétrer en elle.

Ensuite, lorsqu'elle serait sur le point de jouir, il la retournerait et, encore imprégné de son suc délicat, la prendrait par-derrière, la laissant exploser sous lui, criant et se tordant, en réclamant encore.

Il arrêta de se caresser. Pourquoi passer une nuit en compagnie de sa seule main ? N'était-il pas un homme libre, avec les mêmes besoins que les autres ? L'aubergiste saurait certainement lui trouver une femme susceptible de le satisfaire. Cela devait faire partie de ses services annexes.

Quittant ce lit inconfortable, il se retrouva nu au milieu de la pièce froide et jeta un coup d'œil vers son membre encore raide. Bientôt, il trouverait de quoi le satisfaire.

Il s'habilla en hâte et descendit à la recherche de l'aubergiste.

Un petit quart d'heure plus tard, on frappait à sa porte. Il alla ouvrir et découvrit une jolie jeune femme au regard un peu las, de celles que la vie n'a pas épargnées.

Elle commença par l'examiner de la tête aux pieds puis jeta un coup d'œil circulaire à la pièce, aperçut ses bagages et parut apprécier ce qu'elle voyait. Elle devait avoir connu pire.

— Vous désirez de la compagnie pour la soirée ?

Semblant trouver la situation à son goût, elle entra dans la chambre.

— Je m'appelle Rosie, dit-elle en tendant la main. C'est deux shillings la demi-heure.

Sans un mot, il lui donna les pièces qu'elle réclamait.

S'en emparant, elle les glissa vivement dans sa poche.

— Qu'est-ce qui vous ferait plaisir ? demanda-t-elle aimablement.

Déjà, il commençait à regretter d'avoir fait appel aux services d'une prostituée.

— Ce que vous faites d'habitude, j'imagine.

En quelques rapides mouvements, elle déboutonna sa robe qui tomba au sol. Elle ne portait rien dessous.

Sans atteindre la perfection de Caroline, elle était plutôt jolie. Pas trop maigre, juste assez enveloppée, avec de petits seins et une belle touffe de poils blonds sous son ventre.

— À vous, maintenant. C'est votre tour.

Sans plus de cérémonie, elle s'agenouilla et détacha son pantalon qui lui tomba sur les chevilles, révélant son sexe semi-rigide.

— Oh, que c'est ravissant ! commenta-t-elle, comme si elle s'extasiait devant le beau temps. Le joli mandrin !

Là-dessus, elle enroba sans hésiter le gland entre ses lèvres tout en pompant la base avec ses doigts. La laissant faire, il se débarrassa de sa veste puis de sa chemise, pour se retrouver aussi nu qu'elle.

Dès qu'elle estima son érection complète, elle le conduisit vers le lit où elle s'allongea, les jambes écartées pour lui montrer qu'elle aussi était prête.

— Venez, prenez-moi.

Brusquement, il se demanda si elle n'avait pas attrapé une maladie, avec tous ces voyageurs… Cette pensée lui ôta le peu d'envie qu'il avait d'elle.

De toute façon, c'était Caroline qu'il voulait. Aussi, quelle idée avait-il eue de croire qu'une prostituée à deux shillings saurait la remplacer ?

En même temps, il avait payé cette femme. Elle pourrait au moins l'apaiser un peu.

Il secoua la tête.

— Non, continuez avec votre bouche.

Elle lui jeta un regard avisé.

— Ça fera un shilling de plus.

Si c'était le prix à payer pour éviter une chaude-pisse…

— Je vous donnerai ça, promit-il.

Il n'allait tout de même pas passer une maladie à Caroline !

La fille s'assit et lui saisit les fesses pour mieux l'engloutir.

Il ferma les yeux en se disant que c'était Caroline qui le suçait avec son enthousiasme si particulier. Il se vit en train de lui caresser les seins, d'en taquiner les bouts pour les faire durcir. Il l'imaginait, allongée sur le lit, sa peau d'une blancheur d'albâtre à la lueur de la lampe à gaz. Il humait son sexe délicat au parfum musqué.

Rosie continuait de le sucer avec application, tout en y ajoutant une main pour le faire venir plus vite, tandis que de l'autre, elle lui massait les testicules. Quand il sentit approcher l'orgasme, il se vit pénétrer Caroline, aller et venir en elle jusqu'à la faire hurler de plaisir.

Avec cette dernière et délicieuse pensée, sa semence se répandit sur les lèvres et le menton de Rosie qui avait retiré sa bouche à la dernière seconde. Lui tenant la tête, il l'incita à lui donner quelques coups de langue supplémentaires tandis qu'il reprenait peu à peu une respiration régulière et que les battements de son cœur revenaient à la normale. En même temps qu'il retrouvait la réalité.

Dans un soupir de déception, il recula. Si Caroline avait été là, il n'aurait sans doute même pas remarqué l'inconfort du lit. Et ce serait tout juste le début de leurs ébats, non la fin.

Rosie se leva en s'essuyant le visage sur la chemise de Dominic. Alors qu'elle se rhabillait, elle lui rappela sa promesse.

— Et ce shilling supplémentaire ?

Il la paya, puis l'accompagna sans un mot à la porte. Il ne pouvait détourner ses pensées de Caroline. Bon sang, pourquoi discuter avec ces villageois qui s'accrochaient à leur bout de terrain ? Il pouvait leur offrir ce qu'ils demandaient. Dès le lendemain matin, il jouerait les généreux bienfaiteurs, leur verserait les sommes qu'ils réclamaient, et davantage, afin de rentrer au plus vite à Londres pour retrouver Caroline.

Caroline demeurait immobile au milieu du salon, regardant par la fenêtre les huissiers qui arrivaient devant la porte cochère sous la pâle lumière du petit matin. Elle avait repoussé ce jour maudit autant que possible, mais ne pouvait plus l'éviter. Aujourd'hui, leur maison était confisquée et tous les meubles mis en vente. À midi, avec ses frère et sœurs, ils seraient sans abri. À l'heure du dîner, ils auraient faim.

Tous les bons moments qu'elle avait passés en famille dans ce salon lui étaient soudain volés.

Elle entendait les huissiers dans le couloir. L'un d'eux ouvrit la porte du salon et entra. Il s'arrêta net en apercevant les six enfants regroupés devant la fenêtre.

— La vente commence à neuf heures, annonça-t-il brusquement. Vous feriez mieux de partir avant.

Elle resserra son châle noir sur ses épaules. Il fallait quitter cette maison où elle avait vécu toute sa vie. Désormais, même si Dominic Savage voulait la retrouver, comme il l'avait promis, il ne saurait où la chercher.

— Emily, Louisa, Beatrice, Dorothea, Teddy, énonça-t-elle comme pour s'assurer qu'ils étaient tous là. Venez, il est temps de partir.

Le chemin était long et lugubre de Bloomsbury Square à l'hospice de St. Giles, mais ils n'avaient pas assez d'argent pour prendre l'omnibus. Ils n'étaient désormais que des indigents.

Après un peu plus d'un kilomètre, les jambes de Caroline lui faisaient mal. Après un autre kilomètre, elle avait les pieds gonflés, attaqués par le cuir rêche de ses bottines, ses plus solides chaussures, celles qu'elle avait choisies pour se rendre à l'hospice. Ses ballerines n'auraient été d'aucune utilité en l'occurrence.

Ses sœurs n'étaient pas mieux loties. Louisa commençait à boiter ; pourtant, elle n'émit pas une plainte. Teddy s'efforçait de jouer les petits hommes, mais il était visiblement le plus fatigué d'entre tous.

Ils s'arrêtèrent à l'ombre des arbres sur la pelouse d'un jardin public. Caroline s'assit afin de libérer ses pieds, et les autres se laissèrent tomber à côté d'elle.

Alors que ses sœurs restaient tranquilles, Emily trépignait d'impatience.

— On ne devrait pas continuer ? On n'arrivera pas à l'hospice avant la nuit si on ne se dépêche pas.

Caroline caressait les cheveux de Teddy qui venait de s'assoupir, la tête sur ses genoux, ronflant doucement.

— Tu as donc tellement hâte d'y être ?

Emily s'empourpra.

— Nous devons dormir quelque part cette nuit.

— On ne peut pas continuer comme ça. On attendra que Teddy se réveille.

— Et si ça dure trop longtemps ?

Caroline écarta une mèche tombée sur l'œil de son petit frère.

— Pauvre gosse. Laissons-le dormir tant qu'il le peut. Le mieux serait qu'il ne se réveille jamais.

Emily jeta un regard en coin vers leurs trois jeunes sœurs, occupées à préparer des colliers de pâquerettes. Elle se pencha vers Caroline, si près que leurs têtes faillirent se cogner.

— Le revolver ? souffla-t-elle.

— Il aurait mieux valu pour tout le monde que ça marche. Mais je n'ai pas eu le courage…

— Teddy savait ?

— Et il a menti pour me protéger.

Le regard d'Emily s'adoucit.

— C'est un lourd secret à porter pour un jeune garçon. Pas étonnant qu'il soit épuisé.

— Mais tu as raison. On n'atteindra jamais l'hospice pour la nuit.

— Le temps est assez doux, commenta Emily en caressant l'herbe comme si c'était un lit de plumes. Nous pourrions dormir dehors pour une nuit. Si nous nous blottissons les uns contre les autres, nous nous tiendrons chaud.

Caroline sentait encore le poids du revolver de son père dans sa main. Si elle l'avait gardé, le cachant à leurs créanciers et aux huissiers, elle aurait toujours l'option de tous les libérer définitivement. Mais à présent, il était trop tard. Le courage lui avait manqué à un instant décisif, elle ne pourrait revenir en arrière. En ce moment, le revolver devait être vendu aux enchères et, avec lui, disparaissait la porte de sortie la plus facile de ce monde.

— J'aurais dû tirer tant que je le pouvais.

— Ne dis pas d'horreurs, Caroline ! Tant qu'il y a de la vie, il y a de l'espoir.

Les yeux embués, un sourire aux lèvres, Emily lui prit les mains avant d'ajouter :

— L'esprit humain est une chose étrange. Même maintenant, même si je dois passer la nuit dehors, affamée et dans le froid, je ne voudrais pas mourir. Je veux vivre, Caroline. C'est égoïste de ma part, je sais, mais même si je dois aller dans cet hospice et travailler dix-huit heures par jour pour gagner de quoi manger, je veux encore vivre.

Caroline lui serra la main. Les mots lui manquaient pour exprimer combien elle était de son avis. Elle aussi voulait vivre, et revoir Dominic, revoir son regard empli de désir comme l'autre soir dans la serre.

— Merci, Emily. Merci de m'aider à porter ce fardeau.

Elle contempla ses frère et sœurs avec une sensation nouvelle d'apaisement. Bien que leur père les ait abandonnés, que le capitaine l'ait trahie, que Dominic Savage l'ait délaissée sans hésiter après lui avoir fait l'amour, elle allait continuer malgré tout. Emily venait de lui prêter sa force quand elle n'en avait plus. Avec cette sœur à ses côtés, elle pourrait affronter le monde et garder leur famille unie.

Emily avait raison. Tant qu'il y avait de la vie, il y avait de l'espoir, aussi ténu soit-il ; ce serait toujours une lueur dans l'obscurité sans fond.

Cette détermination toute neuve demeura intacte tout au long de cette interminable journée de marche. Ils eurent beau faire, à la nuit tombée, ils avaient parcouru seulement la moitié de la distance prévue.

À force d'essayer de rassurer les plus jeunes, de les pousser à continuer de marcher quand ils voulaient s'arrêter, de leur raconter des histoires sur leur petite enfance, de leur promettre un bon dîner et un bon lit lorsqu'ils arriveraient, Caroline n'en pouvait plus.

Alors qu'ils traversaient un parc, ce fut Louisa qui finit par s'arrêter en tombant carrément de fatigue. Beatrice donna l'alerte avant de s'agenouiller devant elle, de lui soulever la tête, qu'elle posa sur ses genoux.

Peu après, Louisa se redressait et s'asseyait, l'air ébahi, mais Caroline avait cru mourir d'effroi. Ses sœurs étaient trop jeunes, et Louisa n'avait jamais été très forte. Dans sa hâte à vouloir atteindre un abri, elle les avait trop poussés.

Louisa écarta ses cheveux de son visage.

— Pardon, murmura-t-elle en essayant de se relever. Je ne l'ai pas fait exprès.

— Tu n'as pas à t'excuser, lança Beatrice avec ferveur. Tu n'y es pour rien. N'est-ce pas, Caroline ?

— Pour rien du tout. C'est ma faute. Je vous ai trop fait marcher, alors que je savais combien vous étiez fatigués. Ne te lève pas, nous allons nous reposer.

— Ici ? s'étonna Louisa.

Beatrice jeta un coup d'œil dubitatif autour d'elle, se mordit la lèvre mais ne dit rien.

Dorothea et Teddy s'affalèrent sur l'herbe avec des soupirs de soulagement et se mirent à délacer leurs chaussures. La petite chantonnait doucement, comme si tout lui était égal.

— Gardez vos chaussures, leur conseilla Emily en s'asseyant à côté d'eux. Elles vous tiendront chaud.

Caroline partagea le peu de provisions qui leur restaient. Cela leur fit un maigre dîner composé d'un morceau de pain, d'une tranche de fromage et d'une pomme blette. Teddy et Dorothea engloutirent leur part avant de jeter un regard plein d'espoir vers leur sœur aînée, mais elle secoua la tête.

— Ce sera tout jusqu'à demain.

Voilà pourquoi, entre autres, elle les avait tant poussés à continuer. La marche du lendemain, le ventre vide, les pieds endoloris, serait encore plus difficile.

Dans le silence désappointé qui suivit, Louisa voulut donner sa pomme à Teddy, mais Beatrice l'en empêcha en grondant :

— Il faut t'alimenter. Je lui donnerai la mienne s'il a encore faim.

Caroline leur jeta un regard sévère.

— J'ai tout partagé en parts égales.

Pieux mensonge. Elle n'avait pas faim, aussi ne s'était-elle pas sentie privée en s'attribuant moins qu'aux autres.

— Vous devez manger ce qu'on vous a donné, continua-t-elle. Nous devons tous garder nos forces. Personne ne s'en tirera si l'un d'entre nous tombe d'inanition.

Baissant la tête, Louisa finit par se mettre à manger sa pomme.

Le dîner achevé, ils traversèrent la pelouse en direction d'un grand chêne qui se dressait royalement en bordure du chemin. Ses branches largement étalées leur offriraient un modeste abri contre la rosée du matin.

Tous les six s'installèrent au creux du tronc d'arbre, les plus jeunes au milieu afin d'être mieux protégés du froid du petit matin. Emily et elle se placèrent de chaque côté et étendirent leurs châles sur tout le groupe.

Alors que Caroline commençait à s'endormir, la dernière pensée qui lui traversa l'esprit fut une ardente prière pour qu'il ne pleuve pas.

Au matin, une brume grisâtre couvrait les alentours et une bruine légère semblait traverser les vêtements de Caroline pour la pénétrer jusqu'aux os.

Elle s'éveilla avant les premières lueurs du jour, d'un sommeil trop léger. Le froid du sol s'était infiltré en elle, la gelant des pieds à la tête. Avec mille précautions, elle se dégagea de l'enchevêtrement des corps endormis, se leva, étira ses membres engourdis. Ce matin, elle avait mal en des endroits dont elle ignorait jusqu'ici l'existence.

Une à une, ses sœurs s'étirèrent bientôt à leur tour puis se levèrent, pas vraiment tentées de rester sur le sol. Elles offraient un triste spectacle avec leurs yeux cernés qui ressortaient crûment sur leurs visages livides, et leurs cheveux emmêlés comme si des oiseaux y avaient niché. Caroline passa une main sur les siens dans l'espoir de les lisser un peu, tout en sachant fort bien que cela ne servirait à rien.

Que penserait M. Savage s'il la voyait maintenant ? Cette idée la fit sourire avec un rien d'amertume. Il serait sûrement choqué d'apprendre qu'elle avait dû dormir à la belle étoile et cueillir des mûres sur les haies en guise de petit déjeuner. Il ne la trouverait plus jolie du tout, si cela avait jamais été le cas. Car au fond, toutes ses belles paroles, toutes ses flatteries n'avaient eu d'autre but que de l'amener exactement là où il le voulait.

Elle ne devait s'en prendre qu'à elle-même s'il y était parvenu, si elle l'avait laissé lui prendre sa virginité sans autre forme de procès. Elle ne lui avait pas opposé la moindre résistance, ni la plus petite protestation. Au contraire, elle avait accueilli avec bonheur ses attentions, le laissant effectuer les gestes les plus choquants sur son corps. Pire, elle l'avait imité sur son corps à lui, l'explorant, le touchant, le goûtant sans plus songer aux beaux préceptes qu'on lui avait enseignés.

Une fois de plus, elle ignora la honte qui aurait dû être la sienne, la repoussant dans un coin sombre de son esprit. Peu lui importait à présent sa virginité… Elle avait des préoccupations autrement graves, telles que, par exemple, comment mener la famille jusqu'à l'hospice avant le soir. Ses sœurs avaient beau s'efforcer de cacher vaillamment leur épuisement, elles semblaient tout aussi découragées qu'elle-même. Sauf Dorothea, dont la constante bonne humeur demeurait en ces moments difficiles.

Quant à Teddy, il fut le dernier à se réveiller. Visiblement peu gêné par l'inconfort de leur couche, il finit par se retourner, ouvrit les yeux.

— Qu'est-ce qu'il y a pour le petit déjeuner ? demanda-t-il, encore allongé.

— Des mûres. Et plus vite tu seras levé, plus vite tu en rempliras ton ventre.

Ce qui eut pour effet de le mettre aussitôt sur ses pieds.

— Des mûres ? C'est bon, ça. Où sont-elles ?

— Encore accrochées à leurs buissons. Il va falloir les cueillir si tu veux en manger.

— Alors là, je vais en prendre beaucoup !

Il se précipita, aussitôt suivi de Dorothea.

— C'est moi le champion des cueilleurs de mûres !

— Non, c'est moi, claironna-t-elle.

— Vous pouvez toujours courir ! renchérit Caroline en leur emboîtant le pas, un sourire aux lèvres. Je suis la plus grande, c'est moi qui vais trouver les plus belles mûres de toutes.

— Je suis la plus intelligente, alors c'est moi qui en trouverai le plus, proclama Emily en se mêlant à la partie.

— Pas du tout, maugréa Beatrice en trottinant pour les rejoindre.

Relevant ses jupes, elle poussa Louisa devant elle.

— Je suis la plus méchante, et Louisa la plus gentille, alors c'est nous qui allons en trouver le plus. Pas vrai, Louisa ?

Ils furent tous tellement occupés à se gaver de mûres qu'ils en oublièrent la pluie, le froid et la faim qui les tenaillait. Une bonne partie de la matinée s'écoula ainsi dans les jeux et les cris.

Teddy, les mains et la bouche marquées de taches violacées, fut le premier à s'arrêter.

— J'en ai tellement mangé que j'ai mal au ventre, proclama-t-il. Ça veut dire que j'ai gagné.

Refusant de s'avouer vaincue, Dorothea se plia en deux.

— Moi aussi, j'ai mal au ventre.

Maintenant qu'elle y pensait, Caroline ne se sentait pas très bien non plus.

— On a tous gagné, annonça-t-elle. Mais Teddy et Dorothea encore plus que nous autres.

Elle avait ajouté en hâte cette dernière remarque devant les mines menaçantes des deux petits.

À vrai dire, chacun avait effectivement gagné, en même temps qu'ils avaient parcouru presque deux kilomètres de plus sans s'en rendre compte. Encore deux heures de marche et ils arriveraient.

En fait, l'hospice se trouvait plus près qu'elle ne l'aurait cru. Une demi-heure plus tard, ils atteignaient un village de banlieue isolé et aperçurent dans le lointain, un peu à l'écart des maisons respectables, la sinistre façade de brique de cette vaste prison qui dominait d'humbles demeures.

À présent qu'ils touchaient au but, Caroline n'avait plus aucune envie de presser le pas. Une fois que le portail se serait refermé sur eux, il n'y aurait plus d'échappatoire possible.

— Je voudrais me reposer un peu, annonça-t-elle en se dirigeant vers une pelouse.

Sans attendre de réponse, elle s'assit dans l'herbe.

Les autres la suivirent sans se presser, soulagés de savoir qu'ils avaient presque fini de marcher.

À l'autre bout de la pelouse s'élevait une boulangerie, avec ses bonnes odeurs de pain chaud. Caroline sentit son estomac crier famine. Les mûres avaient bien rempli leur office, mais elles ne vous garnissaient pas le ventre comme une bonne miche de pain. À voir la mine de ses frère et sœurs, elle n'était pas la seule à caresser ce rêve.

Une villageoise passa devant la petite troupe silencieuse et leur jeta un coup d'œil suspicieux. Mal à l'aise, Caroline s'avisa qu'ils devaient avoir triste mine, avant de se rabrouer intérieurement. À l'hospice, ils allaient devoir s'habituer à bien pire que le regard d'inconnus.

La femme repassa quelques minutes plus tard. Cette fois, sa curiosité l'emporta et elle s'approcha d'eux.

— Je ne vous ai jamais vus par ici.

— Nous ne faisons que passer, répondit poliment Caroline. Nous nous sommes juste arrêtés pour nous reposer un peu.

— Vous avez besoin de quelque chose ? Mon fils et ma belle-fille tiennent cette boulangerie, là-bas. Ils font les meilleurs petits pains de la Chrétienté, c'est moi qui vous le dis.

Caroline s'empourpra.

— Merci, mais nous n'avons besoin de rien. Nous avons déjà mangé.

— On a pris des mûres pour le petit déjeuner, couina Teddy en brandissant ses doigts encore violets. C'est moi qui en ai trouvé le plus.

— Et tu n'as plus faim ?

— Oh si ! Papa est mort, alors on doit aller à l'hospice, expliqua-t-il avant que Caroline puisse l'arrêter. Ma sœur dit que là-bas, on pourra manger.

Le visage de la femme s'adoucit.

— Je me disais aussi… Les pauvres petits, tout habillés de noir.

Elle sortit de son sac un gros pain rond.

— Tiens, partage avec tes sœurs, dit-elle en le posant dans les mains de l'enfant. Ça vous permettra de tenir avant d'arriver à l'hospice.

Malgré sa honte, Caroline n'eut pas le cœur à refuser un tel geste. Elle devrait oublier un peu sa fierté, si cela pouvait aider à remplir l'estomac de Teddy.

— Merci, souffla-t-elle en réprimant un sanglot.

La femme lui décocha un sourire entendu.

— Nous sommes plus nombreux que vous ne le croyez à avoir des connaissances dans cette maison, déclara-t-elle paisiblement. Ils ne sont pas tendres, mais si vous travaillez dur, ils vous nourriront aussi bien l'âme que le corps. Plus d'une fois, ils m'ont rendu service. Ce n'est pas la mort d'y passer quelque temps.

Caroline ne voyait pas comment se réjouir en contemplant ce lugubre bâtiment de brique dans le lointain, et n'éprouvait aucune gratitude envers ceux qui avaient conçu ce genre de refuge. Seul un noir tourment l'habitait. Cet hospice représentait la fin de ses espérances, la fin de son monde.

4

Il n'était pas loin de midi lorsqu'ils atteignirent le haut portail de l'hospice. Le cœur battant, Caroline entra la première dans la cour pavée. Elle était déserte, mais on entendait dans le lointain résonner des rumeurs de gens au travail, le fracas de pierres brisées, le bruit sourd d'une hache contre un arbre. Pourtant, pas une voix. L'hospice semblait habité par des esprits silencieux et des machines, mais par aucun être vivant.

Elle regarda autour d'elle en essayant de se repérer. Les hauts murs de brique l'entouraient de toute part, au point qu'elle ne savait plus où elle se trouvait.

L'hospice était gigantesque, beaucoup plus grand que ce qu'elle avait imaginé. Y avait-il donc tant de pauvres dans la région ? Elle n'aurait jamais cru cela. Les mains tremblantes, elle souleva le lourd heurtoir de cuivre et le lâcha dans un grand bruit métallique qui parut se répercuter indéfiniment.

Il résonnait encore lorsque la porte s'ouvrit sur une femme au visage mince.

— Les visites sont autorisées le vendredi seulement, de dix heures à midi, lança-t-elle avant de commencer à refermer.

— Nous ne sommes pas des visiteurs ! s'écria Caroline. Mais des pensionnaires.

— Des pensionnaires ?

La femme écarta un peu la porte avant de les dévisager l'un après l'autre.

— Je ne vous ai jamais vus. Vous faites partie du comté ?

— De Bloomsbury, confirma Caroline.

C'était l'un des quartiers les plus riches, certainement pas celui d'où venaient la plupart des pauvres de cet hospice.

D'ailleurs, à ce nom, la femme écarquilla les yeux et la porte parut sur le point de se refermer.

— Vous ne m'avez pas l'air trop indigents, remarqua-t-elle, avec vos beaux vêtements noirs, vos bottines et tout. Qui me dit que vous ne venez pas semer le trouble ici ?

— Notre père est mort en ne laissant que des dettes. Nous n'avons plus rien.

Les lèvres serrées, la femme finit par s'effacer pour les laisser se diriger vers une sorte de salle d'attente aux murs de brique dénudés et au sol dallé de pierre.

— Entrez là, je vais chercher l'administrateur. Mais vous ne pourrez pas dire que je ne vous ai pas avertis s'il découvre que tout cela n'est qu'une comédie. Il ne sera pas tendre avec vous.

Alors qu'elle allait s'éloigner, Beatrice s'avança vers elle.

— On pourrait avoir quelque chose à manger en attendant ? On a marché toute la journée avec juste quelques mûres et un morceau de pain dans le ventre, et ma petite sœur n'est pas très solide.

La femme s'éloigna avec un rire mauvais.

— Le déjeuner est passé. Il faudra attendre le dîner, maintenant. Du moins, si l'administrateur accepte de vous garder.

Quand l'administrateur de l'hospice daigna enfin arriver, l'après-midi s'achevait presque. Anéantis par la faim autant que par l'épuisement, Teddy et Dorothea avaient cessé de se disputer pour s'allonger et s'endormir à même le sol. Beatrice et Louisa s'étaient assises à une extrémité de l'unique banc de la salle, dans les bras l'une de l'autre, appuyant chacune la tête sur l'épaule de sa sœur. À côté d'elles se tenait Emily, les mains jointes sur ses genoux, dodelinant de la tête, la bouche ouverte.

Seule Caroline, pelotonnée sur l'autre extrémité du banc, malade d'appréhension à l'idée de ce qu'elle allait répondre à l'interrogatoire qui les guettait, ne parvenait pas à trouver le repos. Les ampoules de ses pieds la brûlaient et son estomac vide se tordait de douleur ; mais ces désagréments physiques n'étaient rien, comparés à l'angoisse qui lui étreignait le cœur.

Son père, avec ses spéculations hasardeuses et ses tentatives insensées de doubler sa fortune en deux temps trois mouvements, les avait tous précipités dans un abîme sans fond. Si seulement il avait pu se contenter de ce qu'ils avaient déjà : une belle maison, une famille heureuse et des revenus couvrant largement leurs besoins. Ils n'en demandaient pas plus.

Quelques semaines auparavant, elle l'aimait encore de tout son cœur, ce père qui la protégeait du monde extérieur, en qui elle voyait parfois même un ami. Difficile de se le rappeler ainsi, maintenant qu'elle était entourée de ses frère et sœurs épuisés et affamés, sachant qu'ils devaient leur détresse à sa cupidité autant qu'à sa lâcheté. Malgré tout, elle ne parvenait pas à le haïr. Ce serait pourtant plus facile.

Non, sa haine se reportait sur le capitaine Bellamy, l'homme qui aurait pu les sauver tous s'il l'avait voulu. Sa proposition mesquine et méprisable était plus insultante que tout ce qui lui arriverait jamais, plus insultante encore que le regard soupçonneux de l'administrateur de l'hospice en train de s'approcher. C'était un homme aux cheveux blond foncé à peu près de l'âge de son père, aux traits plus marqués par une vie certainement dure ; d'ailleurs, il avait une jambe estropiée et s'appuyait sur une canne.

— C'est vous qui demandez une admission d'urgence ? aboya-t-il d'un ton bourru.

D'un regard vif, il les avait déjà évalués : vêtements noirs fripés, cheveux épars, mines pâles.

Caroline se leva sur ses pieds brûlés par les ampoules et plongea dans une révérence.

— C'est nous.

Il s'arrêta devant elle, s'appuyant lourdement sur sa canne.

— Vous en avez de beaux habits, pour des pauvres !

Ce ton sarcastique la fit frémir et ses yeux s'emplirent de larmes. S'ils n'étaient pas acceptés, ils n'auraient nulle part où aller.

— Nous n'en avons pas d'autres.

— Vos parents ? Où sont-ils ?

— Morts tous les deux. Ma mère, il y a dix ans, à la naissance de Teddy. Mon père…

Elle s'interrompit pour déglutir.

— Mon père, il y a juste quelques semaines.

— Il ne vous a rien laissé ?

— Que des dettes, que nous ne pourrons jamais rembourser.

Il les considéra encore un instant, d'un œil critique.

— Vous et vos sœurs m'avez l'air de jeunes filles assez solides. N'avez-vous pas cherché à travailler au lieu de venir ici vivre de la générosité des autres ?

Elle n'aurait pas cru que le pain de la charité soit si dur à avaler.

— Nous portions le deuil de notre père. Le temps de nous rendre compte de la situation désespérée dans laquelle il nous avait laissés, les huissiers ont envahi la maison. Ils ont tout pris.

Ils nous auraient ôté les vêtements que nous portons s'ils avaient pu nous envoyer nus dans la rue.

— Vous n'avez pas de proches pour vous recueillir ? Pas de grands-parents, d'oncles, de cousins ?

Croyait-il qu'elle n'avait pas sondé tous ses souvenirs et les papiers de son père à la recherche d'un quelconque parent susceptible de les prendre en charge ? Elle n'en avait pas trouvé la moindre trace, ni d'un côté ni de l'autre.

— Non.

— Pas d'amis ?

— Aucun qui ait accepté de se charger de la progéniture d'un banquier ruiné. Ils devaient tous craindre que ce ne soit contagieux.

Elle savait que son amertume était injustifiée. Six personnes à nourrir, à loger, à vêtir, cela représentait un insurmontable fardeau, même pour les proches les plus dévoués. Elle n'avait pu se résoudre à en demander autant aux amis de son père, et de toute façon, aucun n'aurait eu les moyens de leur rendre un tel service. Néanmoins, elle s'irritait de n'avoir reçu aucune offre spontanée. Dans les moments cruciaux, elle ne pouvait plus compter que sur elle-même.

— Personne d'autre pour vous aider ?

L'évocation du capitaine Bellamy lui laissa un goût amer.

— Personne dont j'aurais pu accepter l'offre.

Le regard vert de l'administrateur la transperça, comme s'il lisait en elle tous les secrets qu'elle ne voulait pas avouer.

— Vous êtes bien fière, pour une pauvresse.

— C'est tout ce qu'il me reste. N'allez pas me reprocher de m'y accrocher autant que je le peux.

— Ma fille, la fierté est un luxe que ne peuvent se permettre les pauvres, lâcha-t-il d'un ton ferme mais sans aucune agressivité. Autant que vous l'appreniez au plus vite.

Elle haussa les épaules. À vrai dire, il ne lui en restait guère.

— Bon, nous allons vous prendre pour le moment.

Son soulagement fut tel qu'elle en eut les jambes flageolantes. Cette nuit, ils allaient dormir dans un lit, non dans un fossé. Et ils allaient manger. Cette dernière pensée lui donna des gargouillements.

— Merci.

— Nous allons vous mettre dans la section temporaire pour cette semaine. Lundi, le conseil d'établissement se réunira et décidera une fois pour toutes qui d'entre vous pourra demeurer ici.

Un lit et des repas pour le restant de la semaine. C'était déjà mieux que rien. Le conseil aurait sûrement pitié d'eux et s'efforcerait d'adoucir leur triste destinée, le temps qu'elle trouve un moyen de reprendre la famille en main.

— Merci, souffla-t-elle.

— Ne vous faites pas trop d'illusions. Vous m'avez tous l'air en bonne forme et aptes au travail. Le conseil ne s'attarde pas trop sur les cas de ces mendiants qui n'ont qu'à se retrousser les manches ou veulent se faire passer pour plus malades qu'ils ne le sont. Vous pourriez fort bien vous retrouver à la porte dès lundi.

Il tourna la tête vers Teddy et Dorothea, aux joues rougies par le sommeil, qui s'asseyaient en tirant lentement sur leurs habits pour les défroisser un peu.

— Cela dit, on pourrait faire une exception pour les deux plus jeunes et les garder jusqu'à ce qu'ils soient en âge d'entrer en apprentissage.

— Et vous permettriez aux autres de rester jusque-là ?

Fallait-il que ses espérances soient tombées bien bas pour qu'elle en vienne à réclamer cette misérable obole !

— La dernière épidémie de choléra nous a presque anéantis. La plupart de nos pensionnaires n'ont pas eu la force de lutter et la moitié de nos lits sont actuellement vides. Vous pourriez donc très bien rester. Attendez ici que je vous envoie la surveillante générale.

Tandis qu'il s'éloignait en boitant, Caroline se laissa retomber sur le banc. En était-elle réduite à se réjouir de passer une semaine dans un hospice infesté par le choléra ?

La femme au visage mince reparut peu après.

— Venez avec moi. Il dit que vous pouvez rester toute la semaine.

Elle leur fit presser le pas en agitant son tablier comme s'ils étaient des enfants récalcitrants.

— Il est trop bon avec vous, croyez-moi ! marmonna-t-elle en les guidant à travers la cour déserte jusqu'à une sévère bâtisse de brique.

Après avoir suivi d'innombrables corridors, ils arrivèrent dans une pièce au sol dallé de pierre, équipée de deux grandes bassines d'eau.

— Lavez-vous ! ordonna-t-elle, les mains sur les hanches.

Caroline et ses sœurs échangèrent un regard. Cette femme n'espérait tout de même pas les voir se déshabiller devant elle, ni les uns devant les autres, pour grimper ensemble dans la même baignoire ?

Pourtant, si.

— Dépêchons, je n'ai pas toute la journée devant moi ! lança-t-elle à la petite troupe paralysée.

Beatrice s'avança pour tâter l'eau.

— C'est glacé, annonça-t-elle. Et très sale. Vous ne croyez pas qu'on va se laver là-dedans !

Caroline y regarda de plus près et vit la mousse grisâtre qui flottait à la surface de l'eau. Beatrice avait raison, c'était dégoûtant. Ils ne seraient pas les premiers à entrer dans ce bain. L'idée de le partager avec les autres pensionnaires lui retournait le cœur. Du coin de l'œil, elle vit qu'Emily virait au vert.

— C'est à prendre ou à laisser, comme vous voudrez. Mais personne n'entre dans l'hospice sans passer par la baignoire. Tout le monde se plie au règlement. Nous ne voulons pas de vermine ici.

Caroline ne put s'empêcher de protester.

— Nous n'apportons pas de vermine.

La surveillante fit la grimace.

— Tous les pauvres disent ça. Je n'ai jamais rencontré d'indigent qui ne grouille pas de vers et de poux. Alors maintenant, vous allez vous baigner ou voulez-vous que je vous renvoie ?

La détermination de son ton laissait clairement entendre quelle était son option préférée.

Lentement, à contrecœur, Caroline ôta ses bottines, fit glisser ses bas sur ses jambes, dénuda ses pieds endoloris. Que faire d'autre ? Ils n'avaient pas le choix. S'ils ne plongeaient pas tous dans ces baignoires répugnantes, ils ne pourraient pas rester. Et s'ils ne restaient pas, ils mourraient de faim.

Les dalles la gelèrent des pieds à la tête. Pourtant elle n'hésita pas, ôtant sa robe, puis sa chemise avant d'entrer dans l'eau.

— N'oubliez pas vos culottes, gloussa la surveillante. Vous devez prendre un vrai bain. Il ne s'agit pas de faire une petite trempette et de s'essuyer ensuite.

Le visage brûlant de confusion, Caroline quitta également ses culottes, qu'elle envoya d'un coup de pied rejoindre le reste de ses vêtements.

La surveillante émit une sorte de couinement.

— En voilà une belle peau bien lisse et blanche ! Allez, au bain !

Caroline s'exécuta en tremblant de froid. S'emparant d'une barre de savon jaune au bord de la baignoire, elle s'en frotta tout le corps aussi vite que possible. Elle allait sortir lorsqu'elle sentit les mains de la surveillante se poser sur sa tête pour l'enfoncer sous l'eau. Surprise, elle but la tasse puis émergea en se débattant, toussant pour débarrasser ses poumons de l'eau qu'elle venait d'avaler.

— Il faut vous laver les cheveux aussi, lança la femme en y passant brutalement le savon jaune.

Sans ménagement, elle la replongea ensuite sous la surface. Cette fois, au moins, Caroline s'y attendait et eut le temps de retenir son souffle sans subir l'effrayante impression de se noyer.

— Cela va mieux, conclut la surveillante avant de la laisser sortir. Et n'essayez pas de me résister, ajouta-t-elle en montrant fièrement ses bras musclés. Rares sont les femmes qui peuvent se vanter d'avoir plus de force que moi.

Caroline songea qu'elle avait rarement vu bras aussi laids, mais garda cette réflexion pour elle.

La femme lui envoya une serviette crasseuse pour se sécher et elle s'en empara sans se faire prier. Alors qu'elle récupérait ses vêtements, elle fut de nouveau arrêtée par le geste impérieux de la surveillante qui les lui arracha des mains.

— Vous ne pouvez pas porter ces choses-là ici. Vous allez revêtir l'uniforme des pauvres.

Elle ramassa une robe grise entassée sur une pile dans un coin, l'ouvrit devant elle pour vérifier si la taille convenait, hocha la tête.

— Mettez-la.

Caroline recula instinctivement, incapable de supporter cet ultime outrage.

La surveillante lui jeta un regard noir.

— Quoi, encore ? demanda-t-elle d'un ton acerbe. Ce n'est pas assez bien pour vous ?

— Ne pouvons-nous reprendre nos habits noirs ? Notre père vient de mourir.

— On méprise les indigents, à ce que je vois. Des pères, il en meurt chaque jour, et la vie continue. Tous les pensionnaires de l'hospice portent ceci. Je ne ferai pas d'exception pour des gamins mal élevés qui ne savent pas se montrer reconnaissants quand on leur sauve la vie.

— Mais nous sommes en deuil. Nous ne devons pas porter du gris. Cela ne se fait pas.

— Alors promenez-vous toute nue. Je suis sûre que je ne serai pas la seule à me rincer l'œil sur votre jolie peau toute fraîche.

Tremblant de froid et s'excusant mentalement auprès de son père, Caroline prit la robe, la passa sur sa tête. Quoi qu'elle fasse, elle avait chaque fois l'air de défier son interlocutrice. Mais rien ne lui faisait plus mal que de ne plus pouvoir rendre hommage à son père. Cela était bien pire que la douleur qui lui tordait le ventre ou lui brûlait les pieds. Elle avait dépensé ses derniers sous à payer ces tenues pour la famille, et voilà que son sacrifice s'avérait vain. Ils se voyaient refuser l'autorisation d'arborer ce qui leur avait tant coûté ; personne ne porterait donc le deuil de leur père.

D'une autre pile, la surveillante tira un tablier qu'elle accrocha à la robe de Caroline, mais aussi une paire de bas de laine bien drue et des souliers à semelle épaisse.

— Faites attention à ne pas salir vos affaires, la prévint-elle. On ne lave rien avant le jour de la lessive.

— Et quand tombe ce jour ? s'enquit Caroline, le cœur serré.

— Un vendredi sur deux. Vos vêtements devront attendre jusque-là.

Ainsi, elles n'auraient pas de linge propre. Nouvelle atteinte à leur dignité qu'il faudrait bien avaler.

— Allons, les autres, qu'attendez-vous ? Je n'ai pas toute la journée.

Caroline se tourna vers ses frère et sœurs.

— Ça n'était pas si terrible, mentit-elle en s'efforçant de ne pas trop grincer des dents.

Le drap rêche de la robe lui grattait la peau et les chaussures trop étroites serraient cruellement ses pieds gonflés. Mais, par égard pour ses sœurs, elle devait faire bonne figure. Les jérémiades ne mèneraient à rien. Mieux valait ne pas se voiler la face : désormais, elles n'étaient que des indigentes.

L'une après l'autre, elles suivirent son exemple. Louisa s'y plia les yeux pleins de larmes, et la mine renfrognée de Beatrice aurait pu faire tourner le lait de toute une crémerie. Néanmoins, elles firent ce qu'on leur demandait, au grand soulagement de Caroline qui ne pouvait que se féliciter de leur bonne éducation. Tant qu'elle n'aurait pas trouvé un moyen de gagner assez d'argent pour les sortir de là, elles seraient coincées dans cet hospice et soumises au même règlement que le reste des pensionnaires.

La surveillante leur frotta le corps l'une après l'autre. Quand arriva le tour de Teddy, son expression s'adoucit un instant.

— Moi aussi, j'ai eu un joli petit garçon, à une époque, observa-t-elle comme pour elle-même. Maintenant il a grandi et c'est un soldat. Il m'écrit une fois par mois, réglé comme une horloge.

Lorsqu'ils furent tous habillés, les filles en robe grise et tablier, Teddy en pantalon et chemise du même gris, la surveillante les aligna devant elle.

— Noms et âges, ordonna-t-elle en sortant un carnet de sa poche.

Elle l'ouvrit, dégagea un crayon retenu par un élastique.

Ce fut Caroline qui s'avança pour répondre :

— Caroline Clemens, dix-neuf ans. Emily, dix-sept. Louisa, seize. Beatrice, quatorze. Dorothea, onze. Et Edward, dix.

— Celles de seize ans et plus iront dans l'aile des adultes, énonça la femme en griffonnant sur son carnet. Vous ferez de l'étoupe avec les autres pensionnaires, sauf si vous êtes trop faibles ou malades pour travailler.

Elle leva la tête pour les examiner un instant.

— Je dois vous mettre en garde pour le cas où vous voudriez jouer les malades : si vous ne travaillez pas, vos rations alimentaires seront coupées. Ceci est un hospice, pas un centre de loisirs. Vous devez gagner votre croûte, exactement comme à l'extérieur.

Elle pointa ensuite son crayon vers Beatrice et Dorothea :

— Quant à vous deux, vous habiterez dans l'aile réservée aux jeunes filles, où vous apprendrez des métiers qui vous permettront de vous en tirer ensuite dans la vie. Et le garçon ira avec les autres enfants.

Beatrice laissa échapper un cri de désarroi. La mine défaite, elle s'accrochait à la main de Louisa comme si sa vie en dépendait.

— Vous allez nous séparer ?

La surveillante lui adressa un regard sévère.

— Vous pourrez vous rendre visite une fois par mois, si vous ne faites pas d'histoires, bien sûr.

— Une fois par mois ? s'exclama Caroline, horrifiée.

Elle était persuadée qu'ils pourraient au moins rester ensemble. Mais comment accepter de se laisser incarcérer dans cet hospice si c'était pour ne se voir qu'une fois par mois ? Teddy serait tout seul, sans personne pour le guider ou pour le réconforter. Et comment Beatrice survivrait-elle à une séparation d'avec Louisa, alors que toutes deux étaient si proches qu'elles ne s'éloignaient guère plus d'une heure par jour l'une de l'autre ? Malgré son apparente fragilité, Louisa possédait une volonté de fer, tandis que la pauvre Beatrice s'écroulerait sans sa grande sœur. Elle se croyait assez forte pour la protéger, au point d'imaginer que c'était la raison de son existence ; sans elle, elle n'aurait plus de but à poursuivre.

— Une fois par mois, ni plus ni moins, rétorqua la surveillante. En supposant bien sûr que le conseil d'établissement accepte de vous garder tous, ce qui n'est pas sûr du tout.

À la fin de la première semaine à l'hospice, Caroline en venait presque à espérer que le conseil d'établissement refuse de les garder. Il lui semblait plus supportable de subir le froid et la faim en pleine nature que les traitements de cette institution charitable. Au moins seraient-ils tous ensemble.

Mêlées aux autres femmes, Emily, Louisa et elle devaient faire de l'étoupe à longueur de journée. Ce travail était déjà assez rude pour des mains durcies par le travail, mais pour les paumes douces et blanches de jeunes filles habituées à la broderie et à la peinture, c'était atroce. Au bout d'à peine dix minutes passées à démêler le rêche cordage, celles de Caroline étaient à vif ; au bout d'une heure, elles saignaient et avaient doublé de volume, au point qu'elle pouvait à peine les remuer. Après une journée de travail, la douleur était si forte que cela l'empêcha de dormir ; tout comme Emily, elle passa la nuit à se retourner dans son lit étroit. Quant à Louisa, elle fut prise de quintes de toux sèche qui n'annonçaient rien de bon.

Malgré tout, Caroline n'osa pas s'arrêter de travailler. La nourriture, même pour ceux qui travaillaient, était assez maigre pour laisser constamment une sensation de faim. S'il fallait couper les rations, c'en serait fini. Elle avait vu certaines pensionnaires trop malades pour travailler, maigres à faire peur, qui allaient et venaient comme des âmes en peine. Elle n'avait aucune envie de rejoindre ces fantômes.

Elle n'avait plus qu'à espérer que Teddy et Dorothea seraient en partie protégés par leur jeunesse et leur entrain naturel. D'autant que les jeunes n'étaient pas traités aussi durement que les adultes ; une fois, elle avait vu par la fenêtre un groupe d'enfants qui jouaient dans la cour. Ces petits étaient résistants, assez jeunes pour s'adapter. Tant qu'ils auraient de quoi manger et n'attraperaient ni choléra ni aucune des maladies qui hantaient l'hospice, ils s'en sortiraient à peu près indemnes.

Malheureusement, elle craignait que Beatrice n'ait déjà abandonné tout espoir. Bien qu'elles n'aient pas le droit de se parler, excepté durant leur visite mensuelle, Caroline l'avait croisée à plusieurs reprises tandis qu'elles se rendaient à l'atelier. Beatrice avait perdu du poids, beaucoup plus que les autres, et paraissait hagarde. Le plus inquiétant, c'était son regard vide. La petite étincelle audacieuse qui allumait habituellement son regard avait disparu depuis qu'elle ne pouvait plus protéger sa sœur bien-aimée. Leur séparation lui avait autant brisé l'esprit que leurs dures conditions de vie. La tête et les épaules basses, elle ne semblait s'animer que lorsqu'elle croisait Louisa, qu'elle suivait alors des yeux avec une expression de chien battu.

En se rendant à la cantine pour le déjeuner, Caroline se sentait déjà complètement épuisée et ses mains lui faisaient tellement mal qu'elle en aurait presque oublié ses préoccupations. Mais Beatrice, plus que quiconque dans la famille, avait besoin de son aide. L'hospice ne représentait en rien le refuge qu'elle avait cru trouver. Ce n'était que le début d'une mort lente. Si elle ne les sortait pas tous d'ici au plus vite, ils allaient mourir sur place.

Elle s'asseyait à sa table quand la surveillante l'interpella d'une voix de stentor. Elle se releva aussitôt et baissa la tête d'un air soumis.

— Oui, madame.

Quelques jours avaient suffi à lui apprendre que toute parole un tant soit peu animée passait pour un affront personnel.

— Le conseil d'établissement s'est réuni ce matin. Vous et vos frère et sœurs avez été rejetés. Vous devez partir cet après-midi.

Elle jeta un regard d'envie au bol de potage clair et à l'assiette où était posé un morceau de pain noir accompagné de fromage. Malgré l'affreuse nouvelle qui lui tintait à l'oreille, son estomac criait famine.

— Rejetés ?

Leur refusait-on jusqu'à ce sursis sur la mort ?

— Mais nous n'avons nulle part où aller !

— Ce n'est pas ce qu'a dit le conseil. Ils estiment que vous avez repoussé une offre de soutien parfaitement régulière d'un des amis de votre père, un certain capitaine Bellamy. Lui-même a confirmé avoir fait ce geste et, par-dessus le marché, il a juré être prêt à réitérer sa proposition selon les termes de sa première offre.

— Régulière ? s'exclama Caroline, abasourdie. Aurait-il informé le conseil d'établissement que cette offre comportait certaines conditions ? Que ce n'était pas du tout le genre de proposition qu'une femme respectable pourrait accepter ?

La surveillante haussa les épaules.

— Je me moque de ces conditions. Cela ne me regarde pas. C'est l'affaire du conseil. Les ordres sont les ordres. Venez, maintenant.

Caroline demeura immobile à sa place. Elle n'avait plus rien à perdre.

— Je veux voir l'administrateur.

— Il vous dira la même chose que moi.

— Dans ce cas, il peut me dire lui-même qu'il nous refuse le refuge, à ma famille et à moi, et préfère nous rejeter à la merci du monde. Qu'il nous renvoie afin que le capitaine fasse de moi une prostituée.

Malgré ses efforts, elle sentit sa voix se briser.

— Je vois que vous êtes tout aussi prétentieuse qu'à votre arrivée, marmonna la surveillante. Venez avec moi, je vais dire à l'administrateur que vous voulez lui parler.

Hâtivement, Caroline saisit le pain et le fromage pour les cacher dans son tablier, bien qu'il soit strictement interdit de sortir de la nourriture de la cantine. Elle avait une faim de loup et, si elle devait se voir bientôt chassée sur les routes, Dieu seul savait quand elle pourrait de nouveau manger.

La surveillante l'abandonna dans la salle d'attente déserte, et Caroline retourna s'asseoir sur le banc ; elle y mangea le pain et le fromage qu'elle avait chapardés, les faisant durer aussi longtemps que possible. À défaut de la nourrir, cela comblerait son creux pour un certain temps.

Peu après, elle entendit résonner les pas claudicants de l'administrateur qui descendait le corridor. Il s'arrêta sur le seuil.

— Vous savez déjà que le conseil d'établissement a refusé de vous recevoir. Qu'espérez-vous de plus en demandant à me voir ?

Devant son air froid, elle comprit aussitôt que ses arguments ne serviraient à rien. Néanmoins, elle voulait essayer.

— Le capitaine Bellamy veut faire de moi sa catin, lança-t-elle sans préambule. C'est le seul soutien que je puisse attendre de lui.

— Le conseil d'établissement n'a pas fait état de telles intentions.

— Parce que vous croyez qu'il allait s'en vanter ? Qu'il allait crier sur les toits avoir proposé de corrompre une jeune femme de bonne moralité ? Une femme qu'il devait épouser, avant de rompre cruellement leurs fiançailles afin de se marier avec une riche héritière ?

— Le conseil a tranché. Il n'existe pas d'appel possible. Je ne puis me permettre de vous garder et de vous nourrir. Vous priveriez quelqu'un d'autre.

Effondrée, elle se tassa sur elle-même. Les mensonges du capitaine Bellamy privaient la famille de son dernier refuge.

— C'est l'après-midi, insista-t-elle, et le soir va bientôt tomber. Laissez-nous au moins rester cette nuit. Nous partirons demain matin.

Il afficha un air dubitatif.

— Et si vous envoyiez la facture au capitaine ? proposa-t-elle amèrement. Il a bien proposé de nous aider, n'est-ce pas ? Il pourra payer pour une nuit supplémentaire.

Pourtant, l'homme hésitait encore.

— Et vous avez ma permission, ajouta-t-elle, pour lui facturer le doublement des rations de tous les pensionnaires pendant une semaine.

Cette fois, il sourit.

— Topez là, ma fille. Vous et vos frère et sœurs pouvez rester encore cette nuit. Mais demain, il faudra partir.

— Après le petit déjeuner.

Ce qui leur assurerait au moins un dernier repas avant de s'en aller.

— Nous ne marcherions pas longtemps l'estomac vide, précisa-t-elle.

— Après le petit déjeuner, acquiesça-t-il.

Elle devrait bien s'en contenter.

Dominic se versa une généreuse portion de porto et passa la carafe à son voisin de table. Il en but une gorgée avant de reposer son verre. La tentation était grande de se griser un peu, ne serait-ce que pour faire passer la soirée plus vite. Ce dîner avait été des plus pénibles, la nourriture quelconque et pas du tout à son goût, et les invités parfaitement ennuyeux. Le pire étant qu'il lui faudrait patienter encore au moins une heure, à partager un digestif avec ces messieurs, avant de pouvoir poliment s'excuser et filer. Il n'avait accepté cette invitation que pour mieux s'insérer dans la société anglaise, pour se faire quelques nouvelles relations, trouver sa place parmi les banquiers de la City. Et tâcher de découvrir où Caroline Clemens pouvait bien se cacher.

Pendant qu'il vaquait à ses affaires en province, la maison des Clemens avait été mise en vente, et la jeune femme avait disparu de la surface de la terre. Malgré d'intenses recherches, il n'avait trouvé aucune trace de son passage. Il ne lui restait plus qu'à espérer que quelqu'un, parmi le cercle de ses connaissances, sache où elle s'était rendue. Une jeune femme ne se volatilisait pas ainsi, surtout avec cinq frère et sœurs sur ses talons.

Au cours de ce dîner, il ne lui avait pas fallu longtemps pour décider de ne pas nouer un quelconque lien amical avec la plupart des convives. Béats de suffisance, ils s'étaient gavés de soupe de tortue, de cailles, de venaison et de tous ces mets délicats que seules les classes sociales les plus aisées pouvaient s'offrir. La bouche pleine de bonnes choses, ils dénigraient ces crapules de mendiants londoniens qui n'avaient pas les moyens de se payer un morceau de pain et volaient pour ne pas mourir de faim.

Il avait discrètement enquêté auprès de ses voisins de table pour vérifier si quelqu'un pouvait lui donner des nouvelles de Caroline Clemens, mais personne n'avait entendu parler d'elle depuis la mort de son père, et tous ne semblaient guère s'en soucier. Désormais, il n'avait plus grand-chose à faire ici, à part attendre de rejoindre ces dames dans le petit salon afin de les interroger à leur tour. Il pouvait raisonnablement espérer qu'un jour ou l'autre, une relation commune lui donnerait de ses nouvelles.

En attendant, il sirotait son porto, écoutant à peine ce qui se disait autour de lui, sans se joindre à la conversation. Jusqu'au moment où certaines paroles attirèrent son attention.

— ... les gosses d'Isaac Clemens.

Il dressa l'oreille. Était-ce de Caroline qu'ils parlaient avec tant de désinvolture, à l'autre bout de la table ?

— Vraiment ? s'enquit en bâillant un homme blasé aux longs favoris sur un visage blême.

Son interlocuteur, leur hôte pour la soirée, gros homme rubicond du nom de Bartles dont le gilet semblait sur le point d'exploser, partit d'un rire gras.

— Aussi sûr que je suis assis là. L'aînée des filles Clemens, comment s'appelle-t-elle déjà ? Celle qui devait épouser Bellamy avant qu'il ne rompe. En quoi on le comprend. À sa place, je n'aurais pas voulu épouser une pauvresse non plus.

— Caroline, précisa un de ses voisins.

— C'est ça. Caroline Clemens et toute la marmaille. Ils ont sollicité l'accueil de l'hospice de Bloomsbury, la semaine dernière. Les bras m'en sont tombés quand j'ai appris ça à la réunion du conseil, ce matin.

— Et vous les avez acceptés ?

— Bien sûr que non ! Le suicide d'Isaac Clemens nous a coûté les yeux de la tête, à moi et à pas mal d'honnêtes gens. Je ne vais pas encore payer pour entretenir ses gosses dans l'hospice. Ils n'ont qu'à se chercher du travail au lieu d'attendre qu'on leur fasse la charité.

Sa Caroline, à l'hospice ? Il sentit son estomac se retourner. Se pouvait-il qu'elle n'ait pas un sou ? Pas de proches pour la recueillir ? Personne dans tout Londres pour lui tendre une main secourable ?

Ces Anglais sans cœur autour de cette table les avaient rejetés, elle et ses frère et sœurs, sans un sou vaillant, avec à peu près autant de commisération que s'il s'agissait d'une portée de chatons indésirables.

L'homme blasé bâilla de nouveau.

— Le père Clemens les a vraiment laissés sans ressources ?

Ce qui suscita un chœur de railleries et de claquements de langue tout autour de la table.

— Insouciant.

— Imprévoyant.

— Décidément nul en affaires.

— En outre, d'après ce que j'ai entendu, continua le gros homme, Bellamy a proposé d'offrir une pension à cette fille s'il ne l'épousait pas. Qu'il entretienne donc la famille Clemens si ça peut lui soulager la conscience ! Je débourse déjà bien assez de mon côté sur l'argent gagné à la sueur de mon front pour nourrir les miséreux.

Dominic finit par retrouver sa langue.

— Caroline Clemens vit donc dans cet hospice de Bloomsbury ?

— Ils ont dû l'expulser, à l'heure qu'il est, répliqua l'homme d'un ton satisfait. Avec un père comme le sien, elle n'en méritait pas davantage.

Dominic repoussa sa chaise et se leva. Il tenait l'information qu'il cherchait. D'ailleurs, il ne saurait supporter une minute de plus l'outrecuidance de son hôte. Dire que cet homme se réjouissait de voir une innocente famille tomber assez bas pour chercher refuge dans un hospice. Quelle abjection ! Mais que, en outre, il trouve le moyen de la priver de cet unique refuge, cela dépassait l'entendement.

— Si vous voulez bien m'excuser, dit Dominic sans se donner la peine de masquer son dégoût, je me rappelle soudain que j'ai une affaire urgente à régler.

Son hôte releva la tête, l'air contrarié.

— Vous devez vraiment partir si vite ? Nous n'avons pas abordé ces investissements sur les chemins de fer dont je vous ai parlé. J'avais hâte d'en discuter avec vous, et il m'a semblé que ce soir représenterait une parfaite occasion de trouver un accord.

Il commence par me flatter avec de la soupe de tortue et du bordeaux, puis il croit pouvoir me refiler ses actions à la noix ! songea Dominic, furieux. Ce genre de tactique était courante aux

Indes, mais il n'aurait pas cru la voir utilisée avec si peu de finesse dans la City.

— Je préfère ne pas investir mon argent dans ces actions-là, répondit-il d'un ton paisible. À présent, si vous voulez bien m'excuser, je me dois d'aller porter secours à une jeune femme qui en a bien besoin.

Devant son hôte dont la face virait du rouge au verdâtre et qui marmonnait d'inaudibles protestations, Dominic tourna les talons pour se diriger vers la porte.

Il frappa tant et si bien à la porte de l'hospice qu'une femme à moitié endormie finit par lui ouvrir. Sa mine renfrognée s'adoucit immédiatement quand elle aperçut l'élégante tenue de l'importun et l'équipage qui stationnait dans la rue.

— Que désirez-vous, monsieur ? demanda-t-elle d'une voix mielleuse.

— Caroline Clemens. Où est-elle ?

La femme en resta un instant stupéfaite.

— Vous venez pour Caroline ?

— Pour elle et pour le reste de sa famille. J'ai cru comprendre qu'ils se trouvaient ici depuis la semaine dernière. Amenez-les-moi.

Elle lui jeta un regard mauvais.

— Ainsi, vous êtes le capitaine, celui qui a promis d'entretenir la jeune dame ?

Il haussa un sourcil devant tant d'impertinence. Cette canaille de capitaine tournait donc toujours autour de Caroline ? Dominic allait devoir y mettre un terme au plus vite.

— Ne me mettez pas en retard, je vous prie. Faites vite, je n'ai pas de temps à perdre.

La surveillante eut du mal à réveiller Caroline, au point de lui secouer la main jusqu'à ce qu'elle ouvre les yeux.

— Levez-vous ! Allons ! Le capitaine est arrivé. Il veut vous voir à l'instant, dans le bureau de l'administrateur.

Le capitaine ? Cette mention eut pour effet de la tirer instantanément du sommeil. Était-il là pour se moquer de sa déchéance ou pour vérifier si elle en était réduite à accepter son offre ?

En était-elle vraiment réduite à devenir sa maîtresse ? Elle n'avait pas le choix, si elle songeait à ses ressources inexistantes.

Après tout, deux cents livres par an, ce n'était pas rien. S'ils trouvaient une petite maison à la campagne et cultivaient leur propre potager, élevaient des poules et des lapins, ils auraient de quoi vivre. Emily était assez intelligente pour trouver une place de gouvernante dans les parages, et une fois qu'elles auraient grandi, les filles finiraient bien par se dénicher un mari…

Caroline se retourna, se cachant la tête dans les mains. La perspective de se jeter à la merci du capitaine lui donnait la nausée, mais comment refuser, désormais ? Elle allait en mourir de honte, mais autrement ce seraient eux tous qui mourraient de faim. À la rigueur, elle pouvait encore jouer les coquettes quelques minutes.

— Allez-vous-en ! marmonna-t-elle en faisant semblant d'être encore endormie. Je ne veux pas lui parler.

La surveillante la tira carrément hors du lit.

— Il insiste pour vous voir. Dépêchez-vous, enfilez votre blouse ou je vous emmène telle quelle, en chemise.

Elle crut bon d'ajouter une de ses déplaisantes insinuations :

— Encore que ça ne le gênerait pas plus que ça. Ce monsieur a le sang chaud.

Le seul effort d'enfiler ses bas et ses bottines fit de nouveau saigner les mains de Caroline. Elle serra les dents. Apparemment, elle n'avait pas le choix ; il lui fallait répondre à l'appel de cet homme, que cela lui plaise ou non.

Une fois habillée, elle suivit la surveillante dans l'escalier, puis à travers les couloirs jusqu'au bureau de l'administrateur.

La femme la fit entrer, non sans lui avoir murmuré à l'oreille de ne pas mordre la main qui la nourrissait, et puis elle ferma la porte derrière elle.

Incapable de regarder le capitaine en face, Caroline garda les yeux rivés sur le tapis élimé. Ainsi pourrait-il constater à quelles extrémités il l'avait conduite. S'il possédait un soupçon de conscience, cette vision devrait le frapper.

— Caroline Clemens.

Ce n'était pas la voix du capitaine, mais un puissant timbre de baryton qui avait encore le pouvoir de la faire frissonner de plaisir. Elle leva lentement la tête, consternée.

— Monsieur Savage ? Mais que faites-vous ici ?

— Je vous cherchais.

5

Caroline se sentit soudain affreusement irritée de l'image qu'elle présentait : rudes vêtements de travail, cheveux emmêlés, tirés en arrière par une simple ficelle, paumes sanguinolentes, visage marqué par l'angoisse et l'épuisement.

Elle mit les mains derrière son dos et se redressa.

— Je suis là, dit-elle aussi fermement qu'elle le put. Alors, que comptez-vous faire ?

— Vous emmener loin d'ici, dans ma maison.

Non sans douleur, elle réprima la bouffée d'espoir qui s'emparait d'elle. La subite apparition de cet homme dans l'hospice, au beau milieu de la nuit, ressemblait pourtant au miracle qu'elle attendait.

— Mes frère et sœurs sont ici avec moi. Je ne les laisserai pas.

Pour sa plus grande satisfaction, elle constata que sa voix n'avait pas tremblé. Quoi que ce visiteur puisse lui offrir, elle ne les abandonnerait jamais. Si miracle il y avait, Savage devait les sauver tous.

— Je ne vous demande pas de les laisser, corrigea-t-il d'un ton impatienté. Ils doivent venir également. J'ai une berline qui nous attend dehors.

Pourtant, elle ne bougeait toujours pas. Nul ne pouvait prendre en charge toute une famille de pauvres sans avoir une idée derrière la tête.

— Et que demandez-vous en échange ?

Peu importait, au fond... Elle lui donnerait tout ce qu'il voudrait, et plus encore. La faim et le désespoir l'avaient menée plus bas qu'elle ne l'aurait jamais imaginé.

Il lui décocha un sourire ironique.

— À cheval donné on ne regarde point la bouche, dit-il en lui caressant les cheveux. Vous n'étiez pas aussi timide avec moi dans la serre, ni si prompte à examiner mes motivations.

Son visage s'empourpra quand elle songea à la façon dévergondée dont elle s'était conduite.

— Je suis certaine que ce que vous proposez ne ressemble pas tant à un cadeau qu'à un échange. Je préférerais savoir où je mets les pieds.

La première fois, elle s'était purement et simplement donnée à lui, mais elle ne pouvait plus s'offrir ce luxe. S'il acceptait de rémunérer ses services deux cents livres par an, elle accepterait de devenir son esclave. Plutôt lui que le capitaine, sans l'ombre d'une hésitation.

— Et vous comptez rester ici à chicaner avec moi ?

Il se rapprocha d'elle, lui saisit les mains.

Sursautant de douleur, elle les retira vivement pour les cacher dans ses poches. Autant ne pas lui montrer dans quel état elles étaient. Ce n'étaient pas là les mains d'une maîtresse gâtée.

Plus doucement, cette fois, il les en sortit, les retourna, étouffa un juron quand il découvrit leur état.

— Vous tenez à peine debout tant vous êtes épuisée ; il faut que vous consultiez un médecin. Si nous devons discuter des termes de votre sauvetage, attendons au moins que vous ayez repris vos forces.

Elle sentit ses yeux s'emplir de larmes.

— Vous comptez vraiment nous emmener tous loin d'ici ?

La réalité de cette perspective commençait tout juste à se faire jour en elle, et cela lui donnait le vertige.

— Je vais demander à cette femme d'aller chercher vos frère et sœurs, et nous partirons aussitôt.

— Vous serez gentil avec eux ? s'enquit-elle d'un ton las. Vous ne les abandonnerez pas ?

— Je les traiterai aussi gentiment que s'ils étaient de ma propre famille. Promis, juré.

Elle sut instinctivement que ce n'était pas le genre d'homme à lui mentir.

— Merci, souffla-t-elle.

Alors seulement, toute la noirceur qu'elle avait su jusque-là tenir à distance, lui fondit dessus et elle dut s'accrocher aux épaules de Dominic pour rester debout.

La dernière chose qu'elle perçut fut la sensation de ses bras vigoureux autour d'elle, qui l'enserraient alors qu'elle s'effondrait.

Le court trajet en berline se déroula dans une sorte de rêve, entre Teddy et Dorothea qui l'étreignaient comme si elle risquait de s'envoler s'ils la relâchaient un instant, tandis que Beatrice semblait avoir retrouvé sa joie de vivre.

Le temps qu'ils s'arrêtent devant la maison de Dominic sur Russell Square, Caroline se sentait prête à affronter tous les outrages, toutes les vexations si cela pouvait aider sa famille à survivre. Elle serait donc la maîtresse de Dominic Savage et accomplirait les actes les plus dégradants qu'il pourrait exiger d'elle, à condition qu'il la rémunère assez pour entretenir ses frère et sœurs.

Tenant d'une main Teddy et Dorothea de l'autre, elle escalada non sans peine les marches du perron ; les ampoules sur ses paumes la brûlaient plus que jamais.

Le majordome écarquilla les yeux en voyant son maître apparaître, entouré d'une troupe de pauvres malpropres, mais il ne fit aucun commentaire.

— Demandez à la gouvernante de faire immédiatement préparer des lits, lui ordonna Dominic en franchissant le seuil de l'entrée, Louisa dans ses bras. Nous avons des invités inattendus.

Tous le suivirent dans un grand salon où crépitait un bon feu.

Teddy regarda autour de lui, stupéfait.

— Il y a de quoi manger, dans cette maison ? questionna-t-il.

— Teddy ! souffla faiblement Caroline.

En son for intérieur, elle le comprenait.

Dominic fit asseoir Louisa sur un canapé.

— Tu as faim ?

— J'ai toujours faim, répondit Teddy en tendant ses mains gercées vers les flammes. On ne mangeait pas bien, à l'hospice, et si je ne vidais pas assez vite mon assiette, c'étaient les grands qui me la prenaient. Quelquefois, ils volaient mon dîner alors que je n'avais pas commencé à manger.

— Moi aussi, j'ai très faim ! renchérit Dorothea. Mais moi, on ne me volait pas mon repas, parce que j'aurais boxé celui qui aurait essayé de le faire.

— Dorothea ! la réprimanda Caroline.

Cette courte semaine à l'hospice aurait-elle fait de sa jeune sœur une sauvageonne ?

— Il l'aurait bien mérité, commenta sobrement Dominic. Mais personne ne te le volera ici.

Il sonna et, à la servante qui se présenta, il ordonna de faire apporter tout de suite de quoi nourrir ses hôtes.

Quelques minutes plus tard, en voyant arriver plusieurs plateaux bien garnis, Caroline sentit son estomac crier famine. Il y avait là du rôti et un pudding encore tiède, un pain odorant et croustillant, un saladier de céleri et une grande tarte aux pommes accompagnée d'un pot de crème anglaise.

Personne n'eut besoin de se faire prier pour se précipiter vers la table et se servir une large assiette, avant de revenir la dévorer sur ses genoux.

Le rôti parut à Caroline plus délicieux qu'une caresse. Pour un peu, elle aurait embrassé Dominic, tant elle lui était reconnaissante. Levant la tête de son assiette, elle avala en hâte ce qu'elle avait dans la bouche.

— Merci, souffla-t-elle.

Elle s'en voulait de se jeter sur la nourriture comme une bête famélique au lieu de respecter les convenances.

— Ne dites rien, recommanda-t-il. Mangez. Il semble que l'hospice ne fait que laisser mourir ses pensionnaires de faim.

— Ils font ce qu'ils peuvent…

— Mangez, répéta-t-il. Je ne veux plus entendre une parole de qui que ce soit tant qu'il restera une miette sur cette table.

Les plateaux furent vidés en moins de temps qu'il n'en faut pour le dire. Quand les frère et sœurs furent tous rassasiés, il n'y demeura qu'un petit morceau de tarte.

Et Dorothea louchait dessus.

— Je peux la prendre avec moi pour la manger si j'ai faim cette nuit ?

— N'aie pas les yeux plus gros que le ventre, gronda Teddy. C'est tout ce qui nous reste. On pourra la partager pour le petit déjeuner.

— De la tarte aux pommes le matin ? objecta Dominic. Pour les dames, peut-être, mais les hommes ont besoin d'aliments plus consistants.

Je vais plutôt demander à la cuisinière de nous préparer des œufs au jambon, des saucisses et des tourtes froides. Cela te convient-il ?

À l'évocation du repas de roi qui les attendrait dès le réveil, Teddy hocha vivement la tête.

— Moi aussi, je veux des œufs au jambon ! s'écria Dorothea, sans quitter des yeux la portion de tarte. Et aussi de la tourte !

— Nous en aurons tous au petit déjeuner, assura Dominic. Mais je crois que, maintenant, vous avez plutôt besoin d'eau chaude pour votre toilette et d'un lit propre pour dormir.

Il fit signe à la troupe de femmes de chambre qui attendaient dans le couloir.

— S'il vous plaît, veillez à ce que nos hôtes disposent de tout ce qu'il leur faut.

Comme les enfants sortaient docilement du salon, il se tourna vers Caroline, posant une main sur son bras.

— Venez avec moi. Je vais moi-même vous montrer votre chambre.

Muette, elle le suivit dans l'escalier, en frémissant devant les marques poussiéreuses laissées par leurs bottines sur les élégants tapis. Dominic la conduisit dans une pièce ravissante à la tapisserie bleu pâle.

— Vous pouvez dormir ici. J'ai demandé aux domestiques de vous installer une baignoire d'eau chaude.

Une autre porte, discrètement encastrée dans un mur, attira aussitôt son attention, et elle s'en approcha. Comme elle s'y attendait, celle-ci donnait sur la pièce voisine, une chambre plus masculine, bleu foncé, visiblement occupée. Maintenant qu'elle avait apaisé sa faim, Caroline se sentait assez bien pour poursuivre la conversation qu'ils avaient entamée dans l'hospice. Autant aborder immédiatement les conditions de ce sauvetage et savoir où elle mettait les pieds ; et, si possible, marchander les meilleures conditions tant que Dominic la désirait encore.

Si elle avait bien compris les termes de sa proposition, c'était une offre qu'elle aurait trouvée insultante ne serait-ce qu'une semaine auparavant, mais elle n'en était désormais plus là. Contrairement au capitaine, Dominic ne lui avait pas fait d'autre promesse, pas plus qu'il ne l'avait demandée en mariage. Il n'allait pas non plus en épouser une autre, ni entretenir sa maîtresse avec l'argent de sa femme. Pour peu qu'il lui verse une somme correcte, de quoi faire vivre la famille, et si, de plus, il acceptait de payer des études à Teddy afin de lui assurer un bon départ dans la vie, elle accepterait allègrement de le prendre pour amant.

Tant qu'il lui resterait attaché, elle économiserait sou après sou afin d'offrir une dot à ses sœurs. Avec une aînée qui se prostituait, celles-ci ne pourraient faire de grands mariages, mais si elles trouvaient quelqu'un qui leur permette de mener une vie honnête tout en se montrant gentil avec elles, que pourraient-elles demander de plus ?

Sans doute Caroline devrait-elle avoir honte de vendre son corps pour si peu. Pourtant, elle n'en ressentait aucune. Au contraire, un immense soulagement l'habitait à l'idée que peut-être, en jouant habilement, elle tenait là le moyen de sauver sa famille.

— Qu'attendez-vous de moi en échange ?

Pour la première fois de la soirée, il parut gêné.

— Vous êtes fatiguée. Nous ferions mieux d'en discuter demain matin.

— Je préférerais ce soir, si cela ne vous ennuie pas, dit-elle avec un petit sourire. Les bons comptes font les bons amis.

Ce fut à cet instant qu'on frappa à la porte ; deux valets entrèrent, apportant une grande baignoire, suivis d'une procession de femmes de chambre armées de seaux d'eau chaude.

— Nos réserves d'eau courante ne sauraient remplir six bains d'affilée, expliqua le premier valet. Alors j'ai fait chauffer de l'eau pour vous à la cuisine.

Déchirée entre le désir de s'imprégner de cette douce chaleur et la nécessité de clarifier la situation avec Dominic, Caroline restait immobile, indécise.

— Allez-y, avant que cela ne refroidisse, dit-il. Nous discuterons demain matin.

Après une dernière hésitation, elle céda à la tentation, en espérant qu'elle n'aurait pas à le regretter, et passa son tablier par-dessus sa tête. Si elle devait jouer les maîtresses, autant le faire au mieux de ses potentialités et tirer toutes les concessions possibles de son nouveau protecteur tant qu'il voudrait d'elle. En ce moment, elle n'avait que sa sensualité à opposer aux menaces de famine pour sa famille. Autant l'utiliser.

— Ne partez pas, dit-elle à Dominic en jetant le tablier par terre avant d'attaquer ses bottines et ses bas. Nous pourrons bavarder pendant que je me baigne. Si vous n'y voyez pas d'inconvénient, bien sûr.

Mal à l'aise, Dominic sentit sa gorge se serrer. S'il n'y voyait pas d'inconvénient ? Depuis des heures, il n'avait rien d'autre en tête que de la voir nue, de pouvoir passer les mains sur ses cuisses délicates, de prendre ses tétons entre ses lèvres pour les sucer, de plonger au plus profond d'elle, de la chevaucher jusqu'à ce qu'elle s'abandonne à la jouissance. Mais, en la voyant s'effondrer d'angoisse et d'épuisement, puis dévorer son repas comme si elle mourait de faim, en apercevant l'état lamentable de ses mains, il avait préféré réprimer ses désirs.

Elle avait besoin de dormir, avant qu'un médecin ne vienne soigner ses blessures. Certainement pas d'être importunée par un homme qui ne songeait qu'à se délecter à nouveau de son corps. Si les choses se passaient comme il l'entendait, il aurait tout le temps de la savourer au cours des mois à venir. De s'en rassasier.

Et voilà qu'elle se retrouvait devant lui, nue comme au premier jour, et lui demandait de rester pour bavarder tandis qu'elle se baignait. Il était un homme, pas un saint. Elle jouait avec le feu. Et, à la lueur décidée de son regard, il comprenait qu'elle s'en rendait parfaitement compte. Jamais il ne pourrait s'en aller maintenant. Il avait passé trop de nuits à rêver d'elle, de son corps nu contre le sien, pour pouvoir lui résister.

Elle entra dans la baignoire, lui offrant au passage une vision alléchante de ses fesses.

— Oooooh, que c'est chaud ! s'exclama-t-elle d'une voix rauque.

Il voyait très bien à quoi elle jouait. Elle l'appâtait tel un pêcheur à la ligne pour ensuite l'attraper sans lui laisser la moindre possibilité de s'échapper. Il savait même à quel instant exactement elle avait pris sa décision, alors que la baignoire arrivait ; en un tournemain, son attitude avait changé, passant de la spontanéité, si ce n'était de l'agressivité, à ces promesses sensuelles.

Ce n'était pas une semaine passée à l'hospice qui aurait pu la détruire, ni même l'abaisser à l'état d'une femme soumise. À l'évidence, elle demeurait cette brûlante tentatrice, capable de le séduire un soir dans une serre, capable de le tenter, de l'embrasser, de lui faire l'amour jusqu'à ce qu'il y trouve toute satisfaction, avant de partir sans un regard en arrière. Il était ravi qu'elle ait conservé cet esprit rebelle.

Elle n'avait pas besoin de lui tourner la tête, c'était déjà fait... À cet instant, devant cette déesse nue à quelques pas de lui, il aurait tout donné pour la faire sienne. Le capitaine ne saurait jamais à quel point il avait été sot de laisser échapper une telle femme pour un peu d'argent.

— Eh bien, notre marché ! lâcha-t-elle en se passant un morceau de savon sur les bras.

Elle avait dit cela d'un ton aussi désinvolte que si elle parlait de la pluie et du beau temps.

— Au fait, ajouta-t-elle, que me proposez-vous, au juste ?

— Votre père vous a laissée sans un sou vaillant.

Un éclair d'irritation traversa le regard de la jeune femme, si bref que Dominic se demanda s'il n'avait pas rêvé.

— Comme vous pouvez le constater, répondit-elle sèchement.

Non, il n'avait pas rêvé : elle était furieuse. Sans qu'il puisse dire, toutefois, si c'était contre l'imprévoyance de son père ou contre lui-même pour y avoir fait allusion.

— Pour ma part, je dispose d'une certaine fortune...

— C'est ce que je vois, dit-elle en promenant son regard sur l'ameublement luxueux de la chambre.

Saisissant une chaise, il la plaça devant la baignoire et s'y installa.

— Et j'ai envie de vous, conclut-il.

Dans sa robe de pauvresse, elle l'avait délicieusement intrigué. Dans ce bain, elle évoquait davantage une de ces sirènes antiques qui entraînaient les marins vers une mort certaine sur les récifs.

Elle se cambra, laissant émerger la pointe de ses seins à la surface de l'eau.

— Je crois me souvenir que vous avez déjà obtenu gain de cause.

— Vous parlez de la serre ?

Au souvenir brûlant de leur première rencontre, il sentit tout son corps se tendre. Bon sang ! Cette femme était une diablesse. Elle devait très bien savoir quel effet elle produisait sur lui.

— Exactement.

— Ce n'était qu'un avant-goût, pour me mettre en appétit. J'ai encore faim. Je veux attaquer le festin.

— Vous en demandez beaucoup, commenta-t-elle.

— Je suis prêt à payer un bon prix pour mes plaisirs.

Une expression de dégoût marqua l'expression de la jeune femme. Même si l'idée venait d'elle, elle acceptait difficilement de marchander son corps. Elle n'était pas née pour se prostituer, pour donner du plaisir contre de l'argent. Il ne l'en admirait que davantage d'utiliser ainsi ses dernières ressources pour assurer l'avenir de sa famille.

— Quel prix, au juste ?

Elle s'était montrée plus que généreuse dans la serre, sans évoquer la moindre rémunération. À lui de prouver qu'il saurait se montrer également généreux.

— Je vais vous pourvoir d'une somme de cinq cents livres par an.

Il pouvait facilement se le permettre et, sans tomber dans le grandiose, lui assurer ainsi une vie confortable. Jamais plus elle ne devrait mendier son pain.

Elle pâlit, poussa un long soupir.

— C'est très généreux à vous.

Sa voix trembla juste un peu alors qu'elle prenait conscience de l'extravagance d'une telle offre.

Pourtant, il n'avait pas terminé.

— Vous pourrez disposer de la maison aussi longtemps que vous le désirerez. J'enverrai Teddy à l'école, ainsi que celles de vos sœurs qui en feront la demande. Elles recevront chacune une dot de mille livres afin de pouvoir épouser des hommes respectables, et Teddy disposera du même montant pour pouvoir se lancer dans la profession de son choix.

Tandis qu'il parlait, elle reprenait peu à peu ses esprits.

— Et si nous avions... si nous avions... ?

Rougissante, elle ne put achever sa phrase.

Il devina ce qu'elle n'osait exprimer ouvertement.

— Si nous avions des enfants, je les reconnaîtrais et les entretiendrais tant que je vivrais. Ils recevraient ensuite une bonne part de mon héritage.

Elle le dévisagea.

— Et qu'attendez-vous de moi en retour ?

— En retour, vous serez mon amante, ma maîtresse, seule et unique. Vous ne mettrez pas d'autre homme dans votre lit, vous ne les regarderez même pas. Vous m'appartiendrez, corps et âme.

Telles étaient ses conditions, et il n'en démordrait pas.

Posant une jambe au bord de la baignoire, elle la savonna sur toute sa longueur.

— Croyez-vous pouvoir vous offrir une esclave pour cinq cents livres par an ?

Si elle s'était exprimée d'un ton parfaitement calme, il n'y avait pas moins perçu un réel intérêt. De telles exigences ne semblaient pas du tout la dissuader. Au contraire, ce terme d'esclavage paraissait l'exciter.

— Pas juste une esclave, une esclave consentante, rectifia-t-il. Mon argent me procurera une femme qui passera ses journées à chercher de nouvelles façons de me plaire, et ses nuits à les appliquer. Une femme prête à me suivre dans le plus sensuel des voyages, à tout goûter, à tout expérimenter avec moi. Une femme qui ne se contentera pas de lever ses jupes pour me laisser la baiser dans une serre, mais qui m'implorera de l'emmener là où elle n'aurait jamais songé aller.

« Je ne veux pas d'une poupée gisant sous moi dans mon lit, acceptant silencieusement toutes les indignités que je pourrais lui faire subir. Je compte que ces cinq cents livres par an me paieront une femme qui ne demandera qu'à participer à nos ébats, qui ne demandera qu'à enseigner mais aussi à apprendre. Une femme des plus conciliantes, des plus inventives, qui s'efforcera de m'égaler en tout point.

— Vous voulez que je désire coucher avec vous.

Essayant en vain de maîtriser un frémissement, elle cessa un instant de se savonner l'autre jambe.

— Tout l'argent du monde ne saurait acheter le désir d'une femme, conclut-elle.

— Vous êtes-vous donnée à moi dans la serre parce que j'étais riche ? Ou parce que vous me désiriez ?

Elle détourna la tête en faisant la moue.

— J'étais hors de moi. Vous étiez là.

Qu'elle était délicieusement transparente ! Et intimidée comme une vierge devant les plaisirs de la chair.

— Ne vous mentez pas. Vous me désiriez. Si vous acceptez de devenir ma maîtresse, je ne vous laisserai pas mentir, pas plus à vous-même qu'à moi, sur le désir que vous pourriez ressentir. Je préférerais vous l'entendre crier sur les toits.

L'air buté, elle se retourna vers lui.

— Et si je n'acceptais pas ? Nous rejetteriez-vous tous à la rue dès demain matin sans autre forme de procès ? Vous ne pouvez nous renvoyer à l'hospice. Ils ne nous reprendront pas.

Jamais il ne tolérerait qu'elle puisse se refuser à lui. D'une façon ou d'une autre, elle serait sienne.

— Non, je ne vous jetterais pas à la rue. Même un chien ne mérite pas de mener une telle vie.

— Vous ne nous renverriez pas ?

Cette voix où se mêlaient incrédulité et cynisme semblait provenir d'une personne beaucoup plus âgée qu'elle.

— Je ne vous renverrais pas. Mais je ne me sentirais pas non plus obligé de vous traiter avec la générosité que je réserverais à ma maîtresse.

Je veillerais à ce que vous et vos sœurs cadettes trouviez un bon emploi, tandis que Teddy et les deux plus jeunes seraient mis en apprentissage. Jusqu'à ce que chacun d'entre vous puisse subvenir à ses besoins. Ainsi que je le ferais pour n'importe qui d'autre.

D'un seul coup, elle ne ressemblait plus en rien à la sensuelle tentatrice qu'il croyait connaître ; il n'avait plus devant lui qu'une femme d'affaires avisée.

— Un emploi ?

Elle n'aurait pas cru pouvoir lui échapper aussi facilement. Il ne l'avait certes pas sauvée pour en faire une gouvernante dans une autre famille. Néanmoins, elle se plaisait à imaginer qu'elle avait encore le choix. Ne serait-ce que dans le but d'opter plus facilement pour la vie qu'il lui réservait.

— Comme nurse ou comme bonne, ou même comme gouvernante si votre éducation s'avérait adéquate. Quant au garçon, on pourrait en faire un comptable.

Elle prit un air consterné.

— Alors, nous serions séparés ?

Si elle voulait devenir une bonne négociatrice, elle allait devoir apprendre à mieux cacher ses émotions.

— C'est le lot de bien des familles pauvres, dit-il tranquillement. Au moins seriez-vous sûrs de vous en sortir.

— Si je devenais votre maîtresse, vous enverriez Teddy à l'école ? demanda-t-elle en se mordillant un ongle.

— À Eton, si cela lui plaît.

— Et vous l'aideriez à entrer dans la situation qu'il choisirait ? L'armée ? Le clergé ? Le droit ?

— Bien sûr qu'il aurait le choix ! Je l'aiderais par tous les moyens possibles.

Cette fois, elle laissa éclater sa joie.

— Et vous doteriez toutes mes sœurs ?

— De mille livres chacune.

Son front se plissa.

— Mille livres, c'est à peine suffisant pour inciter un honnête homme à épouser la sœur d'une catin.

— C'est mille de plus que ce qu'elles obtiendraient autrement.

— Rien ne dit que l'une d'entre elles se mariera, et dans ce cas, vos belles promesses ne vous coûteront rien. Alors autant dire mille cinq cents chacune, cela leur donnera de meilleures chances.

Demande qui le fit réviser un peu son opinion sur l'astuce de la jeune femme. En fin de compte, elle n'était pas si mauvaise négociatrice que cela.

— Douze cents, pas un sou de plus.

— Va pour douze cents.

Un sourire de triomphe anima l'expression de Caroline.

— Maintenant, ajouta-t-elle, il s'agit de signer notre accord, et de le sceller devant témoins.

Indubitablement, c'était une jeune femme avisée.

— Je ferai venir mon notaire dès demain matin.

— Et, une dernière chose…

Elle hésita avant de reprendre :

— Mon père a remporté bien des succès avant de se voir ruiné par un seul investissement. Sans vouloir insulter votre sens des affaires, je préférerais ne pas voir mon avenir reposer sur les épaules d'un spéculateur, aussi intelligent soit-il.

Elle ne faisait pas confiance aux spéculateurs ? Il haussa les sourcils en attendant la suite.

— Je voudrais que le capital sur lequel reposent vos promesses soit déposé à la banque d'Angleterre. Il n'est pas question que je risque de tout perdre une deuxième fois.

Soudain, elle l'inquiétait avec ses demandes.

— Vous ne vous rendez pas compte de ce que vous exigez là, marmonna-t-il en se passant une main dans les cheveux.

Jamais il ne se serait douté qu'elle pourrait faire une requête aussi surprenante. Pour placer de telles sommes à la banque d'Angleterre, il devrait sérieusement attaquer son capital.

— Au contraire, je le sais parfaitement, corrigea-t-elle avec une certaine aigreur. Vous me proposez d'être votre maîtresse. Ce faisant, je perds ma réputation pour devenir une courtisane, terme pudique pour ne pas dire une putain. Tout ce que je vous demande en échange, c'est de nous garantir que vous pourrez tenir votre part du marché.

À présent, il sentait monter sa mauvaise humeur. Quand il prenait un engagement, c'était toujours à la régulière. Il ne méritait pas une telle méfiance.

— Jamais je ne vous tromperais.

— Je suis sûre que vous n'en avez pas l'intention. Pas plus que mon père ne pensait perdre tout son argent et finir ruiné et déshonoré.

C'était une chose de transférer une certaine rétribution annuelle, c'en était une autre de mettre de côté le capital nécessaire à cette rétribution. Il avait beau désirer cette femme, il ne se laisserait pas pour autant mener par le bout du nez.

— Je ne puis me permettre de dégager une telle somme. Pas maintenant, en tout cas. Cela compromettrait mes affaires.

Elle lui jeta un regard appuyé sous ses longs cils.

— Dans ce cas, je me ferai gouvernante. Peut-être aurai-je la chance de travailler pour un veuf solitaire à la recherche d'une épouse sans dot. À moins que mon employeur, ou l'un de ses amis, ne soit un riche libertin prêt à me nantir comme je le mérite. Je peux vous assurer que je saurai lui en donner pour son argent.

À l'idée de la voir s'efforcer de lui complaire en tout, il sentit tout son corps se tendre vers elle. Il avait déjà goûté aux talents de cette jeune personne, et leur rencontre avait fait naître en lui l'intense désir de la revoir au plus vite. Elle le savait très bien, cette petite sorcière, qui jouait sans vergogne les sirènes dans sa baignoire, le défiant de lui tourner le dos et de la laisser chercher un autre homme. Par Dieu ! Jamais il ne la lâcherait, jamais il ne l'abandonnerait à quelque aristocrate débauché qui la traiterait avec à peu près autant d'attention que si elle n'était qu'un mouchoir brodé destiné à lui essuyer le nez.

Il effectua un rapide calcul mental.

— Je ne puis faire cela. Je n'ai pas d'argent disponible pour le moment.

— Alors je ferais bien de réviser mes notions de danse et de français, si je veux me trouver une bonne place. Savez-vous danser ?

Son regard aguichant laissait assez bien entendre à quel genre de danse elle faisait allusion.

— Danseriez-vous avec moi jusqu'à ce que je trouve un employeur ? Quelqu'un qui puisse me récompenser à la hauteur de mes mérites ?

Il n'avait jamais valsé de sa vie, mais se sentait prêt à attaquer avec elle tous les cotillons qu'elle voudrait.

— Attendez, s'écria-t-il soudain, je possède dans le Hertfordshire une propriété qui me rapporte près de quatre cents livres par an. On pourrait sans doute en accroître le rendement en la gérant mieux. Je la mettrais à votre nom si cela pouvait vous rassurer.

Il préférait abandonner des terres plutôt qu'entamer son capital.

Une lueur traversa le regard de Caroline.

— Une petite propriété ? Vous me l'attribueriez ?

— Je n'y suis pas très attaché. À vrai dire, je ne l'ai jamais vue de mes yeux. Elle m'a été cédée en compensation d'une dette et me rapporte ce qu'on m'en avait promis, si bien que je ne m'en suis jamais vraiment occupé. Moi, je spécule sur les chemins de fer, je n'y connais rien en matière de moutons, de vaches et de cochons.

Caroline semblait vibrer d'effervescence.

— Cela suffirait à remplir vos obligations à mon endroit, mais en ce qui concerne la situation de Teddy ? Et les dots de mes sœurs ?

Cette fois, elle était bien à lui, se dit-il. Elle allait accepter son offre.

— Ils devront se fier à la promesse d'un spéculateur. Je verserai les dots quand elles se marieront, pas avant.

Ce fut comme s'il voyait les rouages tourner dans la tête de la jeune femme. Elle finit d'ailleurs par acquiescer.

— Dans ce cas, j'accepte la propriété. Je serai votre maîtresse et je m'appliquerai à devenir celle que vous avez toujours rêvé de posséder.

Caroline s'allongea dans la baignoire pour mieux sentir sur elle l'eau qui commençait à refroidir. C'était décidé. Elle serait courtisane, une femme qui se servait de son corps pour attirer les hommes, pour les rendre fous de désir au point d'accepter de l'entretenir, jusqu'à lui assurer une vie de luxe. Elle en eut le cœur retourné, la gorge serrée. Pourvu qu'elle sache se montrer à la hauteur du défi !

Dominic ne représenterait pas une difficulté majeure, du moins pas au début. Visiblement, il la désirait. Suffisamment pour lui attribuer une de ses propriétés.

L'allégresse devenait difficile à réprimer. Une petite propriété, voilà qui était encore plus prometteur que de l'argent à la banque ; lorsque Dominic se lasserait d'elle, elle aurait toujours de quoi loger sa famille. Ils pourraient y vivre ensemble, tout en tirant un revenu des fermages. Elle espérait seulement qu'il ne se lasserait pas trop vite et l'estimerait digne du prix exorbitant qu'elle venait de lui demander.

Lentement, elle sortit de la baignoire, ses cheveux mouillés cascadant sur ses épaules.

— Passez-moi une serviette, voulez-vous ?

Ils avaient conclu un arrangement. À présent, elle devait songer à payer sa part du marché. Elle s'efforcerait de remplir au mieux ses obligations.

Le regard brûlant de désir, Dominic prit une serviette et s'approcha d'elle.

Elle tendit la main en s'efforçant de ne pas se détourner sous son œil scrutateur. Une vraie courtisane ne devait pas rougir de sa nudité. Une vraie courtisane, elle en était certaine, devait au contraire l'utiliser pour affoler davantage son protecteur.

— La serviette ! ordonna-t-elle.

À la lueur de la lampe à gaz, il lui présenta une expression de chat sauvage.

— Finalement, non, souffla-t-il.

Caroline frémit. La fraîcheur du soir commençait à lui donner la chair de poule et la pointe de ses seins se durcit.

— S'il vous plaît.

Ce n'était vraiment pas le moment de la taquiner.

Il se rapprocha encore, lui frotta les épaules avec la serviette.

— Pourquoi voudriez-vous vous essuyer quand je suis là pour m'en charger ?

La caresse légère sur son corps lui hérissa encore plus la peau, au point qu'elle eut l'impression de voir des volutes tièdes s'en échapper.

— Vous n'êtes pas mon serviteur.

— Votre serviteur, non. Votre amant, oui.

Ces paroles l'enveloppèrent tel un parfum délicieux, alors qu'il la couvrait de caresses tout en lui tapotant les bras et le dos, puis la poitrine.

— Un amant répond aux besoins de sa maîtresse aussi bien qu'elle le fait pour lui. Pour l'instant, vous avez besoin de vous sécher et de vous réchauffer.

— J'ai bien chaud, maintenant, assura-t-elle.

La chair de poule avait effectivement disparu, mais ses tétons se dressaient plus vivement que jamais. Cependant, il ne fallait pas qu'elle se réchauffe davantage, de peur de fondre comme dans l'eau brûlante du bain.

Il lui sourit, l'air de comprendre.

— Bon.

La satisfaction qu'elle perçut dans sa voix la fit frémir. On aurait dit qu'il lisait dans ses pensées, qu'il percevait le désir qu'elle éprouvait pour lui, le besoin qu'il suscitait en elle.

— Le feu est très doux, lança-t-elle vaillamment.

En tout cas, si elle savait une chose sur sa nouvelle situation, c'était qu'elle ne pouvait se permettre la moindre faiblesse ni laisser ses désirs l'emporter sur la raison. Elle devait rendre les hommes fous d'elle, au point de les faire dépenser sans compter, de lui offrir tout ce qu'elle voudrait, pour le seul délice de la savourer. Si elle laissait un homme, particulièrement Dominic, renverser les rôles en se faisant aimer d'elle, ce serait le commencement de la fin. Ses penchants risquaient de la rendre vulnérable. Or sa famille dépendait d'elle et arrivait en tête de ses préoccupations.

Dominic continuait de lui frotter le corps avec la serviette, bien qu'elle se sente déjà parfaitement sèche.

— Vous me désirez, dit-il. Vous voulez que je vous fasse l'amour, comme l'autre soir dans la serre. Vous ne devriez pas essayer de dire le contraire. Ce ne serait pas conforme à notre marché.

Il n'avait pas tort. Elle avait les jambes flageolantes, le souffle court. Elle voulait qu'il s'empare d'elle, qu'il marque sa propriété, qu'il lui donne l'impression d'être vivante. Impossible de cacher son désir, elle aurait tort de prétendre le contraire.

Ce n'était pourtant pas cette convoitise qui devrait la déranger. N'importe quel animal éprouvait du désir et le besoin de procréer. Tant qu'elle garderait en mémoire que sa nouvelle situation consistait à le tenter et à lui plaire, loin de toute forme d'attirance – ou pire, d'amour –, elle s'en tirerait.

Le désir sexuel constituait son gagne-pain. Il voudrait certainement se montrer irrésistible, consolider la bonne opinion qu'il avait de lui-même. Elle allait l'encourager à la convoiter, l'attirer en lui montrant à quel point elle l'appréciait. Il ne l'en désirerait que davantage, peut-être même tomberait-il un peu amoureux d'elle. Oui, si elle parvenait à le rendre amoureux, son avenir serait assuré. S'il se prenait d'affection pour elle, il la traiterait bien, saurait se montrer encore plus généreux.

L'amour, néanmoins, était un ennemi. Elle devait à tout prix refuser l'amour.

De toutes ses forces.

Ouvrant les bras, elle lui montra ses mains blessées, le laissa y appliquer la serviette.

— Je ne puis vous toucher comme je le voudrais, dit-elle, l'air contrit devant les crevasses et les ampoules ouvertes qui lui maculaient les paumes.

Il fronça les sourcils.

— Je ferai venir un médecin dès demain pour qu'il vous examine.

— Pourrait-il voir aussi Louisa ?

À l'évocation de l'inquiétante toux de sa sœur, elle oublia ses tentatives de séduction.

— Et puis, les mains d'Emily sont dans un état pire que le mien.

— Il s'occupera de Louisa et d'Emily, et de ceux qui en auront besoin. Je vais m'assurer qu'il reste toute la journée, et davantage si nécessaire.

— Merci.

Au bord des larmes, elle battit des cils pour les empêcher de couler. Fallait-il que cet homme soit bon pour se soucier ainsi de ses sœurs ! Même les courtisanes pouvaient éprouver de la gratitude. Quelle différence avec le cupide capitaine Bellamy ! Finalement, elle se félicitait de ne pas l'avoir épousé.

Dominic lui caressa la joue.

— Ne pleurez pas.

— Vous êtes très bon avec nous.

— J'investis beaucoup d'argent pour vous avoir à ma disposition. Je n'ai donc pas intérêt à vous voir malheureuse, surtout lorsqu'il me faut consacrer un petit peu plus d'argent pour mettre un sourire sur ce joli visage.

Malgré leur gentillesse, ces paroles la rappelèrent à ses obligations.

— Vous méritez une faveur décente.

— Décente ?

Un sourire aux lèvres, elle s'agenouilla devant lui.

— Ou indécente, si vous préférez.

Depuis leur petit intermède dans la serre, elle rêvait secrètement de l'examiner de plus près. Finalement, elle tirerait quelques avantages à devenir la maîtresse officielle de Dominic.

À hauteur de ses yeux apparut le renflement du bas-ventre, et elle entreprit de défaire l'ouverture du pantalon. Mais elle dut s'arrêter, tant ce geste était douloureux.

— Si vous le déboutonniez à ma place ? proposa-t-elle.

Sans doute ne devrait-elle pas compter sur ses mains, mais elle pouvait tout de même lui procurer du plaisir. Dans la serre, il lui avait montré comment s'y prendre. C'était le moment ou jamais de mettre ses leçons en pratique.

Pourtant, il marqua une hésitation avant d'attaquer les boutons.

— Vous êtes sûre ?

Elle se sentit une nouvelle fois rougir de honte en reculant pour lui libérer le passage.

— Vous ne tenez pas à ce que je continue ?

— Je ne suis pas un protecteur exigeant, énonça-t-il en haussant une épaule. Nous aurons tout le temps pour remplir nos engagements. Ce soir, vous êtes fatiguée, vous mouriez de faim et vos mains sont blessées.

Était-ce tout ce qui le dérangeait ? Qu'elle risque de le trouver trop exigeant ? Se rapprochant, elle posa le visage contre lui, ravie de voir la proéminence grossir davantage à ce contact.

— Je n'ai pas l'intention de me servir de mes mains, assura-t-elle.

À le voir ainsi debout devant elle, animé d'un tel désir, elle se sentit toute-puissante. Certes, c'était lui le maître et elle devait lui obéir dans leurs jeux sensuels, mais elle n'était pas non plus dépourvue de ressources. Elle pouvait provoquer ce désir, qu'il en ait envie ou non. Dès qu'elle l'aurait pris dans sa bouche, il ne pourrait plus faire appel à sa volonté pour lui résister. À ce moment-là, ce serait elle qui aurait l'avantage.

Avec des mouvements lents, presque hésitants, il entreprit de déboutonner son pantalon. Caroline voyait bien, à l'expression muette de son visage, qu'il entrait déjà dans une sorte de transe.

Le pantalon ouvert, il défit son caleçon, sortant dans un soupir son membre en érection. Les vêtements lui tombèrent sur les chevilles et, tout en marmonnant, il ôta ses chaussures qu'il envoya promener dans un coin, où les rejoignirent bientôt pantalon et caleçon. Désormais vêtu de sa seule chemise et de sa veste, il se planta devant Caroline comme s'il la suppliait silencieusement de le toucher.

Elle ne put s'empêcher de tressaillir devant cette verge énorme, recula un peu la tête. Cela lui semblait encore plus impressionnant que dans la serre. À moins que ses souvenirs ne l'aient trahie ?

Sans doute ses paumes blessées ne serviraient-elles pas à grand-chose, mais elle pouvait lui donner du plaisir et s'y employa immédiatement, en commençant du bout de la langue qu'elle promena le long de la hampe, de bas en haut, avant de goûter le gland violacé. Au passage, elle lécha une goutte qui s'en échappait, dégusta la saveur salée de sa virilité.

— Prenez-moi dans votre bouche, s'il vous plaît !

Ces paroles à peine articulées tenaient davantage du grognement que d'une phrase audible ; en même temps, il lui plaquait les mains sur la tête pour l'attirer vers lui.

— Je n'en peux plus, ajouta-t-il, je rêve de cet instant depuis trop longtemps !

Elle se pencha en avant jusqu'à totalement l'engloutir, tout en le caressant de la langue et des lèvres, au point de lui arracher un grondement de plaisir.

La serviette sur le sol empêchait ses genoux de se refroidir et la baignoire dans son dos la retenait de tomber tandis qu'il donnait de grands coups de hanches vers sa bouche ; il y mettait une telle vigueur qu'il semblait avoir perdu ce qui lui restait d'humanité pour ne plus céder qu'à ses instincts les plus primitifs.

Ce manque de contrôle la stimula encore plus. Elle sentit une vague brûlante lui envahir la poitrine et son entrejambe se mouiller. Son corps s'apprêtait à accueillir le membre de Dominic au plus profond d'elle-même. Elle se frotta les cuisses pour tenter d'apaiser l'élan qui montait en elle, mais cela ne fit que l'intensifier.

Ses tétons n'étaient plus que deux petites pointes ardentes. En se rapprochant de Dominic, elle les promena sur ses jambes nues et en sentit les poils les caresser, les aiguillonner davantage.

Désireuse de l'exciter autant qu'elle le pouvait, elle décida d'en rajouter sur le mode de la soumission. D'abord, elle joignit les mains derrière le dos pour jouer les captives désarmées. En même temps, cela cachait ses affreuses blessures. Écartant légèrement les jambes, elle se baissa encore afin de poser la tête sous sa verge. Depuis ce point de vue, elle croisa son regard et l'encouragea d'un coup d'œil appuyé à bien profiter du spectacle qu'elle lui offrait.

Ses mains ainsi positionnées dans le dos remontaient sa poitrine. Sans le quitter des yeux, elle lécha le dessous de sa verge.

— Mon maître me désire-t-il ?

Sans vergogne, elle frotta les seins contre ses jambes, se balançant d'un côté puis de l'autre, sans cesser de le regarder dans les yeux. Il arborait une expression tendue, douloureuse, comme s'il avait toutes les peines du monde à se maîtriser.

— Mon maître aimerait-il que je le caresse ainsi ?

À présent, elle promenait la langue sur ses testicules raidis par l'air frais. À chaque coup, son membre tressaillait d'un léger spasme. Il n'avait pas besoin de répondre. Elle le sentit se cambrer, comme pour mieux la rejoindre, l'encourageant à continuer.

Et cette ardeur ne fit que la stimuler davantage, la mouiller un peu plus entre les jambes. Elle brûlait de le voir la caresser, la pénétrer. Elle-même avait envie de le toucher, mais elle résista, gardant les mains derrière le dos. Elle faisait cela pour lui, pas pour elle.

Se redressant légèrement, elle le reprit dans sa bouche, juste entre les lèvres. Avançant et reculant la tête, elle s'appliqua ainsi à le caresser, faisant de temps à autre tournoyer sa langue autour de lui.

Il gémit de plaisir. Quand elle y ajouta une douce succion, l'englobant peu à peu dans sa bouche gourmande pour ne le relâcher qu'à contrecœur, il parut presque en éprouver de la douleur.

Bien qu'elle jouât le rôle de l'esclave face à son maître, c'était elle qui menait la danse.

Jusqu'où irait-il pour elle ? Quelle était l'étendue du pouvoir qu'elle exerçait sur lui à ce petit jeu ?

— Je ne puis vous toucher de mes paumes, mais j'aimerais voir comment vous vous donnez du plaisir, voir vos mains sur votre sexe et puis goûter à votre semence tout en vous écoutant crier de plaisir. Qu'en dit mon maître ?

Ainsi, il trouverait la libération qu'il recherchait sans avoir à exiger une complète participation de sa part.

La réponse ne se fit pas attendre.

— Je pourrais faire cela, mais je veux continuer à vous regarder pendant ce temps.

Malgré la peine qu'il se donnait pour masquer son émotion, sa voix tremblait assez pour que Caroline devine à quel point il appréciait l'idée de se caresser devant elle. Elle se demandait seulement quel point de vue il préférait avoir sur elle. Elle pourrait par exemple s'allonger sur le dos en ouvrant les jambes, ou rester à genoux en lui présentant ses fesses.

Finalement, elle opta pour la première position. Dès lors, elle aussi pourrait le contempler.

Se détachant de lui, elle s'allongea donc, tout en gardant les mains dans le dos. D'un mouvement hésitant, elle écarta les jambes et souleva les genoux. Elle allait y arriver. Malgré sa relative innocence, elle devait jouer les courtisanes expertes. Il y avait trop en jeu pour qu'elle se permette la moindre erreur.

— Mon maître aime-t-il ce panorama ? demanda-t-elle timidement. Voit-il ma moiteur ? Voit-il combien je le désire ?

Il demeura un moment debout devant elle, immobile, avant de s'agenouiller à califourchon au-dessus d'elle. Enveloppant d'une main la base de son membre, il le promena sur chacun de ses mamelons qui durcirent à nouveau, puis le posa sur sa bouche.

Alors qu'elle levait légèrement la tête pour le lécher, il recula en la taquinant :

— Ah non ! Vous n'allez pas en tirer du plaisir maintenant, ma chère maîtresse. Ceci est pour moi et moi seul.

Reculant davantage, il se mit à remuer la main à un rythme saccadé sur toute la longueur de sa hampe, d'abord lentement, puis de plus en plus vite, à mesure que son souffle s'accélérait.

Quand il n'émit plus que de courts halètements, il ralentit le mouvement, pour se concentrer sur de brèves pressions près de la base. Et il laissait le membre pendre devant elle dans un mouvement provocateur tandis qu'il caressait ses propres mamelons. Chaque fois qu'il les pinçait, sa verge sursautait un peu et paraissait grandir encore.

Caroline ne perdait pas une miette du spectacle. Jamais, dans ses rêves les plus fous, elle n'aurait imaginé voir un homme se donner du plaisir. Comme c'était érotique !

Tout son être s'embrasait. Désespérant de ne pouvoir faire plus que regarder, elle se frotta subrepticement les jambes pour apaiser la douleur qui la tenaillait. Son désir devenait plus puissant encore que ce qu'elle avait éprouvé dans la serre. Si elle ne le comblait pas bientôt, elle allait mourir.

De nouveau, il prit son sexe en main, revint le promener sur les seins de Caroline, dont il agaça les pointes de son gland délicat. Cela donnait une caresse d'une légèreté aérienne mais qui la brûlait comme une coulée de plomb fondu.

Tout en recommençant à se caresser, il se hissa sur les pieds, juste ce qu'il fallait pour placer ses testicules au-dessus de la bouche de Caroline. Elle souleva doucement la tête pour essayer de les lécher, le galvanisant de ses petits cris de plaisir.

Selon elle, il était au bord de l'explosion. Ses testicules se tendirent, devinrent durs, son rythme augmenta, son torse s'empourpra.

Soudain, il poussa un cri, se cabrant alors que son sexe se répandait entre les seins de Caroline. Il se figea quand un deuxième flot de liquide blanc et crémeux jaillit vers les lèvres et le menton de la jeune femme. Enfin, accompagné d'un hurlement, une dernière éruption lui baigna la poitrine.

Épuisé, il s'écroula sur elle, s'imprégnant à son tour de sa propre semence. Ce qui ne l'empêcha pas d'embrasser Caroline sur la bouche.

— Vous ferez une bonne maîtresse, ma chère. Vous ne regretterez pas l'accord que nous venons de sceller.

Elle le savait fort bien : elle ne pourrait que se féliciter d'une telle protection. Et si elle devenait sa maîtresse, elle n'en restait pas moins une femme libre. Elle ne se laisserait dominer sur aucun autre aspect de sa vie.

— Je ferai de mon mieux pour vous plaire.

Il recula pour s'agenouiller à côté d'elle.

— Écartez un peu les jambes.

Sans dire un mot, elle s'exécuta et il posa une main au sommet de son sexe, pour en caresser la pointe gonflée. Il ne lui fallut pas longtemps avant qu'elle ne lui réponde par un souffle plus court, tandis que sa poitrine se dressait.

L'orgasme arriva vite et la combla, la faisant crier, s'arc-bouter de délices. Puis elle s'immobilisa, le corps bloqué dans une paralysie causée par la jouissance jusqu'à ce que, peu à peu, ses sens lui reviennent et qu'elle s'effondre.

Elle lui avait donné du plaisir, il lui en avait donné autant. Rien d'autre n'importait en ce moment.

Rien du tout.

6

Le lendemain matin, Caroline avait pris place à la table du petit déjeuner, parmi ses frère et sœurs, devant une assiette d'œufs au jambon et de petits pains, une tasse de café fumant dans sa main bandée. Dominic était déjà parti rejoindre son bureau de la City. En l'occurrence, cela arrangeait Caroline. Mieux valait retrouver les siens en privé pour les informer de sa décision.

Tout en sirotant son café brûlant pour se donner du courage, elle annonça sans ambages :

— J'ai accepté de devenir la maîtresse de M. Savage. En échange, il nous prendra tous en charge.

— Alors, tu le connaissais déjà ? s'enquit Emily. Je dois avouer que je me demandais pourquoi il avait décidé de nous sauver… et ce qu'il désirait en échange.

— Je l'avais rencontré une fois, brièvement, le soir où le capitaine a rompu ses fiançailles avec moi. J'ignorais qu'il m'avait remarquée et je ne sais toujours pas si je représente autre chose qu'un caprice passager pour lui. Mais, au moins, il est prêt à beaucoup dépenser pour satisfaire ses penchants.

Un long silence s'ensuivit, jusqu'à ce qu'Emily dépose son couteau et sa fourchette pour lui jeter un regard contrit.

— Merci, Caroline.

Les joues rosies, elle ne pouvait cacher sa gêne.

— Pour ma part, ajouta-t-elle, je n'aurai jamais le courage de repousser ton sacrifice. Nous te devrons tous plus que nous ne pourrons jamais te rembourser.

Caroline sentit son cœur se serrer. Elle ne méritait pas leurs remerciements.

— Tu ne sais pas ce que tu dis. Je ne suis plus une femme respectable. J'ai vendu mon corps pour de l'argent, comme n'importe quelle malheureuse sur le trottoir. Je suis une fille de joie, une catin.

— Caroline, tu ne devrais pas dire des mots pareils ! intervint Teddy, scandalisé. La gouvernante te nettoierait la bouche avec du savon si elle t'entendait.

Elle haussa les épaules.

— Vous voyez ce que je veux dire, n'est-ce pas ? Vous serez tous atteints à cause de votre lien de parenté avec moi. Vous, les filles, ne ferez pas de beaux mariages.

— Parce que tu crois qu'un homme aurait voulu de nous si on était restées à l'hospice ? renifla Emily. Ce n'est pas toi qui as gâché nos espérances, elles étaient déjà fichues. Sans

M. Savage, nous serions tous morts à l'hospice. À ta place, j'aurais fait exactement la même chose s'il m'avait proposé un tel marché.

— Vous tous, à commencer par Teddy, allez constamment essuyer des railleries à cause de la vie que j'ai choisie. Et vous ne pourrez les réfuter, parce qu'elles correspondront à la vérité.

— Celui qui dira du mal de toi et M. Savage, je lui boxerai le nez ! annonça Dorothea. Ça lui apprendra les bonnes manières. M. Savage nous a donné de la tarte aux pommes.

Caroline réprima un sourire.

— Une dame ne parle pas de boxe et la pratique encore moins, surtout sur le nez des gens, même s'ils l'ont provoquée.

La petite fit la moue.

— Alors je ne serai pas une dame, mais un garçon, comme Teddy. Je pourrai boxer qui je veux.

— La vie ne sera pas facile pour vous avec une sœur comme moi, reprit Caroline en soupirant pour se donner le courage de proposer ce qu'elle avait derrière la tête. À mon avis, il vaudrait mieux que vous me désavouiez publiquement et vous teniez à distance. Ce qui ne m'empêchera pas, bien sûr, de continuer à vous entretenir. Mais cela vous permettra de tracer votre chemin dans la société sans vous encombrer du fardeau de ma réputation. Autant oublier mon nom.

Tous eurent la même réaction : ils poussèrent une exclamation de refus. Louisa fut la première à prendre la parole.

— Tu nous as sauvés de l'enfer sur terre, Caroline. Nous aurions fait la même chose à ta place. Jamais je ne te tournerai le dos, pas même pour me donner des grands airs. Pas même si je voulais épouser le prince héritier.

Ces quelques paroles s'achevèrent dans une nouvelle quinte de toux qui la laissa à bout de souffle.

Les autres approuvèrent de la tête.

Ce soutien inconditionnel fit monter les larmes aux yeux de Caroline. Jamais elle n'en aurait espéré autant.

— Merci. Vous ne savez pas à quel point il est important pour moi que vous me souteniez dans la décision que j'ai prise.

— Tu as fait ça pour nous, dit Louisa en toussant encore. Tu mérites toute notre reconnaissance.

— L'existence d'une femme entretenue est précaire, les prévint Caroline. Je ne pourrai sans doute pas vous entretenir longtemps aussi bien que maintenant. M. Savage finira par se désintéresser de moi, et je devrai me trouver un autre protecteur qui ne sera peut-être pas aussi riche ou généreux que lui. Aussi, je vous conseille de profiter de sa générosité tant que vous le pourrez, tout en vous préparant à bientôt gagner votre vie. Parce que je ne veux pas vous voir obligés de suivre un jour mes traces.

Emily se versa une autre tasse de thé.

— Tu as raison. Il ne faut pas nous appuyer trop longtemps sur toi. En ce qui me concerne, j'ai toujours rêvé de devenir professeur dans une école de filles. Je vais chercher une place dans les parages où l'on me prendrait à l'essai, le temps de faire mes preuves.

Pensivement, elle avala quelques gorgées de thé avant d'ajouter :

— Peut-être que M. Savage accepterait de me faire une lettre de recommandation si je le lui demandais. D'accord, mon français est épouvantable, mais je reste bonne en mathématiques. Et je pourrais aussi enseigner le piano et la harpe.

Si elle détestait l'idée qu'Emily puisse les quitter pour aller travailler dans une école, Caroline se disait que celle-ci ferait un excellent professeur et que c'était un bon métier pour elle. Cela lui donnerait une position honorable dans la société, et puis Emily était certainement assez intelligente pour tenir toute une classe de filles. Cela ne lui rapporterait jamais la fortune, mais cette carrière la tiendrait à jamais éloignée de la misère.

Égoïstement, Caroline se disait que plus vite ses frère et sœurs seraient autonomes, plus ce serait facile pour elle. Si ses sœurs avaient leur avenir assuré, elle ne se sentirait pas contrainte de prendre un second protecteur quoi qu'il lui en coûtât. Tant qu'elles seraient en sécurité, et dès que Dominic se lasserait d'elle, elle pourrait se retirer à la campagne en toute discrétion et vivre sur l'argent rapporté par la propriété. Cela lui conviendrait à la perfection.

— Avant tout, soupira Louisa, je voudrais être mère et avoir beaucoup d'enfants mais, si je n'y arrive pas, je deviendrais bien enseignante moi aussi, dans une école maternelle, pour pouvoir m'occuper des tout-petits. Cela ne nécessite pas une formation poussée, plutôt de bonnes recommandations pour trouver un poste.

Caroline comprenait sa jeune sœur. Elle aussi rêvait de ce qu'elle ne pourrait jamais avoir : un mari et des enfants à elle.

— Nous n'avons pas été élevées dans cette optique, murmura-t-elle. Mais cela vaut déjà mieux que l'hospice.

Louisa frissonna.

— Tout plutôt que l'hospice.

— Je voudrais être infirmière, annonça Beatrice d'un ton décidé. Ainsi, je pourrai m'occuper de Louisa quand elle tombera malade. Je suis sûre que M. Savage trouvera un médecin qui voudra bien me prendre en apprentissage. Je ne veux plus apprendre le français ni la musique, ni d'autres choses idiotes. Je préfère me rendre utile.

— Moi, je serai soldat, déclara Teddy. Je porterai un uniforme rouge et je serai le plus courageux de toute l'armée et je vous rapporterai des poignées de médailles.

— Moi aussi, intervint Dorothea.

— Les filles ne deviennent pas soldats, s'esclaffa Teddy. C'est juste pour les garçons.

Ce qui ne parut pas affecter le moins du monde la fillette.

— Alors je serai pirate. Je serai le capitaine d'un vaisseau pirate et j'enverrai tous mes prisonniers sur la planche. Et quand je t'attraperai, toi aussi tu auras droit à ce supplice et tu plongeras dans l'eau et tu abîmeras ton bel uniforme.

Comme ça, tu regretteras que je n'aie pas pu devenir soldat.

Teddy lui opposa un regard buté.

— Je n'irai pas sur ta planche.

— Je t'enfoncerai la pointe de mon sabre dans le dos pour t'y obliger.

— Sûrement pas.

— Si !

— Teddy et Dorothea, ça suffit ! s'interposa Caroline, l'air sévère. Vous aurez tout le temps de décider de ce que vous ferez. En attendant, vous irez tous les deux à l'école.

Cette fois, ils rouspétèrent à l'unisson devant une telle perspective, et ne s'apaisèrent que lorsque leur grande sœur proposa une troisième tournée d'œufs au jambon.

Dominic s'employa à régler la situation vite et bien. Il avait tellement hâte de garder Caroline pour lui seul qu'il se dévoua corps et âme pour placer chacun de ses frère et sœurs. Il lui suffit de quelques gratifications distribuées par-ci par-là pour faire entrer Teddy et Dorothea dans des pensions proches de la maison, et trouver un poste de professeur stagiaire pour Emily dans une institution de jeunes filles à Hampstead ; quant à Louisa et Beatrice, elles entrèrent ensemble dans la famille d'un médecin londonien en vue, Louisa comme gouvernante et Beatrice comme aide-soignante.

Ce furent elles qui partirent les dernières. Leurs sacs à la main, emplis de vêtements neufs et de quelques autres objets nécessaires à la vie quotidienne, elles dirent au revoir, grimpèrent dans la berline et s'en allèrent.

Caroline resta un moment immobile sur le perron, les yeux embués, à regarder l'attelage s'éloigner, tourner au coin de la rue et disparaître.

Dominic posa un bras sur ses épaules pour la réconforter. Certes, tout se passait au mieux pour la fratrie ; ils allaient pouvoir vivre leur vie, néanmoins ils lui manqueraient énormément.

— Elles ne s'en vont pas très loin, souligna-t-il. Vous pourrez les recevoir ici tous les dimanches.

Ravalant ses larmes, elle hocha la tête.

— Dès ce dimanche-ci ?

Sans se soucier des voisins qui pourraient le voir, il se pencha vers elle pour lécher sa joue humide. Maintenant que la famille était partie, Caroline lui appartenait intégralement. Il n'avait pas lésiné sur les moyens pour pouvoir enfin s'accaparer tout son temps, toutes ses attentions. À présent, elle serait en mesure de remplir son contrat sans laisser aucun autre souci s'immiscer dans leur vie quotidienne.

— Dès ce dimanche-ci, affirma-t-il.

Il ne songeait déjà plus qu'à la manière dont ils allaient occuper le reste de la semaine en attendant ce fameux dimanche.

Lui pressant légèrement les épaules, il la ramena vers la maison.

— Vous avez été si bon pour ma famille !

Cette gratitude le mit quelque peu mal à l'aise, dans la mesure où une telle bonté ne s'expliquait que par sa hâte de mettre la jeune femme dans son lit ; finalement, l'affaire s'était résolue sans encombre, aussi prestement qu'il en avait rêvé. Sous sa tutelle, Caroline allait lui rembourser ses dépenses jusqu'au dernier sou, et plus encore.

Les battements de son cœur s'accélérèrent à l'idée qu'elle était désormais sienne, prête à apprendre tous les jeux sensuels qu'il avait appris aux Indes, ces jeux qui le séduisaient et l'excitaient par-dessus tout. Les Hindous étaient connus pour leur sensualité. N'avaient-ils pas inventé le Kâma-Sûtra ? Et il comptait bien en explorer chaque page avec une Caroline consentante. Bien qu'il ait dû payer pour la soumettre à ses moindres caprices, il tenait par-dessus tout à la savoir consentante.

— Je ne vois pas l'intérêt d'avoir une maîtresse à la triste figure, lança-t-il brusquement. Si vous avez préféré dépenser quelques centaines de livres en frais de scolarité plutôt qu'en bijoux, qu'est-ce que cela change pour moi ?

— Pour moi, c'est très important.

Ils arrivaient au petit salon, et Dominic la fit asseoir près de lui sur le canapé.

— Dans ce cas, puis-je vous suggérer de me prouver votre gratitude d'une façon qui me plaise ?

Il avait tellement attendu de l'avoir pour lui tout seul... il ne voulait plus gâcher une seule minute du temps qu'ils allaient passer ensemble.

— Que voulez-vous que je fasse ?

— Commencez donc par m'embrasser.

Après une courte hésitation, elle se pencha pour lui déposer un baiser sur la joue.

— Merci.

Elle avait le souffle léger et doux, pourtant cette innocente caresse le stimula immédiatement. Mal à l'aise, il changea de position. Heureusement que la maison avait retrouvé son calme et qu'il était assuré de ne pas être dérangé de tout l'après-midi !

— Ce n'était pas vraiment ce que je voulais dire.

Le regard qu'elle posa sur lui était dénué de toute malice.

— Et que vouliez-vous dire, au juste ?

— J'aimerais que vous ôtiez vos vêtements, Caroline.

Elle blêmit et se figea.

— Ici ? Maintenant ?

— Vous avez accepté d'être ma maîtresse, n'est-ce pas ?

— Certes.

— Et vous avez également accepté de vous plier à mes moindres caprices avec un joyeux empressement, d'explorer avec moi les limites de votre sensualité, n'est-ce pas ?

— Certes.

— Dans ce cas, pourquoi une telle hésitation devant une si simple requête ?

Elle hésitait encore.

— Je n'avais pas pensé que vous voudriez de moi en plein jour. Alors que les domestiques peuvent entrer à tout moment pour ranimer le feu.

— Vous auriez dû y songer avant d'accepter ma proposition.

L'innocence de la jeune femme agissait sur lui tel un puissant aphrodisiaque. Croyait-elle vraiment qu'un homme ne pouvait désirer sa maîtresse qu'en pleine nuit, quand ils se retrouvaient au lit ?

— Il est trop tard, maintenant, pour en changer les règles, ajouta-t-il.

La gorge serrée, elle posa les doigts sur les boutons de son corsage.

— Voilà qui est mieux, approuva-t-il. J'apprécie votre empressement à me plaire.

S'adossant au canapé, les yeux mi-clos, il la regarda se déshabiller peu à peu.

À mesure que tombait chaque pièce, elle poursuivait plus lentement, guettant à l'évidence l'ordre d'arrêter. Ordre qu'il ne donna pas. La langueur de ses mouvements et sa grâce inconsciente l'excitaient autant que l'apparition de cette chair dénudée qu'elle lui montrait.

Quand elle se retrouva en sous-vêtements, au lieu d'enlever sa chemise, elle se percha sur les genoux de Dominic, l'enfourchant de face.

— Suis-je assez nue à votre goût ?

Ses fesses appuyées sur lui ne firent que hâter l'érection qui vint presser entre ses cuisses. Il souleva le bord de sa chemise pour caresser ses jambes blanches et fermes.

— Pas assez, loin de là.

— Vous voulez que j'ôte également ma chemise ? Que je me retrouve nue sur vos genoux ? demanda-t-elle d'une voix haletante.

Cambrant la taille, elle pointait des seins agressifs sous son nez.

— Je veux vous voir. Ôtez votre chemise.

— Et si vous le faisiez pour moi ?

— Non, je veux vous regarder.

— Puisque vous êtes mon seigneur et maître, j'imagine qu'il va falloir me plier à vos désirs…

Elle remua plus que nécessaire pour soulever le bord de sa chemise et commencer à dénuder ses cuisses.

— La cheminée est trop loin, observa-t-elle. Je vais avoir froid, sans aucun vêtement.

— Je vous réchaufferai.

— Le promettez-vous ?

— Je le promets.

Remontant encore sa chemise, elle laissa deviner les premières boucles, la pointe du triangle, et Dominic en resta le souffle court. Il avait eu beau la recevoir chaque soir dans son lit depuis qu'elle s'était installée chez lui, c'était la première fois qu'il la voyait nue en plein jour. Le soleil l'illuminait mieux qu'aucune lampe à gaz, qu'aucune flamme de cheminée. Il pourrait la regarder ainsi des heures durant, sans jamais se lasser de cette beauté.

Du dos de la main, il caressa la touffe délicate qui se révélait à lui. Caroline frissonna et remonta encore un peu sa chemise.

Soudain, il perdit patience avec ses petits jeux. Il voulait la voir tout entière. Immédiatement.

— Enlevez-moi ça ! ordonna-t-il.

— Comme vous voudrez.

Alors qu'elle se cambrait pour mieux la passer par-dessus sa tête, ses seins jaillirent devant le visage de Dominic.

Il saisit un téton entre ses lèvres, tirant dessus pour l'obliger à rester ainsi arc-boutée.

Puis, tout en la faisant un peu reculer, il se hâta de déboutonner son pantalon, juste assez pour laisser jaillir sa verge.

— Asseyez-vous sur moi. Prenez-moi en vous.

Docilement, elle se souleva. Son sexe laissa une tache humide sur l'étoffe du pantalon, prouvant à Dominic que la jeune femme éprouvait des sensations aussi violentes que les siennes. Il lui prit la main et la posa sur son pénis, afin qu'elle le place à l'entrée de son sexe. Lentement, très lentement, elle s'assit sur lui.

Elle était aussi humide que Londres au printemps, mais infiniment plus chaude. La saisissant par les hanches, il pilota ses mouvements pour la faire glisser de haut en bas le long de sa hampe, jusqu'à ce qu'elle en ait le souffle court et qu'elle ferme les paupières.

Elle allait jouir. Il le sentait aux premiers sursauts qui lui secouaient le corps. Mais ce n'était pas ce qu'il cherchait. Il voulait la revendiquer comme sienne, la marquer de son sceau.

La soulevant un peu, il se retira et l'empêcha de revenir s'empaler sur lui comme elle tentait de le faire.

En se relevant, il lui trouva le visage congestionné et les yeux hagards. Seigneur, il tenait tant à elle ! Tous ses rêves se réalisaient avec cette femme, tant elle était belle, affable, sensuelle.

— Retournez-vous, ordonna-t-il.

Étourdie de désir insatisfait, elle devenait malléable comme une poupée d'argile. En quelques mouvements vifs, il la disposa telle qu'il voulait la voir, penchée en avant, accoudée sur le canapé, les jambes écartées.

Instinctivement, elle souleva les fesses, exposant largement son sexe. Il promena les doigts sur la chair rosée, les imprégnant de sa moiteur soyeuse.

Elle remua au rythme de sa caresse, comme si elle en réclamait davantage. Elle le voulait de nouveau en elle, elle voulait qu'il la pilonne jusqu'au comble du plaisir.

Et c'était exactement ce qu'il souhaitait aussi. D'une main ferme, il guida son membre et, d'une vigoureuse poussée, s'introduisit en elle.

Lâchant un geignement, elle se cambra pour mieux épouser ses mouvements.

Moite et serrée, elle se ferma autour de lui comme un fourreau. Seule la crainte d'exploser en elle lui permit de se retirer encore.

Elle tenta de le retenir, comme si elle ne voulait plus être séparée de son corps, même pour un court instant.

Reposant les mains sur ses hanches, il la tint bien droite, allant et venant en elle par à-coups qui n'étaient que caresses sur son propre sexe enveloppé par sa douceur ardente.

D'un geste, il saisit sa poitrine dans ses paumes, l'étreignant fortement alors qu'il rentrait en elle.

Elle lui appartenait. À lui et à personne d'autre. Aucun autre homme n'avait pris ses seins à pleines mains comme il le faisait en ce moment. Aucun autre homme ne l'avait vue nue, se tordant de volupté dans la douce lumière de l'après-midi.

Il était rigide comme une pierre, plus dur qu'il ne l'avait jamais été. Il se sentait comme un roi avec Caroline entre ses bras. Il avait envie de faire durer le plaisir des heures encore, d'aller et venir au tréfonds d'elle-même, afin d'atteindre son âme.

La sentant saisie des vibrations annonciatrices du plaisir, il plongea en elle aussi loin que possible, remuant légèrement de chaque côté pour qu'elle en tire la quintessence du délice.

Après une dernière et longue poussée, elle ne put retenir davantage la marée qui montait en elle.

Ses soubresauts faillirent le faire céder lui aussi. Se raccrochant à ses hanches, il donna quelques à-coups plus courts et brefs, avant de s'enfoncer à nouveau, jusqu'à ce qu'il sente son écume se répandre en elle par jets brûlants d'extase.

Sans prendre garde aux taches qu'ils risquaient de laisser sur le canapé de velours, il retomba sur le dos, attirant la jeune femme sur lui.

Elle s'allongea entre ses bras, et il se dit qu'il ne voudrait se trouver nulle part ailleurs dans le monde. Quand il était avec Caroline, il ne pensait qu'à elle : elle avait chassé de son esprit le fantôme de Maya.

Jamais il n'oublierait sa première épouse ni le bonheur qu'elle lui avait donné. Cependant, elle s'était éteinte depuis plus de trois ans. L'heure avait sonné de ne plus se laisser ronger par la douleur.

Il avait eu raison de suivre ses instincts et de prendre une autre femme dans son lit. Caroline l'aidait à surmonter la disparition de Maya. Grâce à sa nouvelle maîtresse, il retrouvait son âme.

Les jours passaient assez plaisamment pour Caroline. Elle n'aurait pas cru supporter aussi bien sa nouvelle vie de femme perdue. La plupart du temps, c'était agréable.

Dominic se rendait chaque matin à la City afin d'y mener ses affaires, lui laissant le loisir de passer son temps comme elle le voulait. Elle avait encore moins d'obligations que du vivant de son père car, à l'époque, c'était elle qui dirigeait la maison et tenait les comptes de la famille. En tant que maîtresse de Dominic, elle pouvait difficilement intervenir auprès des domestiques, même si elle savait que la cuisinière buvait et se servait directement dans le bar de son patron ; quant à la gouvernante, elle se comportait en véritable tyran avec ses subalternes, au point qu'aucun ne restait plus de six mois d'affilée dans cette maison.

Les sœurs de Caroline s'étaient rapidement habituées à leur nouvelle existence, et si elles venaient comme promis passer chaque dimanche auprès d'elle, le reste de la semaine lui paraissait quelque peu solitaire. En choisissant cette situation, elle s'était bannie de la bonne société et se retrouvait coupée de son ancien cercle d'amis et connaissances. Elle aurait pu passer ses jours à s'acheter des robes et autres babioles mais, après avoir équipé la famille des vêtements nécessaires, elle ne courait plus les magasins. Même s'il lui paraissait tentant de dépenser les innombrables pièces qui garnissaient désormais sa bourse, elle ne tenait pas à gaspiller ses moments de liberté à essayer des tenues à la mode chez les couturières, ni à se choisir des manchons ou des bottines.

D'autant que ce genre de distraction recelait des risques. Elle avait cru mourir de honte en tombant sur le capitaine Bellamy dans Oxford Street, tenant à son bras une Kitty rougissante. Elle s'était détournée, comme si elle ne les avait pas vus, non sans avoir eu le temps de capter le soupir choqué de la jeune fille et le regard concupiscent du capitaine.

Tout bien considéré, il demeurait plus facile de marcher un peu dans le parc voisin de la demeure de Dominic, en s'attardant auprès des bébés dans leurs landaus poussés par de jolies nurses, tout en évitant de croiser d'anciennes connaissances ou d'en faire de nouvelles. Quand elle en avait assez de marcher, il restait toujours les journaux financiers que Dominic lisait au petit déjeuner, le dernier roman de Margaret Oliphant trouvé à la bibliothèque voisine, ou sa correspondance avec l'intendant de sa nouvelle propriété dans le Hertfordshire.

L'après-midi venu, elle devait songer à s'habiller pour le dîner et se préparer en vue du retour de Dominic. Elle passait des heures à réfléchir aux diverses façons de le distraire, à se métamorphoser en une audacieuse libertine qui ne pensait qu'à le taquiner et le séduire. Malgré les cinq ou six jolies robes du soir qu'il lui avait offertes, il n'aimait rien tant que la trouver dans une légère tenue chinoise, les cheveux épars sur les épaules, les pieds nus.

Bien des soirs, ils ne parvenaient même pas jusqu'à la table du dîner que les domestiques s'étaient donné le mal de dresser, filant directement au lit. Dominic avait constamment envie d'elle, et c'était partagé. Au moindre contact sur sa peau nue, elle frémissait de désir, et elle avait vite appris comment éveiller et satisfaire l'appétit de son partenaire. Il ne lui était pas difficile de lui plaire. Elle adorait le tenir sous son charme et se faire désirer davantage jour après jour.

Une fois qu'elle avait assouvi les élans de Dominic, tous deux dînaient sur la petite table qu'il avait fait placer dans la chambre à cet effet. Les draps froissés du lit témoignaient de leurs ébats récents lorsque le valet au visage impassible apportait les plats. Quand elle y songeait, Caroline se disait que les domestiques de son père auraient été scandalisés, mais ceux de Dominic semblaient estimer que cela faisait partie de leur métier.

Malgré ces jeux nocturnes et sa gratitude d'avoir été sauvée de l'hospice, Caroline se sentait vraiment seule. Aussi, lorsque Dominic lui proposa un soir de prendre quelques vacances et de partir en train pour les Cornouailles, elle se montra enchantée et accepta de grand cœur.

Une semaine en Cornouailles, où elle n'aurait pas à se soucier de croiser des connaissances dans les rues, où elle pourrait rester totalement anonyme, voilà qui paraissait merveilleux ! Et puis, là-bas, Dominic serait tout le temps avec elle, et non plus seulement le soir et la nuit. Elle ne connaissait qu'un seul aspect de lui. Mais, en Cornouailles, ils ne seraient pas ensemble qu'au lit. Elle allait lui tenir compagnie durant la journée et fréquenter l'homme, pas seulement l'amant.

La gare, grande bâtisse de brique au sol carrelé, était emplie d'une foule compacte. Partout, il y avait des gens qui allaient et venaient, se bousculaient tête baissée, concentrés sur leur propre sort. Des hommes d'affaires en costume, une serviette à la main, un parapluie dans l'autre, sortaient en courant des trains pour se précipiter vers les différentes sorties menant à la City. Un groupe de garnements en haillons jouaient aux billes dans un coin, galopant et criant à travers la foule quand ils en perdaient une. Des marchands de fleurs stationnaient au pied des colonnes, armés de paniers de violettes et de pensées dont ils annonçaient les prix à haute voix.

Dominic s'arrêta pour acheter un petit bouquet, qu'il accrocha sur le corsage de Caroline.

— Des fleurs pour ma fleur, déclara-t-il en lui baisant la main.

Sans lui laisser le temps de répondre, il l'entraîna de nouveau à travers la foule pour rejoindre les quais.

L'atmosphère y paraissait plus tranquille, les gens ne se croisaient plus dans tous les sens. Peu à peu, Caroline se détendit et se prit à apprécier la situation.

— Bonjour madame, bonjour monsieur. Nous vous souhaitons un bon voyage.

L'employé aux bagages s'était adressé à eux comme à des princes quand Dominic lui avait confié les leurs.

Bras dessus, bras dessous tel un couple marié, ils se dirigèrent ensuite vers la tête du train. L'heure du départ était prévue dans dix minutes et Dominic voulait jeter un coup d'œil à la locomotive à vapeur, comme il se devait quand on s'intéressait à tout ce qui touchait aux chemins de fer.

Caroline refusait de s'étendre sur l'idée qu'ils ne formaient pas un vrai couple. Une courtisane ne se préoccupait pas de mariage, c'était une idée beaucoup trop ordinaire pour une personne comme elle. Elle réprimait ses tendances naturelles qui lui faisaient aspirer à une vie d'amour et d'affection. Quand on était, comme elle, une courtisane grassement rémunérée, on savait s'en contenter.

Il s'arrêta devant la locomotive, le regard brillant d'admiration.

— Ce n'est pas seulement une machine, c'est vivant, expliqua-t-il. Un grand dragon qui crache le feu. Un dragon créé et animé par les hommes.

L'enthousiasme de Caroline pour ce voyage se colora d'une surprise supplémentaire devant l'énorme machine. Car si elle-même ne portait aucun intérêt à la mécanique des trains, elle devait reconnaître que les paroles de Dominic n'étaient pas dénuées de vérité. Cette locomotive paraissait effectivement vivante, comme si elle respirait et soufflait de la fumée, comme si elle prenait la parole grâce aux petits déclics et autres valves qui s'ouvraient et se refermaient de temps en temps.

Craignant de salir sa jolie tenue de voyage, la jeune femme se tenait un peu en retrait tandis que les mécaniciens actionnaient les jets de vapeur, de plus en plus fréquemment à mesure que l'heure du départ approchait. Lui lâchant brièvement la main, Dominic se mit à aller et venir le long du quai pour mieux examiner la machine, en particulier le piston à vapeur qui réglerait la vitesse du train sans arrêt jusqu'en Cornouailles.

La main posée sur le petit bouquet de son corsage, elle observait Dominic qui semblait tellement fasciné par cette machine bruyante et malodorante. Il avait l'air d'un petit garçon devant un jouet. Son jouet.

Et il devait la ranger dans cette catégorie, songea-t-elle soudain. Un brusque élan de colère la saisit, aussi bien contre lui que contre sa propre situation. Il pouvait user et abuser d'elle autant qu'il le voudrait, jusqu'au jour où il la rejetterait, une fois qu'il en aurait assez. Il avait dit la vérité en la traitant de fleur. Elle lui fournirait un moment éphémère de plaisir avant de sombrer dans l'insignifiance.

En revenant vers elle, il laissa exploser son enthousiasme.

— Quelle merveille ! Quand je pense que l'être humain peut concevoir et construire un tel prodige ! C'est fou ce que les chemins de fer ont pu apporter de changement dans notre monde ! L'Angleterre est aujourd'hui plus prospère que jamais.

Encore tout ébloui, il secoua la tête.

— Que nous réservent les cent prochaines années ? ajouta-t-il. Nous devrions voler dans des vaisseaux aériens, c'est certain.

Ce fut à cet instant que le chef de gare donna un bref coup de sifflet pour annoncer le départ.

— En voiture !

Dans un suprême effort de volonté, Caroline parvint à chasser ce moment de mauvaise humeur. Après tout, elle avait toujours su qu'il en serait ainsi avec Dominic.

Il l'entraîna en courant vers l'avant-dernier wagon, d'une couleur différente des autres, aux fenêtres drapées de rideaux de dentelle. Il l'aida à grimper les marches menant à l'intérieur et là, elle poussa un petit cri de surprise. Car ce n'étaient pas les rangées de sièges de la deuxième classe, ni même les confortables compartiments de la première qu'elle apercevait, mais une seule salle meublée comme un salon avec un grand bureau, des livres, des fauteuils et des canapés.

Dominic souriait d'un air suffisant.

— Ce wagon appartient à l'une de mes relations d'affaires, M. Gareth Hugues. C'est lui qui m'a conseillé de prendre quelques vacances dans la maison où nous allons. Il s'y est rendu l'année dernière et, depuis, il semblerait que sa vie et ses affaires aient été touchées par la prospérité. Il a eu la gentillesse de nous prêter ce wagon pour notre voyage.

Caroline en fit le tour, examinant les jolis meubles et la décoration, jusqu'à ce qu'un sifflement signale que le train démarrait. Si elle n'était qu'un jouet pour Dominic, au moins la traitait-il avec des égards. Elle pouvait difficilement se plaindre de son sort.

Dans une puissante secousse, les wagons se mirent en route et Caroline tomba dans les bras de son amant.

Il en profita pour la serrer contre lui et elle ne chercha pas à reculer, trop heureuse de cette marque d'affection.

— Oh, Dominic, c'est ravissant ! Quelle façon tout simplement excitante de voyager ! Je crois que je vais en goûter chaque instant, de même que je vais adorer nos vacances.

Il l'embrassa dans la nuque.

— J'ai prévu quelques distractions qui devraient vous permettre de goûter au mieux ce voyage, assura-t-il.

Un frisson d'impatience la parcourut. Envisageait-il vraiment ce qu'elle croyait ? Allait-il lui faire l'amour dans leur salon privé, si près des passagers des autres wagons ? Cette pensée était tellement coquine, tellement exquise, qu'elle sentit la pointe de ses seins se dresser.

Le wagon se mit à pencher d'un côté puis de l'autre alors que le train s'engageait dans une série de virages, envoyant le couple tomber sur un canapé où il atterrit dans un double éclat de rire.

Comme par hasard, ce fut Dominic qui se retrouva sur elle, l'écrasant de tout son poids, mais elle n'eut pas le moins du monde l'idée de se débattre. Au contraire, elle demeura immobile, secouée par le fou rire, trop heureuse des imprévus de l'instant pour songer aux tumultes du passé et de l'avenir.

Ils restèrent allongés ensemble dans un silence délectable, leurs corps se balançant au rythme du train, jusqu'à ce que Dominic la libère de son poids. Il se dirigea vers un cabinet d'angle qu'il ouvrit, révélant des rangées de bouteilles, vins, portos et xérès. Sur une étagère trônait un seau à glace avec une bouteille de champagne.

Il l'ouvrit lentement, prenant garde que le bouchon ne saute pas dans un jaillissement de mousse, après les secousses qu'ils venaient de subir, puis emplit deux coupes qu'il apporta.

— Portons un toast, dit-il. À nous.

7

— À nous, répondit-elle avant de boire une longue gorgée.

À peine avait-elle éloigné la coupe de ses lèvres que le wagon sursauta encore, répandant sur elle le champagne qui y restait. Caroline se redressa d'un bond, mais trop tard. Son corsage était trempé.

Elle jura entre ses dents en regardant sa robe.

— Je crains qu'elle ne soit perdue.

— Nous devrions pouvoir la faire nettoyer tout de suite, assura Dominic. Allez vous déshabiller dans le cabinet de toilette.

Une fois enfermée dans le petit réduit, elle ôta sa robe, entrouvrit la porte, passa le bras dehors et la tendit à Dominic ; puis elle attendit, alors qu'il sonnait pour appeler un valet et lui demander de l'emporter immédiatement.

— Vous pouvez sortir, lança-t-il ensuite. Il n'y a plus personne, que vous et moi.

Elle jeta un regard sur sa chemise de soie et ses pantalons de dentelle qui lui couvraient à peine les genoux.

— Mais je suis en sous-vêtements ! protesta-t-elle.

Certes, c'étaient les plus jolis qu'elle possédait, mais elle pouvait difficilement ne rien porter d'autre durant leur voyage vers les Cornouailles.

— Nous sommes dans un wagon privé. J'ai fermé la porte à clef. Vous pouvez sortir sans crainte.

Pourtant, elle hésitait encore.

— Je me sens si sotte ! Que penserait le mécanicien s'il me voyait dans cette tenue ?

— C'est bon, attendez une minute.

S'ensuivit une pause durant laquelle Caroline entendit quelques froissements d'étoffe. Il devait être en train de lui sortir une robe de rechange, ou au moins un peignoir.

— Paaarfait ! Vous pouvez sortir, maintenant.

Elle ouvrit la porte mais ne vit aucun peignoir, juste Dominic, nu comme un ver, et poussa un cri en découvrant son sexe à demi dressé. Comment un homme d'affaires pouvait-il s'exhiber ainsi sans vergogne, en plein jour, avec un tel sourire aux lèvres ?

— Eh bien, allez-vous sortir ?

Elle demeura encore un instant dans son refuge, à évaluer la situation. Elle ne resterait pas cachée dans ce cabinet de toilette tout au long du voyage. Si une vraie dame n'était pas censée se jeter dans les bras d'un homme nu au milieu d'un train, une courtisane pouvait bien le faire. Et elle n'était rien d'autre qu'une courtisane, désormais.

Et puis, il avait un si beau membre !

Non qu'elle possédât une grande expérience en la matière, évidemment, mais elle le trouvait à son goût. Particulièrement quand il se dressait comme en ce moment, prouvant à quel point Dominic avait envie d'elle, laissant au moins entendre qu'il n'était pas près de l'abandonner. Elle aimait cette confirmation qu'il lui donnait sans articuler une parole. Tant qu'elle pourrait l'exciter à ce point, il lui appartiendrait.

Sous ses yeux, le membre tressaillit et sursauta, se durcissant et se dressant davantage à chaque mouvement.

— Venez m'embrasser, belle Caroline aux culottes de dentelle.

Elle fronça les sourcils. Il y avait des fenêtres à ce wagon. Et si les gens, dans les gares où ils passaient, les voyaient ?

— Personne ne nous dérangera, je vous le promets, les portes sont fermées. Vous ne risquez rien.

Il fallait bien s'exécuter : après tout, n'était-ce pas son emploi ? Elle finit donc par quitter son antre pour s'avancer vers lui. Il la prit dans ses bras et l'entraîna aussitôt dans un profond baiser.

Alors qu'elle l'embrassait sur la bouche, elle sentit une petite pression sur ses épaules, l'incitant gentiment à porter ses baisers plus bas. D'ailleurs, il lui suffisait de sentir la puissante érection contre son ventre pour comprendre exactement ce qu'il voulait. Désormais, elle se moquait de savoir si on pouvait les voir par les fenêtres. Après tout, qu'ils regardent, si cela leur faisait plaisir ! Quant à elle, son devoir était de satisfaire Dominic, de susciter son intérêt aussi longtemps que possible. S'il voulait qu'elle le suce dans ce train, elle obéirait.

Soulevant son érection d'une main, elle la caressa doucement de haut en bas, la massa, arrachant un grondement imperceptible à Dominic. Ce qui eut pour effet de l'encourager à continuer, plus vite et plus fort. Elle était contente de savoir qu'il appréciait ce geste. Même si elle n'était sa maîtresse que depuis quelques semaines, même si elle était novice dans ce métier, elle parvenait à lui donner envie d'elle.

Baissant la tête, elle commença par lui embrasser un téton, puis le mordit légèrement et le suça, avant d'attaquer l'autre. Et plus elle agaçait du bout des dents ces deux petites pointes drues, plus elle sentait tressauter son érection dans sa main.

Sans cesser de le caresser et de l'embrasser, elle descendit le long de son torse duveté, s'arrêta un instant sur son nombril avant de glisser la langue sur le bout de son sexe. Encouragée par ses petits geignements de plaisir, elle lui massait doucement les testicules de l'autre main. Ils étaient doux et fermes à la fois, bougeant souplement dans leur enveloppe.

N'y tenant plus, elle céda au désir de le goûter, de le prendre dans sa bouche et de le sucer comme il le désirait. Tout en pressant la base avec l'autre main, elle savourait la texture veloutée et le goût salé du gland qu'elle contournait d'une langue avide. Suivant les mouvements du train, il entrait plus ou moins profondément en elle.

Jusqu'au moment où il se retira.

— Si nous continuons ainsi, je ne pourrai plus me retenir et c'en sera fini de notre petit intermède.

Déçue, elle leva les yeux sur lui.

— Et qu'y aurait-il de mal à cela ?

— Je voudrais vous goûter à mon tour, glisser ma langue dans votre fente humide, me délecter de votre petite pointe hypersensible, et, si vous le désirez, vous m'accueillerez au cœur de votre féminité.

Ces seules paroles suffirent à faire palpiter le cœur en question et, convaincue, elle lui donna un dernier coup de langue avant de le laisser lui ôter sa chemise. Il s'agenouilla devant elle et tira ses pantalons le long de ses hanches, puis de ses jambes. Elle ne chercha pas un instant à l'arrêter, car elle avait maintenant envie de se retrouver aussi nue que lui, de le laisser faire ce qu'il voulait d'elle.

Ainsi qu'elle l'avait appris à ses dépens, le désir était une arme à double tranchant. À force de la désirer, il se rendait tout aussi désirable, et elle n'était pas certaine de toujours garder l'avantage dans leurs séances d'amour. En fait, s'il décidait de tout interrompre à ce moment précis, de la traiter avec froideur ou dédain, elle en pleurerait.

Mais, pour l'instant, elle n'avait pas besoin de s'inquiéter. Il la dévisageait comme si elle était la chose la plus importante au monde et comme s'il avait le devoir de la protéger.

Le train poursuivait sa route à la vitesse d'un cheval au galop, et les champs et les haies défilaient sous les fenêtres, tandis qu'à l'intérieur, Caroline s'agenouillait sur le tapis. Le bout des seins dressés, bien qu'elle n'ait pas froid du tout, elle se sentait délicieusement excitée de se trouver ainsi dénudée, en plein jour, dans un wagon qui filait vers les Cornouailles.

Dominic lui lança un regard coquin.

— Je voudrais vous montrer quelque chose de nouveau.

Elle l'interrogea du regard. Cette aventure dans un train ne lui semblait donc pas assez nouvelle ? Qu'avait-il derrière la tête ?

— Quelque chose que vous avez appris aux Indes ? demanda-t-elle d'un ton soupçonneux.

Elle se méfiait de ce qu'il pouvait avoir découvert dans ces contrées lointaines, dont les populations n'étaient pas vraiment anglaises et se laissaient brûler la peau par le soleil.

— Oui, je l'ai appris aux Indes. Là-bas, les gens sont des maîtres du plaisir sensuel, je vous assure. Et ceci est tellement excitant que vous allez bientôt crier de plaisir, je vous le promets.

Encore agenouillée, elle ne le quittait pas des yeux. Sans vraiment comprendre de quoi il retournait, elle avait déjà le corps en feu. En outre, elle avait pour devoir d'obéir à toutes ses exigences.

— Que désirez-vous ?

— Restez à genoux, mais écartez un peu plus les jambes.

Elle fit ce qu'il demandait, ouvrant assez les genoux pour exposer sa féminité.

Dominic s'était allongé sur le sol et, comme il plaçait la tête entre ses cuisses, elle sentit son souffle chaud sur sa peau. Il allait donc la lécher ainsi, dans cette position ? À cette idée, elle se crut déjà sur le point de jouir.

Pendant ce temps, il l'attirait vers lui par les hanches. Instinctivement, elle plia davantage les jambes, pour faciliter le contact avec son visage.

Il commença par de petits coups de langue qui la mirent dans un tel état qu'elle se cambra en criant. Exactement comme il l'avait prédit.

Remuant le bassin, elle s'aperçut qu'elle pouvait guider les progressions de sa langue. Après tout, s'avoua-t-elle avec bonheur, les Indes avaient peut-être leurs avantages. Elle recula un peu pour le laisser lécher l'ouverture humide de sa fente, puis elle s'avança pour qu'il revienne juste en dessous. Elle en voulait déjà tellement plus ! Pourtant, elle voulait aussi continuer le plus longtemps possible dans cette position, avec cette langue agile qui la tourmentait à la faire mourir de plaisir.

D'un coup d'œil, elle aperçut le membre de Dominic, qui semblait danser sur lui à son propre rythme. Elle aussi pourrait le lécher en même temps, et leur double jouissance ne ferait que multiplier leur plaisir.

Elle se pencha en avant, juste ce qu'il fallait pour englober son gland, d'un mouvement d'abord hésitant puis avec une ardeur grandissante. De son côté, comme s'il lui répondait, Dominic intensifia ses coups de langue. D'une paume, elle saisit la base de son sexe qu'elle fit entrer aussi loin que possible dans sa bouche, avant de se redresser pour ne plus sucer que le bout.

En même temps, les mains de son amant se plaquèrent sur ses fesses et elle comprit qu'elle s'offrait ainsi totalement à son regard. Il bougea un peu et elle sentit ses lèvres l'embrasser, puis se refermer autour de la pointe hypersensible qui lui donnait tellement de plaisir. Elle était de nouveau au bord d'exploser, le cœur battant à tout rompre tandis qu'elle luttait pour retenir son orgasme.

Dominic plaça un doigt sur la rosette de son anus, massant délicatement l'entrée avant de s'introduire un peu à l'intérieur. Jamais elle n'aurait cru apprécier une telle incursion. Pourtant, c'était le cas.

Cela ne l'empêcha pas de se mettre à masser la base de son membre, tout en léchant le tendre dessous du gland. Elle sentait son plaisir évoluer à mesure qu'il la surprenait tant avec sa bouche qu'avec ses doigts. Les muscles endoloris, elle se redressa.

À sa grande déception, Dominic s'arrêta.

— Restez ainsi.

Sur ces brèves paroles, il se souleva jusqu'à lui effleurer le sexe de son membre.

— À présent, asseyez-vous sur moi.

Caroline souleva les hanches pour les rabaisser lentement sur son érection jusqu'à ce qu'il se trouve en elle, aussi profondément qu'elle put l'accueillir. Il manœuvra pour l'emplir complètement.

— Auriez-vous appris ceci aux Indes ? demanda-t-elle dans un souffle.

— Il existe là-bas un livre célèbre appelé le Kâma-Sûtra. J'ai eu la chance d'en lire une traduction d'un de nos compatriotes. Entre autres choses, il décrit diverses positions pour donner et prendre du plaisir. Celle-ci fait partie du Jardin Parfumé.

Des jardins parfumés, un livre décrivant diverses positions pour faire l'amour ? Les Indes grimpaient rapidement dans l'estime de Caroline.

— Il y en a d'autres que celle-ci ?

— Il y en a beaucoup d'autres que nous pourrions essayer si vous le souhaitez.

Elle avait du mal à réfléchir, tant le sang vibrait dans sa tête.

— J'aimerais bien en essayer d'autres, avoua-t-elle.

Ce disant, elle fit tourner ses hanches, étonnée d'éprouver autant de sensations différentes.

— Celle-ci porte-t-elle un nom ?

— Disons, un nom adapté du sanskrit.

Elle le sentit soulever un peu le bassin pour s'enfoncer un peu plus en elle, jusqu'à ce qu'elle ait l'impression qu'il allait toucher le fond son ventre.

— Et la traduction, continua-t-il, n'est pas aussi poétique qu'on aurait pu l'espérer. Le titre en est « Vue réciproque de postérieurs ».

Comme pour appuyer son propos, il lui caressa les fesses.

Elle se mit à rire. Impossible d'imaginer rien de moins poétique, en effet ! Cependant, elle n'avait rien contre.

— Caressez-vous tant que vous êtes assise sur moi. Agitez votre clitoris avec vos doigts pendant que je suis en vous.

Effectivement, elle avait les mains libres. Alors elle fit ce que Dominic demandait en essayant de suivre le rythme de ses mouvements.

Elle eut la joie de constater qu'elle pouvait atteindre ses testicules, les prendre dans ses mains, les presser, les caresser tout en allant et venant sur sa hampe.

Les deux mains ainsi occupées, elle remuait le bassin de haut en bas, mais aussi sur les côtés afin de ne rien lui cacher de son intimité.

Et il ne se faisait pas prier, continuant à la visiter avec ardeur, jusqu'à ce qu'il atteigne ce point précis en elle qui la faisait hurler de plaisir.

Renversée en avant, elle lui saisit les chevilles pour adopter un mouvement beaucoup plus rapide. Bientôt, elle eut la satisfaction de l'entendre pousser à son tour un cri qu'il tenta d'étouffer, comme s'il voulait maîtriser son propre plaisir.

— Pas encore !

Il replaça les mains sur ses fesses pour l'inciter à ralentir et elle s'appuya dessus. À force de se soulever, elle sentait le gland revenir au bord de sa fente.

Alors elle demeura immobile, imaginant la vue qu'il devait avoir…

Elle avait envie qu'il se remette à la caresser comme il avait commencé à le faire peu auparavant. Malheureusement, elle ne voyait pas quoi dire pour l'y pousser.

— Touchez-moi comme tout à l'heure, finit-elle par souffler.

Elle sentit un doigt revenir se promener entre ses fesses, léger comme une plume, et la chatouiller un peu, mais surtout lui procurer un plaisir exquis.

— Comme ça ?

Incapable de répondre, elle resta en place, le bassin bougeant à peine pour signaler son désir de le voir poursuivre. Au bout de quelques minutes, il l'attrapa par les hanches et la ramena plus près de lui pour enfoncer à nouveau son sexe en elle.

Surprise par ce geste, elle ne put résister davantage. Elle bascula dans le plus étourdissant des orgasmes, tandis qu'il demeurait immobile afin qu'elle puisse savourer jusqu'à la dernière goutte le plaisir de le sentir au plus profond d'elle-même.

Finalement, les palpitations de l'orgasme se calmèrent. Elle ne désirait désormais plus rien que s'écrouler sur le tapis du wagon pour s'endormir de bonheur et de lassitude, mais lui n'en avait pas fini. Son sexe, toujours dur comme un pieu, s'agitait en elle.

— J'ai encore une position à vous montrer. Mettez-vous debout un moment.

Elle s'exécuta et se leva, s'étirant au milieu du wagon ensoleillé, consciente que Dominic la regardait et la désirait plus que jamais. Tournant gracieusement sur elle-même, elle se retrouva face à lui qui venait de se dresser à son tour, son érection toujours aussi impérieuse, à l'horizontale de son ventre doux et ferme.

La saisissant par les bras, il l'entraîna vers une fenêtre devant laquelle trônait un canapé. Les rideaux de dentelle camouflaient à peine la vue sur la campagne verdoyante.

— Agenouillez-vous sur le canapé, lui demanda-t-il en venant se placer debout derrière elle.

Comme elle obtempérait, il lui fallut se crisper un peu pour résister aux secousses du train, avant de s'agripper au dossier. Passant pardessus, ses seins s'écrasèrent contre la vitre. Si jamais le train traversait un village, tout le monde la verrait nue à cette fenêtre. Et Dominic, nu derrière elle, fort occupé à lui faire l'amour.

Cette pensée ne la gêna pas le moins du monde ; à vrai dire, elle trouvait plutôt amusant qu'on puisse la surprendre dans cette posture, sans avoir à supporter les commentaires qui s'ensuivraient. Personne ne saurait jamais qui elle était et elle ne verrait jamais ces gens. Pour ceux qui apercevraient ses seins, elle resterait la femme nue dans le train. Et tous ignoreraient qu'elle s'appelait Caroline Clemens.

Les mains de Dominic s'étaient posées sur ses fesses et elle devina qu'il s'agenouillait pour souffler dessus, en dégager délicatement l'ouverture du bout des doigts.

— Quel bonheur offrent les femmes à se laisser ainsi contempler ! Si belles, semblables à des fleurs.

Il l'admira encore un moment avant de se redresser et, sans prévenir, replongea son sexe en elle.

Plus que jamais, elle étreignit le dossier et se plaqua contre la vitre.

Cette fois, il ne marqua aucune hésitation en prenant possession d'elle. Des fermes et des granges apparaissaient et disparaissaient à l'horizon, tandis qu'à chaque coup, elle poussait un nouveau cri et se rapprochait d'un nouvel orgasme.

Il accéléra le mouvement et sa poigne se resserra sur ses hanches, jusqu'à ce qu'il donne une poussée plus puissante que jamais. Le corps secoué de spasmes, il la tint immobile pour mieux savourer son orgasme.

Sentant sa semence brûlante se répandre en elle, la jeune femme en ressentit une émotion à lui faire perdre la tête. Le monde extérieur s'éloigna soudain pour ne plus apparaître que comme la pointe d'une épingle, et elle hurla en se laissant aller aux délices de l'abandon.

— Mon Dieu, Caroline… si c'était allé un peu plus loin, j'en serais mort à l'heure qu'il est.

Là-dessus, il s'effondra sur elle.

— Je ne sais pas combien de temps je pourrai survivre avec vous dans les parages.

Ces paroles la glacèrent. Elle n'aurait pas cru pouvoir le combler au point de lui donner trop de plaisir. Envisageait-il déjà de la renvoyer ?

— Vais-je trop loin à votre goût ? s'inquiéta-t-elle.

Combien de temps la plupart des hommes gardaient-ils leurs maîtresses ? Elle l'ignorait, mais ce devait tout de même être plus qu'un mois ou deux. Surtout quand on songeait au prix que Dominic avait versé pour s'offrir ses services. Il voudrait sans doute profiter d'elle au moins un an, voire plus, le temps de rentrer dans ses fonds.

— Vous iriez trop loin pour une demi-douzaine d'hommes, mais je ne vous laisserai jamais le loisir de le vérifier. Vous êtes mienne et le resterez.

La chamade dans son cœur s'apaisa un peu. Il ne s'était pas lassé d'elle. Pas encore. Ses étranges paroles ne signifiaient rien de la sorte – d'ailleurs, elles ne signifiaient rien du tout.

— Même si cela doit vous tuer ? le taquina-t-elle.

— Alors je mourrai heureux, conclut-il en se soulevant.

Elle se laissa retomber sur le canapé, sans prêter attention à sa nudité. Trop satisfaite pour bouger, elle observa les fins muscles de son dos alors qu'il se dirigeait vers une armoire, d'où il sortit une couverture qu'il apporta sur le canapé.

S'allongeant à côté d'elle, il les couvrit tous deux avant de venir se blottir contre elle, de respirer son souffle.

— Vous êtes mienne, Caroline, murmura-t-il d'un ton endormi en l'étreignant contre sa poitrine. Je ne vous laisserai pas m'échapper. Jamais.

Étendue contre lui, elle se pelotonna dans ses bras. Il ne s'engageait pas beaucoup par ces paroles, elle le savait bien. Elle lui appartenait pour le moment, et c'était tout ce qui comptait pour lui.

Quant à elle, elle devrait se concentrer uniquement sur le présent. L'avenir était une autre histoire... Elle n'avait plus la force de se tracasser pour le moment. Il arriverait bien assez vite.

En même temps, elle s'efforcerait de ne pas perdre l'esprit, de garder la tête froide comme n'importe quelle courtisane dans la rue, occupée à gagner sa croûte. Car elle n'était ni plus ni moins que l'une d'elles, désormais ; elle ferait bien de garder cette pensée à l'esprit. C'était pure folie de laisser grandir en elle l'espoir qu'un jour, peut-être, Dominic s'attacherait à elle, au point d'en venir à l'aimer.

Jamais il ne l'aimerait. Comment serait-ce possible alors qu'elle-même ne l'aimait pas... ne *devait* pas l'aimer ? En un mot comme en cent, elle ne pouvait se le permettre. Il finirait par la quitter, le jour où il trouverait une femme capable de l'attirer davantage encore, ou quand il tomberait amoureux et déciderait de se marier.

Les hommes ne tombaient pas amoureux des courtisanes. Les courtisanes étaient faites pour le plaisir. Les épouses pour l'amour et la vie commune.

Un point, c'est tout.

Elle ne représentait pour Dominic qu'un corps offert à ses élans lorsque l'envie lui en prenait… rien de plus. Les hommes n'avaient pas besoin de sentiments pour s'adonner au sexe.

Néanmoins, elle se sentait bien auprès de lui sous cette couverture, tandis que le train poursuivait sa course.

Elle posa sur Dominic un regard indécis. À quoi donc pensait-il ?

En fait, il s'était endormi et ne présentait plus qu'un visage apaisé de petit garçon.

Quand elle se réveilla, ils étaient presque arrivés à destination. Sa robe avait eu le temps de sécher mais présentait une horrible tache sur le corsage. Caroline l'enfila non sans une moue de déplaisir ; de plus, elle se sentait affreusement mal coiffée. Ce n'était pas ainsi qu'elle ferait bonne impression.

Alors qu'elle se dirigeait vers la porte du wagon, Dominic posa une main sur son bras.

— Je ne vous ai pas beaucoup parlé du lieu de notre destination, murmura-t-il.

Elle haussa les sourcils. Qu'y avait-il donc à dire de plus, outre qu'ils allaient séjourner dans une maison des Cornouailles, au bord de la mer ? Que devait-elle savoir d'autre ?

— Attendez-vous à une demeure peu ordinaire, la prévint-il. Une maison réservée aux distractions… pour les couples.

Ces paroles la mirent mal à l'aise.

— M'emmèneriez-vous dans un lieu de perdition ?

Bien sûr, il avait le droit de l'emmener où il voulait et, en tant que catin, elle ne pouvait s'y opposer. Mais elle n'aimait pas cela. Pas du tout. Elle avait beau être sa maîtresse, elle méritait un minimum de respect.

— Non, pas du tout. Mais c'est un endroit où nous pourrons explorer notre sensualité en compagnie d'autres couples à la recherche des mêmes sensations.

Un doute la saisit.

— Y êtes-vous déjà allé ? questionna-t-elle d'un air aussi détaché que possible. Avec d'autres femmes ?

Encore qu'elle ne soit pas vraiment bien placée pour s'en plaindre… mais elle avait envie de savoir.

— Non, ce sera une découverte pour moi autant que pour vous. C'est mon ami qui m'a prêté le wagon qui m'en a parlé. Il me l'a chaudement recommandée. En fait, il sera là avec son épouse, en même temps que nous. Mme Hugues est une personne très à la mode. J'espère qu'elle vous plaira.

Caroline se crispa. Dominic ne connaissait pas bien la société anglaise, sinon il ne songerait jamais à présenter sa maîtresse à l'épouse d'un ami. Une catin. Une moins que rien. Jamais Mme Hugues ne daignerait lui adresser la parole.

Elle qui rêvait de vacances paisibles en compagnie de Dominic, loin de toute contrainte sociale...

Dominic ne parut pas remarquer son silence gêné dans la voiture qu'ils avaient prise à la gare. La maison où ils devaient descendre apparut bientôt devant eux, imposant manoir niché au milieu de ravissants jardins. Au moins pourrait-elle s'y promener pour se changer les idées.

À son grand soulagement, leur hôtesse remarqua immédiatement l'état de sa robe et, sans prononcer un mot, la prit par le bras ; toutes deux s'éloignèrent de Dominic pour se rendre directement dans la chambre de Caroline où elle pourrait se changer.

Une demi-heure plus tard, rafraîchie et vêtue d'une nouvelle robe, elle redescendit, impatiente de le rejoindre. Certes, elle aurait préféré passer toute la semaine cachée dans cette pièce, mais elle n'avait pas le choix.

Elle ne trouva personne dans le salon où elle l'avait laissé, mais les portes-fenêtres étaient ouvertes sur une ravissante cour pavée. Avec ce joli temps, elle ne demandait pas mieux que d'aller visiter les jardins.

À peine avait-elle posé le pied dehors qu'elle vit une femme allongée sur le banc, les yeux clos, une expression de paix profonde sur le visage.

Pour ne pas la réveiller, elle passa devant sur la pointe des pieds, mais l'inconnue souleva les paupières et s'assit en poussant un cri de joie.

— Bonjour ! Tu dois être la nouvelle venue attendue aujourd'hui. Viens t'asseoir et bavardons un peu. Je m'appelle Cora, Cora Hugues. Mon époux et moi sommes là depuis près d'une semaine. Nous venons ici aussi souvent que possible.

Caroline se sentit rougir jusqu'aux oreilles. En toute honnêteté, elle ne pouvait tromper cette personne sur sa véritable condition.

— Je ne crois pas que vous aimeriez faire ma connaissance, articula-t-elle d'un ton crispé.

À cet instant, elle haïssait presque Dominic de l'avoir mise dans une telle situation.

— Et pourquoi donc ?

— Mon père a fait faillite. Je suis ici pour accompagner M. Savage, mais je ne suis pas… nous ne sommes pas… enfin, M. Savage n'est pas mon mari.

Pour tout dire, elle n'éprouvait aucune honte : elle était simplement furieuse de devoir exposer son état. Qu'est-ce que des gens comme Mme Hugues connaissaient de la misère et du désespoir, des extrémités auxquelles ceux-ci pouvaient mener une femme ? Elle-même n'aurait pas de peine à rapidement détester ce genre de personne tellement riche, tellement à l'aise, avec tous ses privilèges. Une personne qui ne saurait jamais ce que c'était que d'avoir faim, ou de voir sa famille réduite au pire dénuement.

Mme Hugues eut un petit geste désinvolte.

— Oh ! Qui se soucie de ce genre de chose ? Toutes ces conventions ne sont plus de mise. Pour ma part, je me moque comme d'une guigne de ces détails. En revanche, tu ne devrais pas t'approcher de moi si tu crains le scandale. Gareth et moi en avons provoqué un énorme l'année dernière mais personne, à part quelques vieilles harpies, ne s'en souvient plus aujourd'hui ; alors tu penses bien que ces commérages se sont tus.

Caroline en resta bouche bée et ressentit un immense soulagement.

— Cela vous est vraiment égal que je sois une... une fille de joie ?

Jamais elle ne se serait attendue à une telle réaction de la part d'une dame de la haute société.

— Votre époux ne verra pas d'inconvénient à ce que nous nous fréquentions ?

Mme Hugues tapota le banc pour inviter la jeune femme à s'asseoir près d'elle.

— En quoi devrais-je te jeter la première pierre ? Sur ce point, je ne suis pas vraiment toute blanche. Et Gareth sait nous choisir des amis adéquats. Allons, viens ici, que nous nous présentions l'une à l'autre.

Trop surprise pour ne pas obtempérer, la jeune femme répondit poliment :

— Je m'appelle Caroline.

Encore dubitative, elle s'assit aussi loin que possible de Mme Hugues.

— Caroline Clemens.

— Tu es l'amie de Dominic, si j'ai bien compris ?

— Oui.

Mme Hugues lui caressa les cheveux, lui donnant ainsi l'impression de n'être qu'une petite fille qu'il fallait consoler, ou un cheval ombrageux qu'il fallait apaiser.

— Tu es une vraie beauté, une pure rose anglaise. Il a de la chance de t'avoir trouvée.

Cette femme dégageait une authentique chaleur, chaleur qui acheva de faire fondre l'embarras de Caroline.

— J'ai eu de la chance, avoua-t-elle. Il m'a sauvée de… d'une situation assez désagréable.

Elle n'avait pas le courage d'exposer dans le détail leur affreux séjour à l'hospice, ni d'expliquer l'étendue de son désespoir avant que Dominic ne la prenne sous son aile.

— Et tu es devenue sa maîtresse en échange ?

Elle se contenta de hocher la tête.

— C'est bien ce que je pensais.

— J'en ai fait moi-même le choix, se hâta-t-elle de préciser.

Elle ne tenait pas à ce que Mme Hugues se fasse une fausse idée de l'homme qu'était Dominic.

— Il ne m'a forcée en rien, expliqua-t-elle. J'aurais pu devenir gouvernante ou infirmière si je l'avais voulu, il m'aurait aidée. J'ai fait le choix de cette vie-là de mon plein gré. Et je ne le regrette pas.

— Tu n'as pas à te justifier devant moi. Je suis la dernière personne à pouvoir juger qui que ce soit. Mais à quoi bon s'appesantir sur les mauvais côtés de la vie ? Surtout quand on vient d'arriver à Sucré Salé et qu'on ne cherche qu'à en goûter les délices.

Ce disant, Mme Hugues lui décocha un malicieux clin d'œil.

— Voudrais-tu que je t'en dise plus ? proposa-t-elle.

Subjuguée par la main amicale que lui tendait cette dame, Caroline ne redoutait plus le dîner à venir. Mme Hugues ne lui avait-elle pas assuré que les activités de cette maison demeuraient totalement volontaires ? Personne n'avait jamais été obligé de participer à quoi que ce soit qui puisse le gêner, et l'on pouvait s'en aller à tout instant.

Certes, avait-elle précisé dans un petit rire guttural, il serait vraiment dommage que Caroline et Dominic ne veuillent pas se joindre à eux pour s'amuser. Ses visites à Sucré Salé comptaient parmi les moments les plus importants de l'année. Nulle part elle ne se sentait aussi libre d'explorer les frontières de sa sensualité et d'expérimenter les désirs particuliers de son mari. Les séjours dans ce manoir, assurait-elle, lui avaient par-dessus tout appris à faire de M. Hugues son esclave consentant.

Ces paroles avaient convaincu Caroline de rester mais aussi de participer, si possible, à toutes les formes de jeux qui se pratiquaient dans cette maison. Dans la limite du raisonnable, elle accepterait à peu près tout, si cela pouvait lui apprendre quelques artifices pour continuer à susciter l'intérêt de Dominic, à lui plaire juste un peu plus et discerner ce qui le séduisait de ce qui le laissait indifférent.

Son manque d'expérience avec les hommes risquait de ne pas l'attirer bien longtemps, et ce ne serait pas non plus un atout vis-à-vis d'autres éventuels protecteurs, maintenant que sa virginité avait disparu. Il fallait qu'elle apprenne à combler les hommes, et dans ce manoir elle rencontrerait des femmes susceptibles de le lui enseigner. Si l'occasion se présentait, elle en toucherait un mot à Mme Hugues un peu plus tard dans la semaine, afin de lui demander de révéler quelques-uns de ses secrets.

Elle jeta un coup d'œil vers Dominic, en train de passer une chemise propre sur son torse nu, de la boutonner… Elle adorerait en faire son esclave consentant.

En attendant, il était grand temps pour elle de s'habiller également. Dominic lui avait offert plusieurs robes du soir et elle choisit l'une des plus jolies, d'un beau jaune crème. Elle aurait préféré du gris ou du mauve, par respect pour le souvenir de son père, mais elle n'avait pas voulu demander d'habits de deuil. Une maîtresse pouvait-elle entrer dans de telles considérations ? La perte d'un membre de sa famille relevait de la vie privée et elle ne pourrait s'y attarder qu'en l'absence de Dominic, si elle ne voulait pas l'importuner avec ses larmes.

Si bien qu'elle enfila la robe jaune, tout en demandant mentalement pardon à son père pour cette apparente légèreté.

Dans le salon où l'on se réunissait avant le dîner, sept ou huit couples bavardaient et riaient comme s'ils étaient les meilleurs amis du monde. Caroline les examina rapidement, à la recherche d'un visage familier.

Mais elle ne connaissait personne. Elle poussa un soupir de soulagement. Ainsi, personne ne saurait qui elle était. Elle pouvait rester anonyme. Tant qu'elle ne clamerait pas sa situation sur les toits, elle ne subirait aucun regard oblique ni aucun commentaire vénéneux sur sa famille ou sur son peu de moralité.

Au milieu du groupe le plus important se pavanait Mme Hugues. D'un geste de la main, elle fit signe aux nouveaux arrivants de se joindre à eux et se chargea des présentations.

Sa désinvolture et les sourires accueillants des autres couples redonnèrent courage à Caroline. Quand on annonça le dîner une demi-heure plus tard, elle se sentait assez à l'aise pour écouter de toutes ses oreilles, si ce n'était participer à la conversation.

À la fin du dîner, après avoir avalé plusieurs verres d'un vin blanc assez acidulé, elle s'était totalement détendue.

La maîtresse des lieux, Mme Bertram, tapota sur son verre de la pointe de son couteau pour suspendre les discussions, et Caroline guetta la suite avec curiosité. Ce ne pouvait être aussi choquant que ce que Mme Hugues avait laissé entendre. Après tout, ses compagnons de table s'étaient tous montrés d'une politesse parfaite ; ils devaient mener une vie respectable dans leurs beaux quartiers de Bloomsbury ou même de Belgrave Square. À vrai dire, songea-t-elle avec amusement, c'était certainement elle la moins respectable des hôtes de ce manoir.

Une fois le silence retombé, Mme Bertram prit la parole.

— Mesdames et messieurs, j'ai le plaisir immense de vous accueillir dans ma demeure de Sucré Salé.

Quelques applaudissements lui répondirent, et l'un des messieurs leva son verre :

— À Sucré Salé !

— À Sucré Salé, fit Caroline en écho.

Aussitôt imitée par tous les convives, elle porta son verre à ses lèvres.

— Maintenant que le dîner est fini, enchaîna Mme Bertram, nous allons passer aux divertissements programmés pour la soirée. Mais, pour commencer, il nous faut accueillir les nouveaux venus de ce soir.

Elle inclina gracieusement la tête devant Caroline et Dominic, avant de reprendre :

— J'ai pensé qu'en leur honneur, nous pourrions débuter par un simple jeu d'ombres.

Un jeu d'ombres ? Caroline éclata de rire. Elle n'y avait plus joué depuis son enfance, alors que sa mère était encore vivante. Ils avaient tendu un vieux drap blanc en guise de rideau au milieu de la salle de classe, puis éteint toutes les lampes sauf une, et chaque élève à son tour allait se glisser derrière le rideau pour y faire apparaître une ombre aussi déformée que possible. Elle comprenait maintenant à quel point Mme Hugues avait pu exagérer. Il n'y avait rien de coquin dans ce jeu d'enfants !

— Ce seront les hommes qui commenceront, précisa l'hôtesse en se levant. Venez, mesdames, allons faire un tour au salon pendant que ces messieurs se préparent.

Durant le dîner, on avait tendu un grand drap blanc dans le salon, qui divisait la pièce en deux. Mme Bertram le souleva pour faire passer les dames derrière, où l'on avait installé des rangées de chaises.

— Asseyez-vous. Je suis sûre qu'ils n'en auront pas pour longtemps.

Caroline prit place au bout de la rangée, à côté de Mme Hugues, souriant à l'idée du gage qu'elle donnerait à Dominic quand elle l'aurait reconnu. Il aurait beau se déguiser, elle était certaine de pouvoir identifier sa démarche.

Mme Bertram éteignit toutes les lumières, à l'exception d'une derrière le rideau, et Caroline suivit des yeux sa silhouette massive qui se dirigeait vers la porte tandis qu'une autre, plus grande et plus mince, apparaissait.

Sur le moment, Caroline ne comprit pas ce qu'elle voyait. Elle cligna des paupières une fois, deux fois.

Non, elle ne se trompait pas. L'ombre d'un homme portant un haut-de-forme… et rien d'autre. Pire encore, quand il se tourna de profil, ce fut pour afficher une très nette érection qui se balançait au rythme de ses pas.

Elle n'en revenait pas. Ainsi, Mme Hugues avait raison.

L'une des femmes pouffait de rire.

— Je sais que c'est toi, John ! lança-t-elle. Je reconnaîtrais la courbure de ton pénis entre toutes.

Caroline regarda l'ombre projetée. Effectivement, elle accusait un angle bizarre, même si cela ne se voyait pas trop tant que le membre ne s'était pas totalement dressé.

L'homme ôta son chapeau et salua.

— Bien vu, ma chère. Comme toujours.

Ravie, sa femme s'esclaffa.

— Tu me dois un gage.

— Je t'offre mon chapeau.

Soulevant le rideau, il traversa sans vergogne la distance qui le séparait de sa femme pour venir lui remettre le haut-de-forme en la saluant.

— Je te revaudrai ça, ajouta-t-il malicieusement.

Il se tenait si près de Caroline qu'elle pouvait distinguer les poils à la base de sa fière hampe, et les veines qui couraient sur sa longueur. Pour peu qu'elle ait tendu la main, elle aurait pu caresser ses fesses nues. D'ailleurs, l'autre voisine de l'épouse ne se gêna pas, et cela ne parut pas les offusquer le moins du monde.

Caroline déglutit. Cette semaine allait s'avérer des plus instructives, en bien des points.

L'un après l'autre, tous les hommes passèrent derrière le rideau, ne portant chacun qu'une seule pièce de vêtement. La seule exception fut celui qui, pour autant qu'elle sache, portait ses deux chaussettes.

Toutes les épouses repérèrent leur moitié, ce qui finit par faire beaucoup de gages à régler.

Finalement, Dominic entra à son tour. Bien qu'il eût gardé sa chemise et tâchât de se métamorphoser en un vieillard courbé, Caroline sut immédiatement que c'était lui. D'autant qu'il était le dernier à passer.

En le voyant apparaître, quasi nu derrière le rideau, elle sentit son cœur manquer un battement, ce qui ne lui était pas arrivé avec les autres. Elle commença par le regarder boiter, amusée par ses tentatives de camouflage. Finalement, elle lança d'une voix claire :

— Je suis sûre que c'est Dominic. Regardez comme son grand âge le fait grincer et gronder. Ah, pauvre de moi ! Quelle épreuve d'avoir un vieux mari tout décrépit.

Les autres femmes riaient à gorge déployée.

Derrière le rideau, Dominic se redressa et vint se coller contre le rideau.

— Je constate que tu n'as aucun respect pour ma pudeur, jeune femme, dit-il en sortant la tête pour lui jeter un regard taquin. Et pas davantage de respect pour ma personne.

Laissant retomber le rideau, il ôta sa chemise, puis sortit le bras juste ce qu'il fallait pour la lancer aux pieds de Caroline.

— Tu peux toujours me donner un gage pour cette fois, mais je ne te raterai pas quand ton tour viendra.

Les hommes récupérèrent leurs vêtements abandonnés empilés à côté de la porte. Dominic fut encore le dernier à se montrer, l'air penaud, en pantalon et veste, mais sans chemise. Deux ou trois femmes émirent quelques appréciations en découvrant son torse nu, souple et musclé, sans une once de graisse superflue. Soudain, Caroline se prit à regretter qu'il n'ait pas sa chemise, afin qu'elle soit la seule à profiter du spectacle.

La voix de Mme Hugues s'éleva, tranquille et amusée, près de son oreille.

— Tu le regardes comme si tu voulais le dévorer. Et comme si tu voulais arracher les yeux des autres femmes qui éprouvent la même chose que toi.

Caroline secoua la tête. Certes, elle le désirait, comme c'était le cas depuis le premier instant où elle l'avait vu, mais ses sentiments avaient beaucoup évolué. Il était à elle, et elle voulait le garder. La vue des autres femmes le contemplant sans cacher leur désir lui soulevait le cœur.

Elle n'aurait su dire exactement à quel moment ses sentiments pour Dominic avaient commencé à changer, à quel moment elle était devenue si possessive. Jusque-là, il ne s'était agi que de son gagne-pain. Un gagne-pain tout à fait plaisant et agréable, plutôt généreux, et précieux, mais néanmoins un gagne-pain.

Depuis quand Dominic était-il passé à ses yeux de l'état de protecteur à celui d'âme sœur ?

8

Dès que les hommes furent rassemblés dans le salon, Mme Bertram fit repasser les femmes derrière le rideau puis les conduisit dans la pièce voisine, qu'elles utilisèrent comme vestiaire.

— Vous avez compris les règles du jeu, j'imagine, dit-elle, un sourire aux lèvres. Chacune d'entre vous devra choisir l'unique vêtement qu'elle portera. Il faudra ôter tout le reste. Si votre mari, ou celui d'une autre, vous reconnaît, vous aurez alors un gage qui consistera à lui remettre ce que vous portez. Si personne ne devine qui vous êtes, vous n'aurez pas de gage. Êtes-vous prêtes ?

Caroline croisa les bras en essayant d'arrêter de trembler. L'idée de parader nue ou presque devant ces messieurs lui donnait des haut-le-cœur. Dominic tenait-il donc vraiment à la voir ainsi, déshabillée sous le regard de tous ? N'allait-il pas la considérer comme une femme perdue ?

À vrai dire, elle était une femme perdue. C'était même l'ironie de la situation. Car elle n'avait aucune envie de passer pour telle devant lui.

— Puis-je vous donner un conseil ? reprit Mme Bertram.

Elle se tourna vers un coffre, en souleva le couvercle, révélant une profusion de perruques, de vêtements et autres accessoires que Caroline préféra ne pas trop identifier.

— J'ai ici quelques petites choses qui pourraient vous aider à leurrer ces messieurs. Choisissez-vous une partenaire qui vous ressemble et revêtez-la comme vous l'auriez fait pour vous, montrez-lui comment marcher et se tenir. À ce moment-là, aucun mari ne devrait vous distinguer l'une de l'autre, j'en suis sûre.

Mme Hugues saisit Caroline par le poignet.

— C'est toi qui me ressembles le plus. Sois ma partenaire.

Caroline secoua la tête. Elle n'avait rien en commun avec cette superbe femme.

— Je dirais que Mme Warren te correspond mieux que moi, objecta-t-elle en désignant une femme élégante.

Ses longs cheveux bruns pouvaient rivaliser avec les boucles auburn de Mme Hugues.

Mais celle-ci fit non de la tête.

— Mme Warren est trop maigre et sa poitrine est à peu près inexistante. Gareth ne croira pas une seconde que c'est moi. Tandis que toi, tu es un tout petit peu plus grande que moi, et à peu près de la même corpulence. Nous devrions y arriver.

— Mais, mes cheveux...

— Tu n'auras qu'à mettre une perruque. J'en prendrai une aussi. Ils ne nous reconnaîtront ni l'une ni l'autre et nous n'aurons aucun gage. Ce sera bien fait pour eux ! Allez, prépare-moi comme tu te préparerais pour aller parader derrière le rideau.

Non sans hésitation, Caroline se laissa entraîner par l'enthousiasme de sa nouvelle amie.

— Je ne pourrais jamais me donner nue en spectacle, comme l'ont fait les hommes.

— Tu as le droit de garder une pièce de vêtement, lui rappela Mme Hugues. Seulement, n'oublie pas que si tu es reconnue, tu devras le remettre en gage à ton homme, en présence de tous les autres.

Elle défit les boutons de sa robe et la laissa tomber à terre.

— En ce qui me concerne, cela me serait égal, mais je ne crois pas que tu aimerais qu'ils te reluquent.

Mme Hugues avait marqué un point. S'il suffisait à Caroline de bien se déguiser pour ne pas avoir à parader nue devant les autres messieurs, cela en valait la peine.

Bien sûr, elle pouvait toujours se retirer de la soirée et refuser de jouer, mais cela déplairait à Dominic et elle ne voulait pas le décevoir. Il l'avait amenée ici parfaitement conscient de ce qui se passait dans cette maison, et lui-même avait joué le jeu de bon cœur. Elle lui devait au minimum d'en faire autant.

— Je porterais ma chemise, dit-elle. Cela cacherait ma silhouette plus qu'aucune autre pièce de vêtement. Et même si quelqu'un devinait mon identité, personne ne verrait par la suite que je n'en porte pas sous ma robe.

— Ta chemise ? répéta Mme Hugues avec une petite moue. Je suis fière de mon corps et me moque de qui peut le voir ou non. J'aurais plutôt pensé à une jarretière.

— Ma chemise, insista fermement Caroline. Si nous devons échanger nos identités, il faut nous laisser une chance de réussir. Jamais Dominic ne croirait que je peux apparaître derrière ce rideau vêtue d'une seule jarretière.

À contrecœur, Mme Hugues se déshabilla jusqu'à sa chemise, vaporeuse création de la plus fine batiste qui flottait autour d'elle quand elle marchait.

Caroline acquiesça de la tête.

— Elle ressemble assez à la mienne pour faire illusion. Voyons à présent la coiffure.

Les cheveux auburn de Mme Hugues étaient plus foncés et plus raides que ses propres boucles blond-roux, mais cela pouvait s'arranger. En fouillant dans le coffre, elle trouva une perruque qui rappelait assez bien sa coiffure. Elle la plaça sur la tête de Mme Hugues.

— Maintenant, ne bouge plus pendant que je la fixe avec des épingles.

Quand elle eut terminé, toutes deux se regardèrent dans la glace. On aurait dit des sœurs.

Cependant, Caroline ne semblait pas totalement satisfaite.

— Je sais ce qui ne va pas ! Tu as l'air trop sûre de toi. Je ne possède pas cette belle assurance.

Repliant genoux et coudes, Mme Hugues prit une pose exagérément modeste.

— Ça va mieux ?

Caroline plissa le nez.

— Tu me ressembles beaucoup plus quand tu fais ça, reconnut-elle.

Constat des plus déprimants.

— Ça ira, conclut-elle.

Mme Hugues battit des mains.

— Parfait ! À ton tour, maintenant, de te préparer comme je l'aurais fait. Enlève tous ces habits.

— J'ai le droit d'en garder au moins un, lui rappela Caroline en déboutonnant sa robe.

— Tout à fait. Je te dirai lequel.

— Ma chemise ? suggéra-t-elle, pleine d'espoir.

Mme Hugues pouffa de rire.

— Cela gâcherait immédiatement le jeu. Jamais Gareth ne croirait que je garde ma chemise si j'ai la moindre chance de me promener toute nue.

Caroline déglutit en ôtant sa chemise.

— Alors mes pantalons.

Mme Hugues allait certainement abonder dans son sens.

— Certainement pas. Ôte-les aussi.

— Mais je ne porte rien d'autre.

— Allons donc ! Tu as encore deux bas, deux ballerines, deux jarretières, deux gants et un joli chapeau. Je vais peut-être te laisser le chapeau.

— Ça me donnera l'air complètement ridicule, grommela Caroline.

Elle en oubliait presque à quel point elle s'était laissé captiver en voyant la silhouette d'homme vêtu de son seul chapeau.

— Toute nue avec mon chapeau perché sur la tête...

— Puisque nous devons échanger nos personnages, autant le faire à fond, insista Mme Hugues en reprenant ses propres paroles. Mais, maintenant que j'y pense, ôte-moi ce chapeau : ce sera plus facile de te mettre une perruque si tu restes tête nue. Je vais donc t'autoriser à porter une jarretière à la place.

— Tu veux que j'aille me promener derrière ce rideau, au vu et au su de toute l'assistance, vêtue d'une seule jarretière ?

Caroline fit non de la tête. Ce jeu allait trop loin. Elle n'avait aucune envie de poursuivre, même pour plaire à Dominic.

— J'en mourrais de honte, assura-t-elle.

Tant de pudeur ne pouvait que faire rire Mme Hugues.

— Tu oublies que tout le monde te prendra pour moi. Allons, quitte ces bas et laisse-moi arranger ta coiffure.

Caroline recula, sur le point de battre en retraite, de s'enfuir de cette pièce, de la maison...

— Je ne peux pas faire ça !

Peut-être n'était-il pas trop tard, au fond, pour devenir gouvernante. En Irlande ou dans quelque autre pays lointain où elle pourrait cacher sa disgrâce.

— Tu veux retenir l'attention de Dominic, n'est-ce pas ? demanda Mme Hugues.

— C'est lui mon refuge, lui qui me permet de garder ma famille intacte.

— Et tu veux le convaincre que tu es la femme la plus désirable du monde ?

Elle serait effondrée de le décevoir.

— Oui…

— Alors, quel meilleur moyen que de se faire admirer par tous les hommes présents dans la salle, que de se faire désirer au point de les rendre jaloux de lui ? S'il voit que tu as d'autres opportunités, que tu restes avec lui par choix plutôt que par obligation, il ne t'en accordera que plus d'intérêt et se donnera du mal pour te rendre heureuse. Tu veux qu'il te garde, n'est-ce pas ?

Caroline hocha lentement la tête. Elle devait se rendre à l'évidence : elle tenait à Dominic, elle le désirait, et il savait se montrer gentil. Elle ne voulait pas être contrainte de se trouver un autre protecteur.

Dans le coffre, elles dénichèrent une perruque de cheveux sombres à peu près aussi longs que ceux de Mme Hugues. Cela ferait l'affaire, même si elle piquait affreusement le front de Caroline, désagrément qui la fit grimacer comiquement. Malgré sa décision de jouer le jeu, elle n'y prenait décidément aucun plaisir. Cependant, elle était prête à supporter bien plus qu'une perruque inconfortable pour cacher son identité.

— À présent, prends une pose pour m'imiter, dit Mme Hugues.

Caroline obtempéra, dissimulant autant qu'elle le pouvait son corps derrière les longs cheveux bruns.

Mme Hugues commença par écarter les mèches de sa poitrine, appliquant un peu trop longtemps ses douces paumes sur ses courbes.

— Sois aussi fière de ton corps que je le suis du mien. Tu possèdes une très belle silhouette ! Il ne faut pas la cacher derrière tous ces cheveux.

Même en compagnie de ses sœurs, Caroline n'avait jamais aimé se montrer nue. Le regard scrutateur de Mme Hugues la fit rougir.

— Je vais essayer de me comporter avec autant d'aisance que toi, soupira-t-elle.

— Ce serait fort avisé. Car si tu n'as pas l'air sûre de toi, tu seras aussitôt démasquée.

Elles avaient pris un certain temps pour se préparer, et les hommes commençaient à montrer leur impatience. Des cris d'encouragement, des protestations s'élevaient.

Tandis que Caroline s'exerçait à marcher d'un air confiant et que Mme Hugues se couvrait de ses cheveux en essayant d'adopter une attitude pudique, Mme Bertram envoya la première candidate prendre la pose derrière le rideau.

Des hululements de joie et des sifflets accueillirent son entrée.

— C'est mon épouse ! lança un homme triomphalement. Je la reconnaîtrais entre toutes.

Derrière la porte, sa femme battit des mains avec une lenteur qui dissimulait mal sa jubilation.

— C'est William qui le dit, murmura-t-elle. Il est tellement sûr de lui ! Il prend Mme Kingsley pour moi, exactement comme Mme Bertram l'avait prédit. Je ferai en sorte qu'il ne l'oublie jamais. Ça lui coûtera au moins ce joli bracelet de rubis que j'ai vu l'autre semaine chez Harrods.

Des cris d'incrédulité s'élevèrent quand Mme Bertram annonça que ces messieurs s'étaient trompés. Puis elle envoya une autre candidate derrière le rideau.

Au fur et à mesure, elles apparurent chacune sous l'identité d'une autre et, chaque fois, les hommes tombèrent dans le piège, jusqu'à ce qu'il ne reste plus que Caroline et Mme Hugues.

La première jeta un regard suppliant à la deuxième. Maintenant que son heure approchait, elle se sentait submergée par le trac, au point de se demander si elle n'allait pas être malade.

— Vas-y d'abord, murmura-t-elle. Je t'en prie, je ne suis pas encore prête.

Mme Hugues lui décocha un sourire, avant de se diriger à petits pas vers la porte.

— Je vais me montrer aussi délicate et timide qu'une goutte de rosée, pour les convaincre que je suis toi.

Entre-temps, les hommes avaient compris qu'on les menait en bateau, si bien qu'ils ne lançaient plus immédiatement les noms de leurs épouses. Lorsque Mme Hugues s'avança dans le salon derrière le rideau blanc, elle ne fut accueillie que par quelques sifflements approbateurs et quelques murmures dubitatifs.

Un châle posé sur ses épaules pour ne pas avoir froid, Caroline les écoutait avec un malaise grandissant. Ils n'aimaient pas qu'on se moque ainsi d'eux. Le jeu devenait des plus sérieux. Elle aurait dû passer la première, afin d'être certaine de les berner.

Rejoignant le groupe de femmes devant la porte, elle tendit l'oreille.

— J'aurais juré que c'était Caroline, déclarait Dominic. Si nous n'avions pas passé la soirée à nous tromper dans nos devinettes, alors que chacun était si sûr de lui… D'ailleurs, en y réfléchissant bien, il y a quelque chose qui ne lui correspond pas du tout. Je ne saurais dire quoi, mais je ne crois pas que ce soit elle.

— En tout cas, je suis certain que ce n'est pas Cora, affirma M. Hugues. Je ne puis imaginer ma chère épouse vêtue d'une chemise alors qu'elle avait une chance de se promener toute nue. Elle est si fière de son corps, à juste titre ! Et puis, ses cheveux sont plus longs que ceux de cette femme.

— C'est peut-être là que nous faisons erreur, suggéra Dominic. Nous devrions justement proposer la personne qui ressemble le moins à celle que nous croyons voir.

— Nous n'avons pas eu beaucoup de succès jusque-là, grommela un autre spectateur. Autant nous donner une petite chance et dire que c'est Mme Hugues. Finissons-en.

— C'est cela ! s'esclaffa M. Hugues. Si nous devons nous tromper, autant le faire dans les grandes largeurs. Finissons-en. Cora, je suis sûr que c'est toi, derrière le rideau.

Dans un raclement, le rideau s'ouvrit et un court silence précéda les rugissements de victoire.

— On la tient ! Pardieu, on la tient !

— Félicitations, mon époux ! Tu as bien deviné. Viens à présent recevoir ton gage.

Caroline imagina sans peine Mme Hugues en train de lever les bras pour laisser son mari la débarrasser de sa chemise, offrant son corps nu à tous les regards. Les hommes devaient se rincer l'œil, admirant ses hanches, ses seins blancs et fermes, ses fesses rondes, et le triangle roux qui occupait son entrejambe.

Tous les hommes. Même Dominic.

À cette idée, elle jeta le châle, prête à prendre son tour. Elle lui montrerait qu'elle pouvait être aussi intrépide que Mme Hugues et que son corps était aussi voluptueux et désirable. Et s'il lui fallait un public pour le prouver, qu'il en soit ainsi !

Il allait voir ce qu'il allait voir.

Dominic resta le souffle coupé à l'apparition de la dernière femme, dont la silhouette se dessinait derrière le rideau. Plus audacieuse que les autres, elle entra, apparemment vêtue de rien d'autre que sa nudité. Du moins en fut-il convaincu jusqu'à ce qu'il devine une jarretière au milieu d'une cuisse. À part ce fin ruban de satin et de dentelle, elle était complètement nue.

Et magnifique. Des seins faits pour la main d'un homme, des fesses pleines et rondes, qui appelaient la caresse. Ou la fessée.

À l'idée de poser les paumes sur ce superbe postérieur, il sentit son membre se raidir dans son pantalon.

Comme si la vue de la beauté de Mme Hugues n'avait pas suffi à l'exciter, voilà que cette petite sorcière s'y mettait à son tour. Non qu'il ne considérât pas Caroline comme la plus désirable d'entre toutes, mais il n'avait pas fait non plus vœu de chasteté. Il n'y avait aucun mal à regarder la femme d'un autre, tant qu'il ne s'agissait que de regarder…

Il jeta un coup d'œil autour de lui en se demandant lequel avait le bonheur d'être marié à celle-ci.

Personne ne levait le doigt.

Cependant, Gareth Hugues semblait pensif.

— Si je n'avais pas serré Cora dans mes bras il y a deux minutes, je jurerais que c'est elle. Elle a ses cheveux, sa taille, sa silhouette et, par-dessus tout, cette délicieuse absence de vêtements. Tout cela me crie qu'il s'agit de Cora. Mais ce ne peut être elle.

Il souleva la chemise qu'il lui avait ôtée.

— J'ai son gage ici, ajouta-t-il.

Un doute saisit alors Dominic. La dernière personne qu'il se serait attendu à voir s'ébattre avec tant d'assurance derrière le rideau, prenant des poses lascives avec une telle insouciance, était sa Caroline. Mais Cora Hugues n'avait-elle pas tenté de se faire passer pour le contraire exact de ce à quoi Gareth s'attendait ?

Il se leva, faisant signe aux autres hommes.

— Normalement, je ne croirais jamais que ce puisse être Caroline, expliqua-t-il. Pour commencer, ses cheveux sont trop longs, mais nous avons tous vu avec Mme Hugues la différence que peut apporter une perruque.

— Elle a bien failli me prendre au piège ! gronda Gareth Hugues.

— Je ne crois pas que ce soit Caroline, vraiment pas. Tout cela ne lui ressemble en rien, elle ne bouge pas de cette façon. Je ne puis imaginer Caroline paradant ainsi derrière un rideau, vêtue d'une simple jarretière.

Dominic marqua une pause avant de reprendre :

— Voilà justement pourquoi je suis sûr que c'est elle. Si tu es Caroline, sors et montre-toi ! Tu me dois un gage.

Caroline entendit le discours de Dominic avec une angoisse grandissante. Le mal qu'elles s'étaient donné à se déguiser n'avait servi à rien. Il avait tout compris.

Timidement, elle sortit la tête, gardant le corps enveloppé dans le rideau.

— Tu vas le récupérer, ton gage, dit-elle en essayant d'ôter la jarretière de sa jambe.

Un murmure de déception traversa l'assemblée.

— Pas si vite, protesta Dominic. Sors, que nous puissions te voir.

La tête haute, elle finit par obtempérer, les bras le long du corps. Cette fois, elle n'était vraiment plus qu'une courtisane, aussi belle que désirable. Si Dominic voulait la montrer à tout le public, elle n'avait qu'à assumer, fièrement. Elle n'allait pas se courber pour tâcher de s'esquiver, ni croiser les mains devant elle.

Dominic lui fit signe de venir le rejoindre.

Tous les yeux se rivèrent sur elle alors qu'elle marchait docilement dans sa direction, puis s'arrêtait devant lui. La sensation de ces regards concupiscents chassa toute timidité en elle. Elle était désirée. Par chacun de ces hommes. Ils avaient dû se raidir en la découvrant ainsi, brûlant de la posséder, de l'avoir à eux.

Saisie d'une impression de puissance, elle percevait les élans d'envie fixés sur elle et n'en éprouva que plus d'excitation. Malgré la chaleur, le bout de ses seins se dressait avec vigueur, comme s'ils ne demandaient qu'à être caressés. Entre ses cuisses, elle sentait poindre une moiteur révélatrice à l'idée de tous ces sexes dressés pour elle.

— Tu as bien essayé de te moquer de nous ! énonça Dominic d'une voix aussi caressante que ses paroles étaient sévères. Toi et vous toutes autant que vous êtes, mesdames.

— Il a fallu se débrouiller avec les moyens du bord, rétorqua-t-elle. Nous avons tiré le maximum de ce qu'on nous a donné.

Il eut un rire moqueur.

— Remets-moi ton gage, femme !

Elle le repoussa vers sa chaise pour qu'il s'assoie, posa un pied sur son genou.

— Prends-le toi-même.

Dans un soupir sifflé, il la contempla, dressée devant lui, le sexe largement ouvert et visiblement moite. Ses doigts tremblèrent quand il tira sur la jarretière bleu pâle, la fit glisser le long de la cuisse, de la jambe, jusqu'au pied.

— Tu veux ma mort, Caroline ? murmura-t-il.

Il semblait ne plus parvenir à détacher ses yeux d'elle, de cette invitation évidente.

— J'ai tellement envie de te baiser que je risque de me déshonorer devant tout le monde, dans mon pantalon, à force de regarder ta chatte humide.

Encore pétrifié, il la vit alors passer l'index dans son nid de fourrure, l'imbiber de sa sève, puis le lui poser sur les lèvres.

— Plus tard, Dominic, plus tard, promit-elle d'une voix rauque.

Là-dessus, elle reposa le pied par terre et lui décocha un clin d'œil suggestif, avant de repartir d'un pas nonchalant.

Tant qu'à devoir incarner Mme Hugues, autant aller jusqu'au bout, songea-t-elle.

Dominic demeura un moment immobile ; il avait encore le goût de Caroline sur les lèvres. Jamais il n'aurait pu envisager qu'elle puisse se montrer aussi dévergondée, se pavaner toute nue, se donner en spectacle avec un tel aplomb, au point de se toucher devant ces hommes.

Seigneur ! Il pouvait s'estimer heureux. Elle était plus désirable qu'aucune autre femme présente ici, plus madrée qu'un serpent à sonnette.

Il devait la punir pour avoir voulu se jouer ainsi de lui en incarnant Cora Hugues. Elle lui avait donné un gage, mais elle paierait le prix fort pour récupérer sa jarretière.

Il sourit. Oh oui, elle allait payer !

Les autres femmes s'étaient déjà rhabillées. Caroline enfila ses pantalons et sa chemise aussi vite qu'elle le put, et reboutonna en hâte sa robe par-dessus. À en croire le regard de Dominic quand elle l'avait quitté, quelques instants auparavant, elle allait devoir se faire pardonner le tour qu'elle lui avait joué.

Non pas qu'elle et Cora soient les uniques responsables de l'incapacité des hommes à les identifier, mais elles étaient les seules à s'être fait démasquer et elles leur devaient donc un gage pour récupérer leur vêtement. Le courroux des hommes retomberait sur elles.

La voyant enfiler ses ballerines, Mme Hugues vint la prendre par le bras et toutes deux rentrèrent dans le salon à la suite des autres femmes. Le rideau avait été enlevé, laissant apparaître les hommes, debout, affichant l'air sévère d'anges exterminateurs.

Mme Bertram était assise devant le panier où s'entassaient les gages.

— Entrez, mesdames, dit-elle. Je tiens à vous féliciter pour vos superbes prestations. Vous avez failli tous les berner.

— Nous en avons attrapé deux, ricana M. Hugues. Et maintenant, nous allons les faire payer, même si nous ne pouvons toucher les autres.

Dominic s'avança.

— Caroline d'abord, puisqu'elle a été la dernière à se faire prendre.

Acquiesçant de la tête, Mme Bertram souleva la jarretière de la pile.

— Voici une jolie petite chose. Que doit donc faire la propriétaire de cette jolie petite chose ?

Elle parcourut du regard l'assemblée des messieurs.

— Qu'en dites-vous, monsieur Savage, vous qui l'avez démasquée ? Quel prix exigez-vous en échange de cette jarretière ?

Après un court conciliabule avec les autres hommes, Dominic reprit la parole.

— Nous demandons qu'elle choisisse un signe parmi trois.

La lueur malicieuse de son regard n'augurait rien de bon.

Non sans anxiété, Caroline se laissa bander les yeux par la maîtresse de maison.

Dominic vint ensuite se placer derrière elle.

— Voici le premier signe, annonça-t-il.

Elle ne vit ni n'entendit rien ; que montrait-il aux autres ? Un baiser, un pincement ou une claque ? Ce qu'elle choisirait, elle allait le recevoir de toute la compagnie.

— Deuxième signe, embraya-t-il.

Un éclat de rire général parcourut l'assistance, mais Caroline ne pouvait qu'attendre la suite.

— Enfin, troisième signe, acheva-t-il.

Les rires redoublèrent, emplissant tout le salon.

Elle s'humecta les lèvres.

— Je choisis le signe numéro un.

Elle ôta son bandeau, se retourna pour faire face à Mme Bertram.

— Je ne fais pas confiance à M. Savage pour me dire la vérité. Quel était le premier signe ? De quel gage dois-je m'acquitter ?

La vieille dame secoua la tête d'un air navré.

— Malheureusement, le premier signe correspondait à une fessée.

Dominic l'entraîna vers un canapé.

— Et ce sera une fessée bien méritée.

— Vous, les hommes, n'êtes que des mauvais joueurs, protesta-t-elle.

Bien qu'elle ait choisi sans doute le pire des trois signes, elle ne redoutait pas ce qui l'attendait. Un monsieur ne frappait jamais une dame. Le pire auquel elle pouvait s'attendre serait une petite tape.

Sa belle assurance vira au désarroi lorsque Dominic la plaça en travers de ses genoux, la tête en bas, et lui souleva les jupes jusqu'à la taille.

— Lâche-moi ! cria-t-elle en se débattant. Ce n'est pas drôle !

Elle s'était assez déshabillée en public pour la soirée.

Mais Dominic ne l'entendait pas de cette oreille.

— Une fessée sur ton derrière tout nu, voilà ce que tu mérites, dit-il en la maintenant fermement. Et c'est ce que tu vas recevoir. Y a-t-il un volontaire pour retenir ce petit fauve pendant que je baisse ses pantalons ?

Les messieurs ne se firent pas prier. Deux d'entre eux s'avancèrent.

— Étant donné que je ne peux pas punir ma femme pour nous avoir joué ce même tour, je vais me défouler sur la tienne, déclara l'un.

Là-dessus, il entoura les jambes de Caroline d'une étreinte de fer, avant qu'elle ne puisse le frapper de ses pieds.

— Exactement ce que je pense, renchérit l'autre en lui immobilisant les bras.

— Merci messieurs, dit Dominic.

Il entreprit de lui délacer ses pantalons, en tirant sur les rubans qui les fermaient.

Elle ne s'attendait pas à payer ce genre de gage. Dominic ne lui faisait pas grâce, et elle eut beau remuer et gigoter, elle ne put se libérer.

Frémissante, elle sentit son sous-vêtement glisser le long de ses jambes, exposant ses fesses à toute l'assistance.

— Quelle jolie croupe pour une belle fessée ! s'exclama-t-il.

Après quoi, il remercia ses deux acolytes et ne la retint plus que d'une main, tout en la caressant de l'autre.

— Mais je dois avant tout me montrer poli, ajouta-t-il, et vous inviter, mesdames, à passer les premières.

L'une après l'autre, les dames vinrent la taper du bout des doigts, de petites tapes qui n'auraient pas fait de mal à un moineau.

— Maintenant que cette petite farce est accomplie, reprit Dominic d'un ton dégoûté, nous allons passer aux choses sérieuses. Messieurs, s'il vous plaît, venez donc la fesser comme vous estimez qu'elle le mérite.

La première claque la brûla tant qu'elle cria d'indignation.

— Ouille ! Ça fait mal !

En principe, un gage ne devait pas faire mal. Embarrasser, peut-être, mais jamais plus que cela.

Son bourreau partit d'un petit rire satisfait.

— Bien ! C'était l'idée.

Ce premier coup fut suivi de cinq ou six autres, aussi forts que le premier.

— Que cela te serve de leçon pour avoir voulu te moquer de nous.

Plus les hommes frappaient, plus elle se tordait en tout sens, mais elle ne pouvait leur échapper. Dominic la maintenait fermement.

Tous les hommes purent ainsi la fesser à leur guise, à part Dominic. Elle avait le postérieur en feu, mais n'en ressentait aucune souffrance. À son grand étonnement, cela n'avait fait que l'exciter et, le temps qu'ils en finissent avec elle, ses soubresauts n'avaient plus rien de spontané. Elle en rajoutait davantage qu'elle ne tentait d'échapper à la punition.

— Qu'en penses-tu, Caroline ?

Dominic passa une main sur ses fesses rouges, avant de la glisser entre ses jambes.

— Te sens-tu assez bien corrigée ?

— Plus qu'assez ! souffla-t-elle en recommençant à se débattre.

S'il continuait de la caresser ainsi, elle allait avoir un orgasme et ainsi multiplier sa gêne par cent.

— Tu es certaine de ne pas en vouloir un peu plus ?

D'une main il lui caressait le sexe, tandis que de l'autre il lui tapait légèrement l'arrière-train.

— Dominic, je t'en prie !

Elle ne savait plus si elle l'implorait d'arrêter ou de poursuivre ce doux supplice.

— Tu es tellement moite, murmura-t-il. Je suis sûr que tu as apprécié cette punition, que tu as aimé que ces hommes viennent te donner la fessée, l'un après l'autre.

En fait, elle était incapable de lui opposer une réponse cohérente. Toutes ses pensées se concentraient sur son ventre, sur les affolantes sensations qui en montaient à chaque mouvement de ses doigts.

— J'ai l'impression que les fessées t'excitent autant que les caresses, reprit-il. Je crois que tu vas jouir, ici et maintenant.

Ce disant, il enfonça deux doigts en elle.

Malgré sa gêne, elle ne put se retenir davantage et, cambrant les reins, poussa un long cri guttural en cédant à l'extase, avant de s'effondrer, inerte, sur les genoux de Dominic.

Il retira ses doigts et lui caressa doucement la croupe.

— Le gage est payé, conclut-il en lui relevant ses pantalons puis en rabaissant ses jupes. Caroline a subi sa punition.

Gareth partit d'un petit rire gourmand.

— C'est donc le tour de Cora de choisir un signe. Venez là, madame Hugues, ce foulard vous attend. L'heure est venue de régler la note.

Caroline regarda sa nouvelle amie se bander les yeux. Derrière elle, son époux commença à exécuter les signes parmi lesquels Cora devait choisir. Le premier était un baiser, tout ce qu'il y avait d'ordinaire. Pour le deuxième, il ouvrit la bouche, sortit la langue comme s'il s'apprêtait à lécher quelque chose. Le troisième signe évoquait une poussée du bout des doigts.

Comprenant peu à peu, Caroline en resta le souffle coupé. Se faire fesser en public avait déjà quelque chose d'infamant, mais ce que M. Hugues suggérait semblait pire encore. Envisageait-il vraiment de laisser son épouse subir des attouchements aussi intimes ? Ne risquait-elle pas de fuir en claquant la porte devant de telles perspectives ?

— Je choisis le deuxième signe, dit Cora en ôtant son bandeau.

Un murmure d'excitation parcourut l'assistance. M. Hugues décocha un sourire à sa femme, mais ne dit rien.

— Alors, exigea-t-elle, dis-moi ce que j'ai choisi.

— Tu as choisi un baiser.

À la grande surprise de Caroline, Cora parut déçue.

— Juste un baiser ?

— À un endroit bien précis. Et avec la langue. Tu as choisi de faire baiser ta jolie petite chatte par toutes les personnes présentes dans cette pièce. Prépare-toi à payer ton gage.

Sans la moindre hésitation, elle ôta ses pantalons de dentelle et alla s'allonger sur le canapé, les bras croisés sous la tête, les jupes relevées, les jambes écartées.

— Venez donc m'embrasser ! lança-t-elle d'une voix impatiente. Je suis prête à payer.

Caroline tressaillit. Fallait-il vraiment qu'ils aillent tous lécher Cora ? Les femmes comme les hommes ? Elle n'avait jamais entendu parler de ce genre de pratique.

Elle reçut vite la réponse à sa question en voyant une femme s'agenouiller entre les jambes de Cora et appliquer une langue fervente sur son sexe, la faisant geindre de plaisir et remuer les hanches pour en demander plus.

Courtisane ou pas, c'en était trop pour Caroline. Elle pivota vers Dominic, lui saisit la main, l'étreignit. La chaleur des lampes à gaz commençait à lui donner un léger vertige.

— J'ai réglé mon gage, souffla-t-elle. Pourrions-nous partir à présent ?

Elle ne supporterait pas qu'il participe à cette mascarade. La seule perspective de le voir lécher une autre femme à un endroit aussi intime la mettait au bord de la nausée. C'était son protecteur à elle, son amant à elle. Fallait-il que M. Hugues ait confiance en l'amour de sa femme pour laisser d'autres hommes prendre de telles libertés ! En tout cas, elle n'avait pas assez confiance en l'affection de Dominic pour laisser une autre femme l'approcher, encore moins échanger avec lui des contacts aussi intimes.

Plutôt leur arracher les yeux !

Visiblement content de cette preuve de jalousie, Dominic lui décocha un sourire amusé.

— Je n'ai pas encore remboursé le mien.

Elle préférait ne pas imaginer quels genres de gages risquaient d'être infligés aux hommes. Dominic était à elle et, tant qu'il lui appartiendrait, elle ne laisserait aucune autre femme le toucher. S'ils se glissaient discrètement dehors, personne ne s'apercevrait de leur absence.

— Viens, répliqua-t-elle, tu me le rembourseras en privé.

9

Dans le couloir, Dominic serra Caroline plus fort contre lui alors qu'ils regagnaient leur chambre.

— Tu n'as pas aimé ces jeux ?

Sans doute aurait-il mieux fait de ne pas l'amener ici, songea-t-il. Après tout, elle avait reçu une bonne éducation et elle était encore vierge quelques mois plus tôt. Lorsque Hugues l'avait prévenu que les jeux de Sucré Salé n'étaient pas faits pour les cœurs fragiles, il aurait dû comprendre que cela risquait d'être un peu difficile pour elle.

Ses petits pieds enfouis dans leurs ballerines, elle marchait à côté de lui d'un pas silencieux.

— Je ne m'attendais pas à ce que ce soit aussi…

Elle ne put achever sa phrase.

— Aussi amusant ? souffla-t-il. Distrayant ? Choquant ?

À chacune de ses suggestions, elle secouait la tête.

— Aussi énergique, finit-elle par avouer. Avant le début du jeu, j'avais les genoux en compote, tremblants de terreur. Si je n'avais pas tant craint de te décevoir, je n'aurais jamais accepté d'y participer. Mais là, quand je suis sortie de derrière le rideau et que j'ai vu tous ces regards braqués sur mon corps, j'ai compris ce qu'une courtisane peut ressentir lorsqu'elle est adulée par des rois et des princes. Je me sentais forte, puissante, comme si j'avais le monde à mes pieds.

À ces paroles, une sensation alarmante le saisit.

— Tu as aimé occuper le centre des attentions ?

— Je suis une courtisane, lui rappela-t-elle paisiblement. Et, ce soir, je me suis rendu compte pour la première fois que cela supposait d'exercer un certain pouvoir sur les hommes, une aptitude à les plier à sa volonté, à les réduire en esclavage.

— Et cela ne te suffit pas ? demanda-t-il en ouvrant la porte de la chambre.

Il l'y fit entrer tout en continuant d'afficher un visage tranquille. Pourtant, ce n'était pas une question au hasard qu'il venait de lui poser. N'aurait-il pas éveillé un dragon endormi en l'amenant ici ?

— Leur désir renforce ma confiance. Et j'aime ressentir ce pouvoir.

Ces paroles le laissèrent sans voix. Il avait bien envisagé de l'initier à quelques jeux, mais dans le but de s'y livrer par la suite avec elle, afin que tous deux continuent de s'amuser ensemble, excités et satisfaits l'un de l'autre. Il ne s'était pas attendu à ce qu'elle y découvre un nouvel aspect d'elle-même, à ce qu'elle expérimente son nouveau rôle de séductrice.

Car, en réalité, Caroline n'était pas une courtisane. Elle était sa maîtresse. Elle lui appartenait, à lui et lui seul. Il ne voulait pas qu'elle pose les yeux sur un autre homme en sa présence. Il voulait occuper le centre de son univers, représenter tout pour elle.

Bon sang ! Il voulait qu'elle l'aime, voilà tout.

Pour le coup, il était heureux qu'elle l'ait entraîné loin des festivités. Autant qu'elle pense à lui, et non à tous ces messieurs qu'ils avaient abandonnés en bas.

— Alors, lança-t-il, quel gage vas-tu m'infliger en échange de ma chemise ?

Cette idée le mettait dans tous ses états. Quoi qu'elle lui demande, il s'y plierait sans hésiter.

Cependant, elle ne paraissait pas très décidée.

— D'après toi, que vont-ils réclamer en bas ?

— Des gages similaires à celui dont s'acquitte en ce moment Mme Hugues, j'imagine.

Gareth lui avait soufflé à l'oreille qu'il n'y avait rien de plus agréable que d'être puni pour avoir laissé deviner son identité, puisque, en général, il s'agissait de se faire sucer la verge par toutes les dames, l'une après l'autre, jusqu'au moment où l'on explosait dans la bouche de l'une d'elles. Sur le moment, il avait été presque navré de se voir soustrait à cette exquise épreuve.

Presque.

Mais avec Caroline pour lui seul, comme c'était le cas maintenant, quel besoin avait-il d'autres femmes ?

Elle fit la moue.

— Tu ne mérites pas une peine aussi plaisante. Surtout après m'avoir fait subir la fessée par toute la maisonnée. Je ne pourrai plus m'asseoir avant demain.

— Ah, mais tu as aimé, n'est-ce pas ? Il fallait voir comme tu gigotais sur mes genoux. Et ensuite, il a suffi de t'effleurer pour te faire jouir.

— Oui, mais devant tout le monde ! geignit-elle. Je n'ai pas pu me retenir alors qu'au fond, je mourais de honte. Ils doivent me prendre pour une libertine dépravée.

— Dans ce cas, mon gage sera de te donner un nouvel orgasme, cette fois dans l'intimité de notre chambre, dit-il en lui déboutonnant sa robe et en la faisant glisser sur ses épaules pour qu'elle tombe sur le plancher. Est-ce que cela te ferait plaisir ?

À lui certainement, en tout cas. Il était tellement raide, à force de l'avoir désirée toute la soirée, qu'il avait envie de la posséder immédiatement, sans préambule.

Elle se débarrassa de sa chemise, puis de ses sous-vêtements, pour se retrouver face à lui, complètement nue.

— Cela me semble un gage parfait, commenta-t-elle.

Ces paroles le frappèrent comme un défi.

Il se débarrassa en hâte de sa propre veste, de son pantalon, et attira Caroline sur le lit. Elle allait le supplier de bien vouloir la faire jouir, ou il ne s'appelait pas Dominic Savage.

Ses doigts s'immiscèrent au milieu du triangle de fourrure pour s'imprégner de sa moiteur. Elle accompagnait des hanches les mouvements de sa main, comme pour en réclamer encore.

Il se posa sur elle, incapable de résister à la tentation de glisser sa verge dans la chaleur de son intimité.

Et il s'enfonça dans le fourreau soyeux sans se voir opposer la moindre résistance.

Malgré l'envie de la pilonner jusqu'à les conduire tous deux vers une extase rapide et vigoureuse, il résista de toutes les fibres de son être. Il lui devait un gage, et il s'en acquitterait de sorte qu'elle n'oublie jamais cette nuit d'amour.

Elle avait aimé la petite intrusion détournée, dans le train. Sans doute aimerait-elle y goûter encore, accueillir un peu plus de lui que ses doigts.

Bien que déjà très gonflé, il se dilata encore à l'idée de la posséder d'une façon aussi intime.

Elle laissa échapper un gémissement de protestation quand il se retira, prenant appui sur ses épaules.

— Ne t'en va pas ! gronda-t-elle, les paupières mi-closes de désir. Tu n'as pas encore payé ton gage.

D'un geste doux, il lui écarta une mèche du front.

— Ce soir, je vais régler mon gage d'une manière inédite.

— Inédite ? s'étonna-t-elle en rouvrant légèrement les yeux. Comment cela ?

— Soulève les genoux, je vais te montrer.

Là-dessus, il s'empara de ses jambes, les pliant presque jusqu'à ses seins, et lui glissa un oreiller sous les reins.

Cueillant un peu de moiteur dans sa fente, il s'en servit pour l'humecter entre les fesses.

— Ce soir, dit-il en y immisçant lentement un doigt, je vais entrer là.

Le corps frémissant, elle le laissa ainsi jouer en elle, d'abord avec un deuxième doigt. Elle écarquillait les yeux, mais ne protestait pas. Elle était prête à l'accueillir.

Il restait encore imprégné de sa sève, si bien qu'il put hâtivement ôter ses doigts pour les remplacer par son membre, qu'il poussa délicatement en elle jusqu'à introduire le gland tout entier.

Haletante, le souffle court, elle s'efforçait de ne pas trop remuer.

D'une main, il stoppa la progression de sa hampe, car il ne voulait pas plonger trop profondément ni trop vite. En même temps, de l'autre main, il lui caressait le clitoris.

— C'est bon, comme ça ?

— Je n'avais jamais rien ressenti de pareil, articula-t-elle d'un ton stupéfait.

Il poussa légèrement.

— Tu veux que j'arrête ?

Seigneur ! Pourvu qu'elle dise non ! Jamais il ne tiendrait le choc si elle lui ordonnait de se retirer.

— Non, j'aime ça, répondit-elle.

Son corps semblait l'attirer davantage, comme s'il lui demandait de venir plus loin.

— Je suis tellement excitée, avoua-t-elle, que j'aimerai tout ce que tu pourras me faire cette nuit. Tout.

Il se retira un peu, pour revenir ensuite, se délectant de cette étroitesse, la faisant sienne comme jamais. Il aspirait à la voir s'affoler de désir, autant que lui-même, et ne cessait donc de taquiner son clitoris pour la transporter au bord de l'explosion.

— Tu aimes quand on te fait l'amour ainsi ? questionna-t-il en s'efforçant de contenir sa propre excitation.

En même temps, il continuait d'aller et venir en elle sans presser le mouvement.

Pour toute réponse, il entendit un cri, quasi douloureux, alors qu'elle se convulsait sous ses doigts, son sexe vibrant de plaisir.

Il s'était acquitté de son gage.

Son propre orgasme allait survenir d'un instant à l'autre. Se retirant pour la dernière fois, il laissa sa semence se répandre.

Achevé, il s'effondra près d'elle, la prit dans ses bras. Il l'avait désormais possédée de toutes les façons dont un homme pouvait posséder une femme.

Elle lui appartenait.

Dominic accepta la tasse de thé que lui offrait Mme Bertram, puis la posa près de lui sans y tremper les lèvres. Il n'avait aucun goût pour cette boisson insipide, mais il voulait demander son avis à la maîtresse de maison ; aussi avait-il accepté son invitation à prendre le thé, car cela lui semblait le moyen le plus rapide d'atteindre son but. Gareth Hugues lui avait chaudement recommandé de se fier aux conseils avisés de cette dame, tout en le prévenant qu'il risquait de les trouver quelque peu déroutants.

Elle buvait sans se hâter, l'observant en souriant par-dessus le bord de sa tasse.

— Qu'aviez-vous à l'esprit, monsieur Savage ? Manifestement, vous n'êtes pas venu pour boire le thé.

— Qui d'autre qu'une femme pourrait m'occuper l'esprit ? Il s'agit de Caroline, bien sûr. Elle ne quitte pas mes pensées.

— C'est une femme très séduisante. Remarquablement fraîche et innocente, pour une personne de cette profession. Ajoutez-y sa beauté, sa grâce, et elle devient irrésistible. Elle ira loin, cette jeune personne, si elle en a l'ambition. N'importe quel homme pourrait se laisser tourner la tête par ce genre de créature.

Ce n'était pas ce qu'il voulait entendre de la part de Mme Bertram. Pas du tout.

— Caroline est ma maîtresse. Cela ne fait pas d'elle une prostituée.

— Ce n'est donc pas une femme entretenue ? Excusez-moi, il me semblait l'avoir entendue dire que...

— Je l'ai sauvée de l'hospice et elle est devenue ma maîtresse en contrepartie, coupa Dominic.

Elle n'a jamais connu d'autre homme que moi.

— Dans ce cas, elle peut vous être reconnaissante, en effet. Il semblerait qu'elle ait pris beaucoup de plaisir aux divertissements offerts par la maison. Je dois dire qu'elle s'est montrée remarquablement flexible et enthousiaste pour une nouvelle venue, et vraiment faite pour les jeux de l'amour. C'est parfois le cas avec certaines femmes, vous savez.

— Je ne pense pas que « reconnaissante » soit le mot, répliqua-t-il en tapant du poing sur la petite table à thé, faisant sauter tasses et soucoupes. Je veux qu'elle me montre plus que de la gratitude ! Quand elle me regarde, je veux qu'elle voie autre chose qu'un homme riche qui l'a sauvée et qui partage son lit. Je veux qu'elle voie qui je suis vraiment, qu'elle me connaisse.

— Vous voulez qu'elle vous aime ?

— Elle représente tout ce que j'ai toujours cherché chez une femme. Conciliante, désireuse de plaire, intelligente. Je ne regrette pas d'en avoir fait ma maîtresse, pas un instant. Mais je n'arrive pas à la toucher dans son cœur, dans son âme. Son esprit est insaisissable.

— Vous voulez qu'elle vous aime, répéta Mme Bertram.

Cette fois, c'était davantage une constatation qu'une question.

— Et que lui donnerez-vous en retour ? ajouta-t-elle. Votre cœur ?

Il n'était pas là pour parler de lui, mais de Caroline.

— Je veux qu'elle m'ouvre ses pensées, ses sensations, maugréa-t-il, l'air buté.

— C'est une courtisane. Vous ne pourrez la sonder si facilement. Son gagne-pain dépend de son mystère.

Exaspéré, il dut se retenir pour ne pas faire basculer la table à thé. À l'évidence, Gareth Hugues avait largement surestimé les talents de Mme Bertram ; elle ne semblait pas faite du tout pour conseiller un homme sur sa relation avec les femmes.

— Est-ce le seul avis que vous pouvez me donner ?

— Je ne fais que vous prévenir qu'il n'existe pas de solution miracle. Si vous désirez gagner le cœur de Caroline, il va falloir vous atteler à cette tâche. Et vous devrez la convaincre que son amour sera en sécurité avec vous. Rien n'est moins assuré que l'état de maîtresse. C'est toujours provisoire.

À l'idée qu'un autre homme pose un jour les mains sur Caroline, il se mit à gronder.

— Jamais je ne laisserai un autre l'approcher.

Mme Bertram lui décocha un large sourire.

— Ce n'est pas moi qu'il faut en convaincre, mais elle. Maintenant, si vous souhaitez que Caroline s'ouvre à vous, je vous conseille de commencer par vous ouvrir à elle. Montrez-lui quelques éléments de votre ancienne vie, une chose qui lui fera percevoir votre âme et votre cœur. Vous avez vécu aux Indes, je crois ?

— Presque toute ma vie.

— Montrez-lui ce que les Indes ont représenté pour vous. Montrez-lui pourquoi vous aimiez ces lieux, en quoi ils ont fait de vous un homme différent de tous ceux qu'elle connaît.

Il joignit les mains, comme pour mieux réfléchir. Cela valait la peine d'essayer. Peut-être Caroline trouverait-elle quelque intérêt à en apprendre davantage sur lui et ses années d'adolescence.

— C'est la musique qui me manque le plus, murmura-t-il. La musique et la danse, la sensualité des mouvements et ces harmonies typiques que nul n'entend jamais en Angleterre. Ne pourriez-vous pas organiser un concert de ce genre pendant que nous sommes là ?

Pensive, elle fronça les sourcils.

— Je ne connais pas de musiciens hindous en Cornouailles, ni de bons danseurs. Et vous, en connaîtriez-vous qui accepteraient de se donner en spectacle ?

Plus il y songeait, plus il aimait cette idée.

— Je vais télégraphier immédiatement à mon valet, dit-il en se levant, l'esprit bouillonnant. Il s'en occupera.

Plus tard, cette semaine-là, alors que Caroline et Dominic pénétraient dans le grand salon réservé aux festivités, ils le trouvèrent transformé en une salle digne d'un palais hindou. Des soies délicates décoraient le plafond, d'éclatants plaids brodés d'or s'étalaient sur les canapés qui encerclaient un gigantesque tapis d'Orient. Des bougies parfumées à l'encens brûlaient sur les côtés, emplissant la pièce d'un parfum délicatement épicé.

Caroline écarquilla les yeux devant ce décor.

— Était-ce ainsi aux Indes ?

— J'ai pensé que tu aimerais te faire une idée du genre de vie que je menais là-bas. Pas de ma vie quotidienne, mais de la culture et de la beauté de ces populations. Ce soir, nous allons pouvoir goûter à la musique et aux danses du sud de l'empire des Indes.

Il la conduisit vers un canapé couvert de soie tissée à motifs d'éléphants et prit place à côté d'elle, posant un bras sur son épaule.

Fascinée, elle passa une main sur la douce étoffe.

— Je n'arrive pas à imaginer à quoi pourraient ressembler ces danses, déclara-t-elle d'une voix où perçait l'impatience.

— C'est un style qu'on appelle le Bharata Natyam, l'un des plus anciens pratiqués aux Indes. Il est célébré pour sa grâce, son authenticité et sa tendresse ; il est également censé élever les âmes. Pour moi, cela reste l'un des plus beaux styles de danse classique hindoue.

Une petite table fut placée devant eux, et l'on y posa quelques plateaux de gourmandises ainsi que deux coupes et une bouteille de champagne. Plusieurs autres couples s'étaient joints à eux et, bientôt, les lampes à gaz diminuèrent d'intensité, ne laissant que le centre de la salle en pleine lumière. Des applaudissements polis s'élevèrent à l'entrée d'un homme âgé portant un instrument à cordes ; il s'assit en tailleur sur un coussin et se mit à jouer.

— Je n'ai jamais entendu une musique pareille, souffla Caroline. C'est complètement différent de ce que l'on entend en Angleterre. Est-ce tout ce que l'on joue aux Indes ?

— La musique hindoue revêt autant de formes que la musique occidentale, mais celle-ci est typique du Bharata Natyam.

Tout en parlant, Dominic lui remplit une coupe et lui tendit un plateau de figues sèches.

Elle prit le champagne, puis une figue qu'elle lui déposa sur les genoux avec un petit sourire ravi.

— Parle-moi de la danse à laquelle nous allons assister.

— La danseuse, ou *patra*, ainsi qu'on l'appelle aux Indes, ne va pas exécuter un ballet comme nous en voyons en Angleterre, mais raconter une histoire avec son corps. Chacun de ses mouvements se rapportera à un élément de cette histoire, même ceux de ses mains ou de ses yeux.

— Cela paraît compliqué.

— C'est surtout très beau. Mais cette danse est complexe dans la mesure où elle comporte deux aspects. Elle fait appel à des mouvements à la fois gracieux, féminins, et forts, masculins. Une bonne *patra* doit être capable d'exécuter aussi bien les uns que les autres. Anjali Kinra passe pour une remarquable *patra*, en particulier pour cette danse. J'espère que son interprétation te plaira.

Leur discussion fut interrompue par la danseuse elle-même qui faisait son entrée sur la scène improvisée, représentée par le tapis persan. C'était une jeune femme toute menue, vêtue d'une robe violet foncé garnie de fils d'or. Malgré sa fine silhouette, elle dégageait une impression de force, de puissance éthérée, grâce à ses muscles que seule une danseuse peut posséder. Le bout de ses doigts était teint en rouge et elle portait autour des chevilles un bracelet orné de fines clochettes qui tintaient doucement à chacun de ses pas.

Le musicien acheva son morceau puis marqua un silence, le temps que la danseuse vienne prendre la pose, les bras levés en un arc gracieux, les doigts comme retournés, les jambes solidement plantées sur le sol.

Dans un grand geste, il se remit à jouer et la *patra* fit onduler son corps en rythme.

Tout en admirant ses mouvements, Dominic surveillait Caroline du coin de l'œil, heureux de la voir à ce point captivée, son champagne oublié qui se réchauffait dans sa main.

— Le début était dédié au dieu Ganesh, lui souffla-t-il à l'oreille, pour demander sa bénédiction. Maintenant, la danseuse parle avec ses mains et son corps. Elle raconte son désir d'amour, de trouver un amoureux.

Il avait demandé cette danse en particulier, à cause de sa signification, espérant que Caroline comprendrait ce qu'il essayait de lui dire.

En réponse, elle se pressa contre lui.

La danse se poursuivit jusqu'à sa conclusion où les amants, tous deux interprétés par la jeune femme, se trouvaient enfin réunis. Aux yeux de Dominic, le désir et l'extase étaient si clairement exprimés, l'émotion qu'elle projetait était si puissante, qu'il en eut la gorge nouée. Il demeurait chaque fois profondément bouleversé quand une bonne danseuse parvenait à jouer les deux rôles avec tant de conviction et d'harmonie.

À l'instant où il portait discrètement un mouchoir à ses yeux, Caroline le regarda, et il s'aperçut qu'elle aussi était émue aux larmes.

La serrant contre lui, il se prit à rêver que ce moment dure éternellement, partageant avec elle une telle intimité qu'elle ne parviendrait plus à cacher ses sentiments derrière son habituel vernis de docilité polie.

La danseuse venait de s'immobiliser dans une pose finale, attitude qui correspondait si parfaitement à ce qu'il pouvait ressentir qu'il en resta sans voix. Elle avait parfaitement compris son auditoire, au point de dépeindre les émotions du public dans son art. Certes, les plus grandes interprètes du Bharata Natyam s'entraînaient des années durant, mais il n'avait encore jamais assisté à un tel spectacle.

La musique s'arrêta et l'assistance se leva pour mieux clamer son enthousiasme. À contrecœur, Dominic lâcha Caroline qui se joignit aux applaudissements des autres couples.

Alors qu'il se mettait debout, il sentit que cet instant de grâce s'achevait pour toujours. Comment pourrait-il faire comprendre ses sentiments à Caroline avec l'intensité qu'avait su mettre cette danseuse dans son interprétation ?

Il aimait Caroline. Il ne voyait pas d'autre explication à la sensation de vide qu'il éprouvait chaque fois qu'ils s'embrassaient, chaque fois qu'il s'asseyait à côté d'elle, si proche et pourtant si loin. Du seul fait de la toucher, il lui faisait déjà l'amour.

Quant à ce qu'elle-même éprouvait, il l'avait appris à ses dépens, c'était beaucoup moins profond. Il la payait pour le plaisir qu'elle lui procurait, et elle avait accepté cette situation. C'était une courtisane, une femme qui vendait son corps pour de l'argent. Et il était mal placé pour s'en plaindre. Lui, et lui seul, avait fait d'elle ce qu'elle était devenue.

Quelle sottise il avait commise en ne l'épousant pas tout de suite, quand elle était encore trop naïve, trop éperdue de reconnaissance pour pouvoir lui refuser quoi que ce soit ! Pourquoi n'avait-il demandé que son corps ? Pourquoi avait-il négligé son cœur ?

Était-il encore possible de toucher ce cœur ? Ne l'avait-elle pas enfoui profondément sous la glace du désenchantement, au point qu'aucun homme ne saurait plus l'en délivrer ?

L'argent achetait ses faveurs. Il ne le savait que trop, il les avait déjà toutes goûtées. Mais il ne voulait plus de ce genre d'échange futile. À quoi bon posséder son corps si son cœur et son âme lui échappaient ?

Pas question, bien sûr, d'acheter son cœur avec de l'argent. C'était un joyau trop précieux.

Certes, il pouvait payer pour le désir qu'elle lui inspirait, mais que serait le prix de son amour ?

La danse hindoue venait de lui prouver qu'il attendait plus de Caroline qu'un simple plaisir sexuel. Il voulait gagner son cœur. Bien que Sucré Salé soit une maison délicieuse, on ne pouvait y penser à autre chose qu'à l'acte sexuel. Non que cela lui pose la moindre difficulté, mais il sentait qu'il ne gagnerait jamais le cœur de Caroline de cette façon. Sa docilité, oui, mais cela ne lui suffisait plus. Il voulait son affection, et même sa dévotion. Elle avait tant à offrir, beaucoup plus qu'un corps qui donnait et recevait du plaisir ! Dominic souhaitait maintenant l'atteindre au plus profond d'elle-même, toucher son âme. Ainsi que Mme Bertram l'avait judicieusement deviné, c'était son amour qu'il recherchait.

Il décida de l'éloigner de Sucré Salé, pour lui montrer qu'il aspirait à davantage que son enthousiasme dans la chambre à coucher.

— Si nous partions en excursion, demain ?

Le visage de Caroline s'illumina aussitôt. Visiblement, cette proposition lui plaisait beaucoup.

— Où cela ?

Bon sang, comme il aimait son sourire…

— J'ai pensé que nous pourrions aller à Torquay. C'est une jolie petite ville au bord de la mer, pas trop éloignée d'ici, ce qui nous évitera un voyage trop fatigant. Nous pourrons nous promener dans le port, bras dessus, bras dessous, regarder les bateaux de pêche. Manger des glaces au soleil et finir par un bon dîner de fruits de mer dans une auberge. Bref, faire ce que font tous les couples d'amoureux.

Elle secoua la tête.

— Cela semble tout à fait plaisant, mais tu n'as pas besoin de jouer les amoureux. Tu sais que je serai à toi tout le temps que tu voudras de moi.

Évidemment, ce n'était absolument pas ce qu'il attendait comme remarque. Il souhaitait qu'à son tour elle veuille de lui, qu'elle brûle pour lui, qu'elle se sente seule quand il s'éloignait. Qu'il lui manque au point de ne plus songer qu'à le voir revenir au plus vite.

— Au contraire, j'y tiens beaucoup.

10

Caroline poussa un soupir de bonheur alors qu'ils marchaient, le lendemain matin, le long de la plage.

— Voilà une éternité que je n'étais plus venue au bord de la mer. Papa nous emmenait à Brighton quand j'étais petite, du vivant de maman. Après sa mort, il n'en a plus eu envie. Sans maman, il ne semblait plus avoir envie de rien.

Il lui étreignit le bras en se penchant vers elle.

— Qu'est-ce que tu préférais à Brighton, lorsque tu étais petite ?

Elle eut un sourire rêveur. Inutile de réfléchir longtemps pour répondre.

— Les spectacles de pantins.

Ces marionnettes grotesques avec leurs mouvements saccadés et leurs vêtements multicolores l'avaient fascinée toute son enfance ; elle en adorait les personnages, Punch avec son nez crochu et son bâton de policier, Judy dans son énorme chemise de nuit, et Toby, le chien. Bien qu'il ne se soit agi que de marionnettes, elles lui avaient paru réelles, truculentes.

— J'aimais Punch et Judy.

Jusqu'au montreur de marionnettes avec ses joyeux éclats de rire qui l'attiraient de loin ; elle pouvait courir des centaines de mètres sur la plage quand elle les entendait.

Cet enthousiasme fit sourire Dominic.

— Nous essaierons d'en trouver avant la fin de la journée.

Elle l'écouta à peine, l'attention soudain captée par la vue d'un petit âne aux grands yeux tristes, avec son gros licou. Lâchant le bras de Dominic, elle se précipita pour aller le caresser.

— Deux shillings la promenade à dos d'âne ! lança l'homme qui le tenait par une corde. Vous trouverez pas meilleur prix ni une bête plus gentille dans tout le Devon.

Il envoya quelques tapes sur la croupe de l'animal, ce qui lui fit agiter les oreilles.

— Voyez comme il est brave, m'dame. Que je sois traité de menteur si c'est pas la bête la plus placide de toute l'Angleterre. Une monture parfaite pour une dame comme vous.

Caroline fit non de la tête, car elle ne tenait pas à dépenser de l'argent pour une telle frivolité.

— Je voulais juste le caresser. Il est adorable.

Dominic se pencha vers elle.

— Tu ne veux pas faire une promenade ? lui murmura-t-il à l'oreille. Sur un si joli petit âne ?

— Ça coûte quand même deux shillings.

— Madame a envie de se promener, annonça Dominic au propriétaire de l'âne.

Sans laisser à Caroline le temps de protester, il s'approcha d'elle, la saisit par la taille et la souleva pour la déposer sur le dos de l'animal, où elle s'installa en amazone.

Il lança deux shillings à l'homme qui les attrapa au vol pour les glisser aussitôt dans la poche de sa veste.

— C'est bien l'idée, m'sieur. Rien n'est trop beau pour une dame, pas vrai ? Nous, on n'est là que pour les rendre heureuses, non ?

Caroline s'accrocha au pommeau de la selle lorsque l'animal partit vers la plage, son maître l'entraînant par le licou. C'était bien la première fois qu'elle montait sur un âne, et elle ne connaissait guère mieux les chevaux. Son père avait toujours possédé un attelage, mais les animaux qu'il gardait à l'écurie étaient des chevaux de trait, pas de monte. Quand on vivait à Londres toute l'année, il n'était pas indispensable d'apprendre l'équitation.

La bête avait une démarche inégale, son dos balançant d'un côté puis de l'autre. Petit à petit, Caroline finit par se détendre et relâcha un peu la selle. Bien qu'elle ait l'impression d'être assise sur une montagne mouvante, elle commençait à apprécier la balade.

Le propriétaire les guidait à travers le sable, parmi les gens venus profiter du soleil, de la mer d'un bleu étincelant sous ses rayons. Des vagues mousseuses venaient s'écraser sur le sable qui passait alors du jaune clair au doré mouillé. Les mouettes tournoyaient au-dessus d'eux, s'interpellant à grands cris et plongeant parfois pour cueillir un morceau appétissant laissé par les vacanciers. Une brise fraîche faisait voleter dans ses yeux les rubans de ses cheveux, et elle lâcha complètement le pommeau pour les en chasser.

Ils remontèrent à pas lents toute la plage et, arrivés au bout, constatèrent que Dominic les y attendait.

— Vot' dame est faite pour vivre ici, m'sieur, lui annonça l'homme tandis que Dominic la reprenait par la taille pour la déposer à terre. Une vraie cavalière. Si elle s'entraîne régulièrement, elle pourrait se lancer dans la chasse et sauter les haies pour courser le renard en moins de temps qu'il faut pour le dire.

Cette grossière flatterie fit rire Caroline, qui s'était accrochée au bras de Dominic.

— Je ne crois pas, dit-elle. Mais merci pour la promenade.

Le maître de l'âne tapota son chapeau et la remercia d'un clin d'œil impertinent.

— De rien, m'dame. Revenez quand vous voulez.

Une fanfare jouait sur la jetée et l'éclat des trompettes retentissait dans l'air léger comme un tintement de cloche. Marchant sur le sable, ils s'y rendirent pour l'écouter. Au passage, Dominic acheta deux glaces qu'ils mangèrent sans se hâter.

— J'ai l'impression d'être redevenue une petite fille, avoua Caroline en léchant les dernières gouttes de son sorbet à la fraise. Un jour au bord de la mer. Rien d'autre à faire que de barboter dans l'océan, sans autre souci que de chercher où je pourrais cacher mes bas trempés pour échapper au regard d'aigle de ma mère.

— Mes meilleurs souvenirs se situeraient plutôt dans la montagne, répliqua Dominic. Cela devait me faire le même effet que le bord de mer pour toi.

Il tapa machinalement dans une pierre du bout de sa botte et poursuivit d'un ton rêveur :

— Quand le soleil d'été devenait trop puissant, transformant la ville en un véritable four, ma mère nous emmenait à la montagne pour un ou deux mois, jusqu'à ce que les grosses chaleurs soient passées. Il y faisait plus frais.

Le front de Caroline se plissa.

— Je croyais qu'il faisait chaud partout aux Indes.

Il éclata de rire.

— Bon, ce n'était pas exactement la fraîcheur à l'anglaise, mais le soleil y tapait moins fort et nous pouvions échapper à notre *amah* pour jouer dehors sans risquer de nous brûler la peau. C'est là que j'ai rencontré ma première femme.

— Maya.

— Oui, Maya.

Il secoua la tête comme pour chasser les souvenirs suscités par ce nom.

— Mais assez parlé, ajouta-t-il. Allons voir ces spectacles de pantins que je t'ai promis. Il doit bien en exister dans les parages, par une belle journée comme celle-ci.

Dans un coin tranquille du parc voisin, loin du vacarme de la fanfare, ils trouvèrent la baraque rouge et blanc qu'ils cherchaient. Alors qu'ils approchaient, le marionnettiste achevait sa représentation sous les acclamations et une volée de pièces lancées par les spectateurs.

Pour la plus grande déception de Caroline, le rideau tomba d'un coup et les enfants s'éparpillèrent dans toutes les directions.

— Tant pis, dit-elle en tirant sur la manche de Dominic. Il y en a pour une heure ou plus avant que ça ne recommence. Nous pourrons revenir un autre jour.

Devant sa mine désappointée, il aborda le marionnettiste, lui glissa un demi-souverain d'or dans la main.

— Ma femme aimerait beaucoup voir votre spectacle.

Avec un tel paiement, l'homme ne fut que trop heureux de s'exécuter sur-le-champ.

Alors jaillirent les marionnettes, à commencer par le garde champêtre, tapant sur son tambour et jouant de la flûte.

Le visage rayonnant, Caroline s'était installée dans un fauteuil de plage, mais elle se penchait en avant, comme une petite fille, pour mieux voir. Un autre groupe d'enfants vint la rejoindre, suivi des parents ou des bonnes, qui finirent par s'asseoir autour d'elle, en tailleur à même le sable ou sur des bancs.

Bientôt surgit Punch armé de son bâton et montrant le poing. Judy en chemise et bonnet de nuit arriva à son tour, les bras chargés du bébé qui hurlait.

Punch se plaignit du bruit, mais le bébé ne voulait pas se calmer.

Vlan ! Un coup de bâton sur la tête du bébé.

— C'est comme ça qu'il faut faire ! lança un Punch jubilant tandis que Judy s'enfuyait.

Le bébé ne disait plus rien.

La bonne femme reparut, brandissant un rouleau à pâtisserie vers son mari. Ils se poursuivirent l'un l'autre dans tous les sens, et *vlan !* le bâton de Punch l'atteignit en pleine tête.

— C'est comme ça qu'il faut faire ! cria-t-il en la regardant tomber à terre.

Le docteur vint la secourir, mais *vlan !* coup de Punch sur sa tête à lui aussi, et il tomba à son tour.

Puis ce fut le tour du policier, pourchassant Punch armé d'une matraque ; il rattrapa le bonhomme, le frappa sur la tête jusqu'à ce qu'il s'effondre, comme mort. Et le policier d'emporter Punch en prison.

Apparut alors le bourreau, chargé de pendre Punch pour ses crimes.

— C'est comme ça qu'il faut faire ! couina Punch de sa voix stridente.

Et de taper sur la tête du bourreau avant de s'enfuir en riant.

Lucifer vint le chercher pour l'emmener en enfer, mais le diable lui-même ne put résister au bâton de Punch. *Vlan !* Un coup sur la tête du diable qui s'écroula, vaincu par un Punch triomphant.

— Hourra ! Hourra ! J'ai tué le démon ! cria-t-il en battant des mains et en dansant autour de la scène.

Dominic ne put s'empêcher de rire avec les autres spectateurs. Punch était complètement idiot, et ses actes encore plus. Mais, par-dessus tout, Dominic riait de voir Caroline si contente, tellement emportée par l'action que sa réserve habituelle l'avait totalement abandonnée.

Leur escapade au bord de la mer était une réussite. Cette partie d'elle-même qu'elle gardait cachée, renfermait ce que pensait et ressentait la véritable Caroline ; et voilà que celle-ci remontait à la surface, se révélait peu à peu aux yeux de Dominic. Pour la première fois, il eut l'impression de faire connaissance avec l'authentique femme dissimulée derrière le masque qu'elle portait habituellement.

Il n'aurait su dire pourquoi il tenait tant à la voir apparaître au grand jour mais, d'une façon ou d'une autre, c'était devenu le moteur de sa propre vie. Il ne pouvait plus se contenter de son corps si délectable, de sa docilité. Il voulait connaître son âme.

Caroline demeura sur son siège jusqu'à ce que le spectacle soit complètement achevé, le rideau tombé, le marionnettiste parti. À contrecœur, elle se leva, prit le bras que lui tendait Dominic.

— C'était totalement magique ! s'écria-t-elle. Exactement les coups de bâton que j'aimais tellement voir quand j'étais petite, avec Punch qui finissait par s'en aller en riant. Maman était encore vivante, à cette époque...

Se hissant sur la pointe des pieds, elle lui planta un chaste baiser sur la joue.

— Merci !

Il était prêt à payer cent marionnettistes pour recevoir un seul baiser aussi spontané de la part de Caroline. Bien qu'elle soit toujours prête à répondre à chacun de ses désirs, elle ne manifestait que rarement un vrai signe d'affection. Sa réserve coutumière n'en rendait ce baiser que plus précieux.

Alors qu'ils reprenaient leur chemin, ils croisèrent un groupe de messieurs en pantalons à rayures et hauts-de-forme, qui riaient et parlaient bruyamment avec force grands gestes.

L'un d'eux interpella Dominic :

— Hé, Savage ! Qu'est-ce que tu fais à Torquay, mon vieux ?

Celui-ci se raidit, reconnaissant au seul son de sa voix Henry Thackeray, un habitué de la City. Visiblement, il n'était pas aussi frais qu'il aurait dû l'être à cette heure-ci.

Tout le groupe se retourna vers eux.

— Viens, que je te présente mes amis, lança Thackeray.

La boisson lui donnait une élocution légèrement chevrotante, et il ne marchait pas très droit.

— Edward Bartles, tu le connais, j'en suis sûr. C'est quelqu'un d'important à la City. Tout comme toi, Dom !

Dominic ne le connaissait effectivement que trop bien. L'individu passait pour avoir la rancune tenace et se chamailler plus qu'aucun autre homme d'affaires à Londres. Or, Bartles avait de quoi lui en vouloir depuis que Dominic l'avait planté au beau milieu de son dîner. Il ne l'en salua pas moins d'un petit mouvement de la tête.

— Bonjour, Bartles.

Celui-ci plissa les yeux.

— Bonjour, Savage.

— Ensuite, voici sir Oliver Pickering. Il nous accompagne parce qu'il ne laisserait pas passer une occasion de boire gratis avec les amis, pas vrai, le vieux ?

— Il est certain que mes affaires ne marchent pas très bien en ce moment, confirma gravement sir Pickering.

Gravité qui fut effacée par un bruyant hoquet.

— Et voici ce vieux Warning, un ami de longue date que je n'avais plus revu depuis l'école. Nous nous sommes croisés ici par hasard. C'est pourquoi nous faisons la fête si tôt dans la journée. Veux-tu te joindre à nous ?

Il pivota vers le reste du groupe.

— Vous êtes d'accord pour accueillir ce bon M. Savage ? Plus on est de fous, plus on rit !

Bartles excepté, les autres acceptèrent avec empressement.

— Amène-le.

— On a assez de gin pour vingt gars de plus.

Mais Dominic fit non de la tête.

— Malheureusement, je vais devoir décliner votre invitation. Je suis accompagné d'une dame.

Thackeray lui jeta un regard oblique, avant de cligner plusieurs fois des paupières.

— Pardieu, c'est vrai ! Je ne l'avais même pas vue ! Votre serviteur, madame.

Là-dessus, il plongea dans un profond salut.

— Je ne savais pas que vous étiez marié, marmonna Bartles avec une ironie mauvaise. Je suppose qu'il faut vous offrir nos félicitations.

D'un ample mouvement, il ôta son chapeau.

— À vous et à votre charmante épouse.

La main de Caroline étreignit convulsivement le bras de Dominic, mais elle ne dit rien.

— Je voudrais vous présenter Mlle Caroline Clemens, laissa tomber ce dernier.

Sir Pickering se découvrit d'un geste courtois.

— Ravi de faire votre connaissance, belle dame.

— Enchanté, dit M. Warning.

Thackeray se montra moins délicat.

— La belle créature !

Bartles lui prit la main et la retint un petit peu trop longtemps.

— La fille du défunt Isaac Clemens, c'est bien cela ? Je ne vous ai pas vue depuis le décès de votre père. Où donc vous cachiez-vous ?

Caroline arracha sa main de la sienne pour la frotter contre sa robe d'un geste nerveux.

— J'étais en deuil de mon père.

— Ah, je vois ! Certes, ce sont des habits de deuil...

En disant cela de sa voix sirupeuse, Bartles promenait un regard sceptique sur sa robe élégante.

S'il articulait une parole de plus, Dominic allait lui balancer son poing dans la figure, quitte à provoquer une bagarre.

— Maintenant, gronda-t-il, si vous voulez bien nous excuser, Mlle Clemens et moi avons quelques affaires à régler.

Plusieurs minutes après qu'ils eurent quitté le groupe, Caroline tremblait encore. Il avait envie de tuer cet abruti de Thackeray et sa troupe d'ivrognes, pour s'être montrés d'une telle désinvolture avec la jeune femme. C'était une dame de la tête aux pieds, qui ne méritait certainement pas leurs plaisanteries de mauvais goût, ni les insultes voilées de Bartles.

Tâchant de réprimer sa colère, il inspira profondément car il ne voulait pas que Caroline se sente plus mal à l'aise qu'elle ne l'était déjà.

— Je te prie d'excuser mes amis, souffla-t-il. Ils se sont montrés d'une grossièreté intolérable.

— Ce n'est pas grave. Ils ne l'ont pas fait exprès.

— Ils t'ont insultée.

— Ils n'ont rien dit que je ne méritais pas, répliqua-t-elle en haussant les épaules.

Cependant, sa voix vibrait de colère.

— Je ne suis pas une dame, Dominic. Je suis ta maîtresse, comme M. Bartles l'a si bien laissé entendre. Ils ne me doivent pas plus de politesse qu'à une prostituée ordinaire.

— La vie te serait plus facile si tu n'étais pas avec moi.

— Je ne regrette aucun de mes choix. Tu m'as permis d'échapper à cet hospice, cela vaut bien quelques malheureuses insultes. Avant de m'affecter, il faut voir de qui elles proviennent.

Elle hésita, avant de préciser :

— C'est juste que... quand je rencontre des gens comme M. Thackeray et M. Bartles... des gens respectables qui ont connu mon père en des temps plus heureux, des gens qui, il y a six mois, m'auraient traitée avec le respect qu'ils réservent à leurs propres épouses et filles… je… je trouve cela difficile.

Ils continuèrent un moment en silence. La mauvaise conscience de Dominic le troublait. Il ne s'était pas vraiment rendu compte auparavant que sa protection ne suffirait pas à la sauver des insultes d'esprits étroits et de petits crétins vaniteux comme Bartles. Ni que celui-ci prendrait un tel plaisir à la désarçonner.

Par-dessus tout, il ne s'était pas rendu compte que Caroline attacherait tant d'importance aux critiques d'une société qui l'avait condamnée à une mort lente dans un hospice.

— Tu ne vois plus tes anciens amis ? demanda-t-il.

— Plus aucun.

— J'aurais cru que tu irais leur rendre visite pendant que je travaillais à la City.

— Je n'ai personne à qui rendre visite. Aucune de mes anciennes relations ne m'accueillerait plus chez elle. Et je ne me permettrais pas de les gêner en me présentant sans invitation.

À sa place, il les aurait tous affrontés en face et défiés d'assumer leur rejet, mais c'était sans doute différent pour une femme comme Caroline. Jusque-là, il n'avait pas pris conscience à quel point. S'il l'avait sauvée d'une fin misérable, il l'avait coupée de toutes ses anciennes connaissances.

En attendant, il ferait mieux de ne pas gâcher la journée en oubliant qu'il était l'heure de déjeuner.

— Tu as faim ?

— Très, reconnut-elle. L'air marin ouvre l'appétit.

— Nous pourrions nous trouver un bon restaurant de fruits de mer, à moins que tu ne préfères grignoter sur le quai. Qu'est-ce qui te ferait plaisir ?

— Ce serait dommage de ne pas profiter du soleil, dit-elle avec un large sourire. Prenons donc quelque chose sur le port.

Dix minutes plus tard, ils flânaient sur la jetée, chacun chargé d'un cône de poisson avec des frites. Ils avisèrent un banc offrant une magnifique vue sur la mer et s'y installèrent.

Caroline sortit une frite qu'elle croqua aussitôt.

— Je ne sais pas pourquoi, dit-elle après l'avoir avalée, mais les aliments sont toujours meilleurs quand on les mange avec les doigts.

Il dut reconnaître qu'elle avait raison. Le poisson, très frais, fondait dans la bouche, les frites croustillantes et dorées ne demandaient qu'à être saisies et dégustées une à une. Ils restèrent tranquillement assis au soleil, à savourer leur déjeuner.

Quand ils eurent terminé, ils reprirent leur promenade sans se presser.

Un photographe itinérant interpellait les passants pour vanter les merveilles techniques de son matériel, inventé en Amérique et susceptible de produire une photo prête en quelques instants.

Dominic pressa le pas.

— Je veux une photo de toi.

Il souhaitait capter à jamais une image de cette journée afin de mieux en entretenir le précieux souvenir. Ne serait-ce que par un petit ferrotype tel qu'en prenaient les amoureux au bord de la mer.

Repérant l'éventuel client qui arrivait dans sa direction, le petit homme chauve à la veste jaune vif se lança :

— Vous désirez un portrait tout de suite, je parie ? Un portrait de vous deux, peut-être ?

Il leur décocha un clin d'œil complice.

— Il n'y en a que pour quelques instants. Je vais vous donner une photo que vous pourrez emporter chez vous et chérir toute votre vie.

Dominic fit asseoir Caroline sur le fauteuil de plage prévu à cet effet et revint vers le photographe.

— Une photo de Mme Clemens, je vous prie.

— Vous ne le regretterez pas, monsieur, ça, je peux vous le promettre. J'ai l'appareil le plus sophistiqué de ce côté-ci de l'Atlantique, et il prend les photos les plus authentiques que vous ayez jamais vues. Il n'y en a pas de semblable à Torquay.

L'air un rien préoccupé, Caroline disposa ses jupes autour d'elle. Le soleil donnait des reflets dorés à sa chevelure blond-roux. Elle gardait les mains nouées sur ses genoux et le dos raide.

— Détendez-vous, lui conseilla l'homme en préparant son matériel. Ça ne fait pas mal. Vous ne sentirez rien. Allons, faites une belle risette à votre mari.

Un sourire craintif étira le visage de Caroline, mais n'atteignit pas ses yeux.

— Parfait. Maintenant, on ne bouge plus.

D'un geste expert, l'homme glissa un panneau dans son appareil.

— Là, voilà. Ça ne s'est pas trop mal passé, à mon avis. Vous avez bien fait de prendre votre photo par une belle journée d'automne comme celle-ci, plutôt qu'au grand soleil de l'été. La lumière est parfaite à cette époque de l'année. Je vais vous donner un portrait digne de la reine.

Peu après, il sortait une fine plaque de métal qui affichait la silhouette de Caroline.

— Tenez, admirez-moi cette qualité. Vous n'en verrez pas souvent de pareilles, je vous le dis. Et puis, c'est si ressemblant ! Une jolie photo comme ça et seulement deux shillings pour l'emporter. Une véritable affaire, monsieur. Ça vaut deux fois ce prix.

Dominic lui tendit la somme demandée et prit l'image. À première vue, le photographe avait bien capté l'apparence de Caroline, mais il avait manqué l'étincelle de son regard et la légèreté de son allure. On ne voyait d'elle qu'un aspect superficiel, sans rien saisir de l'essentiel.

Néanmoins, il garda précieusement la plaque. Il devait reconnaître qu'aucun photographe au monde ne pourrait jamais capturer ce que lui voyait en Caroline, sa force et son courage.

— Et que diriez-vous d'une photo de vous, monsieur, pour la dame ? continua l'homme. Madame aimerait certainement garder un souvenir de cette journée, tout comme vous.

Il se tourna vers Caroline d'un air suppliant.

— Seulement deux shillings pour avoir une photo à porter sur votre cœur. Votre mari ne voudra certainement pas vous refuser ce petit plaisir.

Elle leva la main pour le faire taire.

— Je n'ai pas besoin d'une photo quand j'ai tous les jours l'original devant moi.

L'homme s'adressa de nouveau à Dominic :

— Pas de photo pour votre femme ? Ce serait bien dommage, monsieur. Qui lui tiendra compagnie pendant les longues soirées d'hiver où vous serez parti faire des affaires, si elle n'a pas un petit portrait de vous à installer sur sa table de nuit ?

Dominic allait secouer la tête et tourner les talons lorsqu'il capta le regard nostalgique de Caroline. Apparemment, elle avait très envie d'emporter elle aussi un ferrotype. Il lisait son désir dans ses yeux, bien qu'elle n'ait pas articulé un mot.

Brusquement, il alla prendre place dans le fauteuil qu'elle venait de quitter, tout en s'efforçant de masquer son sourire. Ainsi, elle devait éprouver pour lui des sentiments plus doux qu'elle ne le laissait entendre, sinon elle n'aurait pas souhaité avoir son portrait. Derrière son apparente sérénité, elle cachait des élans qui parfois affleuraient à la surface.

Une fois la photo prise, il la lui tendit aimablement :

— Petit souvenir de Torquay.

Elle l'accepta d'un geste gracieux. En suivant ses gestes des yeux, il put constater avec quel soin elle la glissait dans son réticule.

Saisi d'un sentiment de triomphe, il lui reprit le bras. Sa tactique avait fonctionné. Caroline était sienne. Totalement à lui.

Même si elle s'en défendait, il finirait par lui faire admettre la vérité. Il était plus que son maître, son protecteur, l'homme qui lui achetait ses vêtements, ses bijoux, et lui offrait une maison pour loger sa famille. Il était plus que son partenaire au lit, plus que l'homme qui la faisait hurler de délice avec ses doigts et sa langue.

Grâce à cette petite incursion dans l'âme de Caroline, il connaissait la vérité.

Il était son amant, son âme sœur, sa moitié.

À la nuit tombée, ils regagnèrent Sucré Salé. Dominic tendit la main à Caroline pour l'aider à sortir de la voiture, le ferrotype, soigneusement enveloppé dans du papier et de la ficelle, sous le bras.

Mme Bertram leur ouvrit la porte et leur remit un télégramme dans une enveloppe.

— C'est arrivé cet après-midi. Le facteur devait attendre votre réponse, mais il a fini par s'en aller quand je lui ai dit que vous étiez partis pour la journée. J'ai promis de vous le remettre dès votre retour.

Avec un bref salut de la tête en guise de remerciement, Dominic prit l'enveloppe et la fourra dans la poche de sa veste sans l'ouvrir. Il aurait bien le temps de se pencher sur ses affaires demain matin. Ce soir, il ne voulait songer qu'à Caroline.

— Vous devez être las après ce petit voyage, observa Mme Bertram en les accompagnant vers l'escalier. Je vais vous faire monter un souper dès que possible.

Une fois qu'ils furent seuls dans leur chambre, Caroline embrassa Dominic avec une tendresse qu'il ne lui connaissait pas, doucement, en lui caressant le dos.

— J'ai passé une très agréable journée, dit-elle en se détachant de lui.

Elle entreprit de lui déboutonner sa veste, puis sa chemise.

— Merci pour cette excursion.

Alors qu'elle lui caressait le torse et promenait les doigts sur ses tétons, il gémit de plaisir. C'était le moment de faire ce dont il avait rêvé toute la journée.

S'écartant, il ôta sa veste et sa chemise, puis ses bottes et ses chaussettes. Il s'arrêta un instant pour regarder Caroline suivre son exemple, faisant hâtivement glisser sa robe par-dessus sa tête avant d'attaquer ses sous-vêtements.

Comme il l'aidait à retirer sa chemise, elle lui jeta un regard malicieux.

— On fait la course !

— C'est un défi ?

Elle lança ses bas sur le parquet.

— Celui qui gagne remporte un baiser.

Un baiser de Caroline, la plus convoitée des récompenses…

Bien décidé à gagner, il sauta d'un pied sur l'autre pour envoyer promener son pantalon, manquant le jeter dans la cheminée, renversant le tisonnier au passage, dans un souffle de suie qui jaillit à travers la pièce.

Éclatant de rire en entendant ses jurons étouffés, Caroline enleva ce qui lui restait de vêtements, perdant la compétition à une culotte près.

Enfin nu, il s'étendit sur le lit et la plaça sur lui.

— Et mon baiser, alors ?

Leur baiser commençait juste à s'échauffer quand on frappa à la porte. Une voix s'éleva dans le couloir :

— Votre souper est prêt.

Dans un mouvement affolé, ils se glissèrent sous la couverture qu'ils remontèrent jusqu'au menton. Comme la porte s'ouvrait, Caroline plongea carrément la tête sous le drap.

Une domestique entra, un plateau dans les mains.

— Viande froide et un pichet de thé, monsieur, annonça-t-elle.

À cet instant précis, Dominic sentit une bouche se refermer sur son sexe. Il étouffa son cri de surprise d'une fausse quinte de toux.

— Sur la commode, je vous prie, dit-il.

La domestique s'exécuta puis recula, joignant les mains.

— Puis-je encore faire quelque chose pour vous, monsieur ?

— Non, rien, merci.

Elle semblait pourtant décidée à traîner.

— Avez-vous passé une bonne journée ?

Sous la couverture, Caroline continuait de lui caresser le membre et les testicules, tout en passant la langue sur le gland.

— Magnifique, acquiesça-t-il, le souffle court.

Sans préciser s'il faisait référence à sa journée au bord de la mer ou à la tiédeur de la bouche de Caroline.

— C'était bien, à Torquay ?

Sans lui laisser le temps de répondre, Caroline s'empara de son membre qu'elle se mit à masser vigoureusement, l'amenant au bord de l'orgasme alors qu'il essayait de formuler une réplique à peu près cohérente.

— Oui. Torquay… beau temps… Les marionnettes…

Ce fut tout ce qu'il put articuler tandis que Caroline accélérait le mouvement.

Le regard de la domestique s'éclaira.

— Ah, les marionnettes ! J'adore ces spectacles. Je ne sais plus à quand remonte la dernière fois où j'en ai vu un.

Heureusement, Caroline avait cessé l'exquise torture de sa main, mais seulement pour se mettre à lécher sa hampe de haut en bas.

— Merci pour le souper, dit-il en retrouvant une voix à peu près posée. Je ne manquerai pas de vous appeler si j'ai besoin de quoi que ce soit.

Cette fois, elle parut saisir et s'en alla. Enfin.

Dès que la porte se fut refermée derrière elle, il ouvrit les draps, révélant une Caroline échevelée.

— Tu vas regretter de m'avoir fait ça, petite gredine !

Là-dessus, il l'attrapa, la chatouillant au point de lui faire craindre que ses cris n'alertent toute la maison.

— Tu te rends ?

— Non !

— Alors ce sera une nouvelle punition.

Il se redressa, s'assit, lui écarta les jambes puis se pencha vers sa fente qu'il se mit à titiller du bout de la langue, insistant autour du clitoris. Ce qui provoqua des cris d'une tout autre nature, surtout quand il introduisit deux doigts dans son sexe en remontant vers le point ultrasensible.

Cette fois, il perçut une voix à peine audible :

— Je me rends.

Il remonta alors le long de son corps, sans cesser de l'embrasser. Enfin, il atteignit sa bouche et, du bout de la langue, l'incita à l'ouvrir.

En même temps, il la pénétra de son membre et elle haussa les hanches pour mieux l'accueillir, avec un plaisir décuplé par la pression sur son clitoris.

Tout en allant et venant lentement en elle, il la regardait dans les yeux et elle aussi le fixait, si bien que le monde se résuma bientôt à cette bulle qu'ils formaient ensemble. Respirant à l'unisson, ils guettaient la montée de l'extase. À l'instant où ils allaient l'atteindre, Dominic se figea, sans cesser de la contempler.

Durant un moment qui parut durer une éternité, il demeura immobile, jusqu'à ce que Caroline commence à lui masser doucement le dos par de longs gestes languides. Finalement, elle lui prit les fesses pour l'attirer encore plus profondément en elle. Levant les jambes, elle les croisa sur ses reins, reprenant le rythme lent qui, cette fois, la mena jusqu'à l'orgasme.

Accrochée à lui, vibrant de bien-être, elle finit par l'entraîner dans la jouissance et il sentit ses muscles se bloquer dans un plaisir absolu. C'était comme si tous deux ne faisaient plus qu'un, corps et esprits plus proches que tout ce qu'il avait jamais connu avec d'autres femmes.

Ils restèrent enlacés plusieurs minutes. Lorsque Caroline le tenait ainsi, il avait l'impression qu'elle voulait l'empêcher de s'enfuir, comme s'il risquait de disparaître dans un nuage de fumée, tel un magicien de fête foraine.

Au bout d'un long moment, il roula sur le côté et ramena l'édredon sur eux. Il se pressa contre elle, posa les mains sur ses seins dans un geste protecteur, et s'endormit.

Le lendemain matin, alors qu'ils avaient repris le train pour Londres, Dominic se rappela brusquement l'existence du télégramme dans sa poche.

Il l'en sortit en se demandant ce qu'il y avait de si urgent. Son homme d'affaires, Arnold Turfrey, était parfaitement capable de gérer le quotidien. En fait, celui-ci l'avait encouragé à partir, jurant qu'il saurait faire face aux éventuels imprévus.

Aussi Dominic n'en fut-il que plus étonné quand il découvrit que le télégramme provenait de son avocat. Inquiet, il l'ouvrit en hâte. Certes, son avocat était un honnête homme, mais il n'avait pas le sens des affaires d'un Turfrey et ne veillait que de très loin sur celles de Dominic.

Il lut le télégramme, le relut, sans parvenir à croire les mots qui défilaient sous ses yeux. Comment avait-il pu se montrer si aveugle ? Comment avait-il pu à ce point se laisser leurrer sur ce qui constituait l'essentiel du caractère d'un homme ?

Son cœur se serrait à lui en couper la respiration et, tout d'un coup, le balancement du train lui donna la nausée. Marmonnant une excuse incohérente à l'adresse de Caroline, il se précipita dans les toilettes, juste à temps pour y vomir tripes et boyaux.

Il ne se sentit pas mieux pour autant. L'estomac encore retourné, il se rinça la bouche d'abord avec de l'eau puis avec une lampée de cognac, avant de rejoindre la jeune femme.

— Ce n'est rien, juste le mouvement du train, dit-il en guise d'explication devant son regard soucieux. Tout d'un coup, je me suis senti mal. C'est tout.

Tandis qu'il s'allongeait sur le canapé, elle alla chercher un mouchoir, le trempa dans l'eau et vint le lui passer sur le visage. Elle avait les mains fraîches, et cette attention apaisa Dominic, du moins sur le plan physique.

Son avocat s'était sûrement trompé, montant en épingle un incident insignifiant ; il devait l'attendre tranquillement dans son cabinet, prêt à lui fournir des explications et à lui présenter ses excuses pour l'avoir ainsi alarmé.

Car Dominic ne s'inquiétait qu'à moitié de perdre de l'argent, lui qui avait si facilement gagné des fortunes et savait qu'on pouvait les voir vous échapper aussi vite. La roue tournait et finirait bien par le hisser de nouveau au sommet.

Mais ce n'était pas le moment, alors que le cœur de Caroline était à sa portée.

La perte de sa fortune ne le terrifiait qu'à cause de ce que cela pourrait signifier pour elle. Il serra les poings. Seigneur, il ne pourrait supporter de la perdre maintenant.

Peu après, le train entrait en gare de Victoria. Encore nauséeux et affaibli, Dominic prit leurs bagages et conduisit Caroline jusqu'à un fiacre.

— Je ne vais pas rentrer avec toi, lui annonça-t-il. Il faut que je passe au bureau. Je ne serai pas là pour le dîner non plus. Ne m'attends pas.

À travers la fenêtre, il vit son visage blêmir et se tendre.

— Tout va bien ? demanda-t-elle.

— Très bien.

Ce disant, il lui offrit un semblant de sourire. Inutile de l'inquiéter avant de savoir exactement ce qui se passait. Lui-même ne devait pas céder au désespoir. Peut-être existait-il encore une solution.

Planté sur la chaussée, il regarda la voiture s'éloigner et disparaître au premier carrefour, puis il partit à grands pas vers son bureau de la City. Si la moitié de ce que laissait entendre le télégramme était vraie, ce serait probablement une des dernières fois qu'il aurait pu contempler le visage de la jeune femme.

Durant tout le trajet, Caroline demeura plongée dans ses pensées. Malgré les paroles rassurantes de Dominic, elle devinait que quelque chose n'allait pas. Pas du tout.

C'était ce télégramme qui avait causé son malaise dans le train ; jusqu'à l'arrivée, il n'avait plus quitté son air préoccupé. Il venait sans doute d'apprendre la pire des nouvelles.

Ses yeux reflétaient une sorte de désespoir, mêlé d'incrédulité, qui rappelait à Caroline la mine de son père à l'époque où s'était écroulé son empire financier. Elle se sentait comme happée par les tentacules de l'horreur. Aucun homme n'affichait une telle physionomie tant qu'il n'avait pas perdu ses plus beaux rêves.

Et quand les rêves d'un homme s'écroulaient, que lui restait-il, sinon la mort ? Son père lui avait enseigné cette dure leçon.

Si Dominic était ruiné, ne risquait-il pas de recourir à la même échappatoire ?

Il lui avait dit de ne pas l'attendre, pourtant elle ne pouvait aller se coucher. Elle ne pouvait même pas supporter l'idée de changer sa tenue de voyage pour une robe de chambre. Dès que les mauvaises nouvelles lui parviendraient – car elle était certaine que cela se produirait –, elle voulait les affronter habillée.

Peut-être se faisait-elle du souci pour rien ? Non, elle savait qu'elle ne pouvait se réfugier dans le confort d'un tel mensonge.

Elle avait échappé trop facilement à la misère et au désespoir pour que ce soit réel. Dominic était entré dans sa vie tel un chevalier blanc et l'avait sauvée. Elle s'était permis de croire que sa famille n'était pas marquée à jamais par la détresse, qu'ils allaient échapper au sort terrible qui les avait frappés. Dans les recoins les plus secrets de son cœur, elle avait même osé espérer qu'un jour, d'une façon ou d'une autre, elle trouverait le bonheur.

Alors que la lumière diminuait, alors que le soir tombait, alors que les bruits de la journée s'estompaient pour faire place aux rumeurs plus subtiles, plus mystérieuses de la nuit, elle s'assit très droite dans un fauteuil, les mains croisées sur les genoux, attendant que la hache tombe.

11

Dominic héla un fiacre et s'y installa, complètement anéanti. Le télégramme de son avocat avait minimisé les dégâts plutôt que de les exagérer. À présent, il était trop tard pour intervenir.

Arnold Turfrey, son gestionnaire et homme de confiance, l'avait ruiné. Pire, il l'avait trompé, trahi. Et tout cela pour si peu...

Il ne lui aurait pas fait plus mal en prenant un couteau pour le lui plonger entre les côtes.

Les comptes avaient été savamment faussés des mois durant, afin de cacher les pertes dans des achats et des ventes d'actions. Achats et ventes que, pour commencer, il n'aurait jamais dû effectuer.

Et voilà qu'une quinzaine de jours auparavant, Turfrey avait acquis des valeurs qu'il croyait sûres et qui devaient, selon lui, l'aider à recouvrer les sommes perdues dans l'année.

Acquisition qui s'était avérée désastreuse. Incapable d'assumer les conséquences de ses initiatives, il n'avait fait qu'aggraver les choses. Alors il avait raflé les derniers sous encore disponibles sur les comptes de la société et pris la fuite. Sans doute pour retrouver sa famille en Italie, supposait l'avocat, ou peut-être en Grèce.

De toute façon, Dominic était ruiné, privé de tout argent liquide, couvert de dettes que la vente de ses biens suffirait tout juste à couvrir.

Ruiné. Totalement, inéluctablement. Tout cela à cause de l'incompétence et de l'avidité de Turfrey.

Cela ne le préoccupait pas tant pour lui-même que pour Caroline. Peut-être avait-elle la faiblesse d'éprouver un petit penchant pour lui, ainsi qu'elle l'avait laissé entendre ces derniers temps, mais elle n'allait plus rester avec lui à présent. Il n'avait rien à lui offrir, pas même une maison décente pour l'abriter. Quelle femme de sa qualité se contenterait d'aussi minces perspectives ? Il ne pouvait lui demander un tel sacrifice.

La maison était encore éclairée quand il arriva, fatigué, le cœur serré. Caroline avait donc dû l'attendre.

Il entra dans le salon. Elle était là, pâle mais posée, quoique anormalement droite sur son siège. Il se laissa tomber sur le canapé.

Il ferma les yeux pour qu'elle n'y lise pas sa douleur lorsqu'il lui annoncerait la nouvelle. La tentation était forte de ne rien lui révéler avant le matin, mais il préférait faire face maintenant.

Plus il hésiterait, pire cela serait.

— Tu es en retard, Dominic, dit-elle d'une voix calme et dénuée de toute agressivité.

Il rouvrit les yeux, se redressa. Impossible de reculer. Il devait affronter l'avenir en homme, et non pleurnicher comme un lâche. Il n'allait pas fuir la réalité, aussi déplaisante soit-elle, comme l'avait fait Turfrey, parti se cacher en Italie pour fuir les conséquences de ses égarements.

Non, il valait mieux que cela. Autant tout avouer tant qu'il en avait encore le courage.

— Je suis ruiné, Caroline.

À l'idée de la perdre, de la voir le quitter pour aller se jeter dans les bras d'un autre homme capable de lui donner ce que lui n'avait plus les moyens d'assurer, il grinça des dents, ravala la bile qui lui montait à la gorge. Ce n'était pas le moment de céder à la panique.

— Ruiné ?

Elle hocha la tête, comme si cela ne faisait que confirmer ce qu'elle soupçonnait déjà.

— Complètement ruiné ?

— Pas complètement, dit-il avec un faible sourire. Il me reste juste assez pour me permettre d'échapper à l'hospice. Mais c'est tout. Je vais devoir vendre cette maison, renvoyer le personnel et tout recommencer. Si je vis frugalement, j'aurai de quoi rembourser mes créanciers et lancer le financement d'une nouvelle entreprise.

D'un geste distrait, il se passa une main dans les cheveux.

— Si Dieu le veut, elle sera plus rentable que la précédente.

— Donc, tu ne seras pas indigent. Tant mieux. C'est la situation la plus déplaisante où l'on puisse tomber.

Elle prenait la nouvelle calmement. Trop calmement.

— Tu comprends ce que je te dis, Caroline ? Je n'ai plus les moyens de te garder. Je n'ai plus d'argent pour te faire des cadeaux ni t'offrir des séjours au bord de la mer. Même pas pour te faire vivre dans un endroit décent.

Elle avait blêmi, mais conservait son expression sereine.

— Bien sûr que je comprends. Tu n'as aucune obligation envers moi. Tu ne me dois rien.

Cette femme était digne d'un roi. Il ne pouvait lui demander de partager sa pauvreté. Jamais il n'avait été aussi heureux d'avoir passé cet accord impitoyable avec elle au début de leur liaison. La propriété qu'il lui avait cédée, dans le Hertfordshire, échappait ainsi à la débâcle. L'avocat l'avait mise à temps au nom de la jeune femme afin que les malversations de Turfrey ne puissent la toucher. Étant donné qu'elle ne lui appartenait plus, aucun créancier ne pouvait prétendre mettre la main dessus. Au moins, l'avenir de Caroline était-il assuré. Quoi qu'il puisse arriver à Dominic, elle ne mourrait pas de faim et de froid dans un fossé.

— Tu es jeune et belle. Tu trouveras un autre protecteur.

Ces paroles le brûlaient jusqu'à l'âme.

— Dès que les gens apprendront que j'ai dû renoncer à toi, tu verras les vautours planer dans le ciel au-dessus de ta tête, ajouta-t-il cyniquement.

— Je n'en doute pas.

— Sur le plan financier, tu n'auras pas à souffrir de ma ruine. Tout ce que je t'ai donné reste à ton nom. Personne ne peut y toucher.

— Tu vas te suicider ?

Elle avait posé la question d'un ton si calme qu'il en eut froid dans le dos. La mort lui était-elle donc à ce point familière qu'elle puisse en parler avec un tel détachement ? Croyait-elle vraiment qu'il adopterait la solution la plus lâche pour échapper aux ennuis ?

— Qu'est-ce que c'est que cette question ?

La véhémence avec laquelle il avait réagi fit vaguement rosir Caroline.

— Une question tout à fait raisonnable, étant donné les circonstances, répliqua-t-elle. Après tout, beaucoup d'hommes ont suivi cette voie pour s'évader. À commencer par mon propre père.

— Je n'ai aucunement l'intention de trouver la paix au bout du canon d'un pistolet.

— Je ne te jugerais pas, si tu le faisais. Moi-même, j'ai failli y céder. Le soir où nous avons fait connaissance chez les Finsbury.

Le grand éclat de rire qui ponctua cette dernière phrase le fit tressaillir.

— C'est pourquoi, poursuivit-elle, je t'ai laissé m'approcher dans la serre. J'avais décidé de mettre fin à nos jours et j'en avais conclu que ma virginité n'avait désormais plus aucune importance. Mais mon courage a fini par me lâcher. Je ne peux te dire combien de fois, à l'hospice, j'ai regretté d'avoir reculé. J'avais prévu de tuer toute ma famille.

— Qu'est-ce qui t'a arrêtée ?

Malgré la morbidité du sujet, il n'avait pu s'empêcher de poser la question. Jamais Caroline n'avait abordé la raison qui l'avait incitée à se laisser séduire dans cette serre. Et lui avait été si content de la retrouver ensuite qu'il avait préféré ne pas la harceler sur ses motivations. Plus soucieux de l'avenir que du passé, il avait seulement voulu l'installer comme sa maîtresse, au lieu de lui faire peur en l'interrogeant.

— Le bruit que j'ai fait en armant le pistolet a réveillé Teddy. Il a ouvert les yeux et m'a dit qu'il n'avait pas peur de mourir.

C'était donc là son secret, la clef de son âme.

— Mais tu n'as pas pu continuer.

Quoi qu'elle ait planifié durant ces moments terrifiants, ce n'était pas une meurtrière. Dire qu'il résolvait ce mystère alors qu'elle était sur le point de partir ! Il arrivait devant la malle au trésor mais ne pourrait jamais l'ouvrir. Il avait perdu le droit d'essayer.

— Je n'ai pas pu faire feu sur mon frère alors qu'il venait de se réveiller. J'ai tiré par terre. Ça a alerté les autres et là, j'ai perdu tout courage de continuer.

Elle savait très bien ce qui les attendait si elle emmenait ses frère et sœurs à l'hospice, et n'avait trouvé d'autre moyen pour leur épargner cela. Du fond du cœur, Dominic remerciait Teddy d'avoir le sommeil si léger. S'il avait su, en la regardant s'éloigner ce soir-là, ce que comptait faire Caroline, il ne l'aurait jamais laissée partir.

— Maintenant, souffla-t-elle, tu connais ma part la plus sombre, la raison pour laquelle je ne saurais reprocher à un homme de se suicider. Je me suis retrouvée moi-même trop proche d'un tel désespoir pour ne pas te comprendre si tu en arrivais là.

Au moins pourrait-il la rassurer sur ce point : elle ne risquait pas de le retrouver pendu au lustre ou gisant sur le sol de son bureau dans une mare de sang quand elle viendrait prendre son petit déjeuner, le lendemain matin.

— Je ne suis pas dans une situation aussi désespérée que toi, ou que ton père. C'est vrai, j'ai perdu à peu près tout ce que j'avais gagné ces dernières années, mais peu importe. Je suis jeune, je possède l'énergie et la volonté pour recommencer à zéro, et puis je suis trop fier pour me laisser abattre au premier échec. Cette situation difficile ne sera que temporaire.

Du moins l'espérait-il. Il lui faudrait un sacré coup de chance pour échapper à la pauvreté. De la chance, et un travail acharné.

— Seulement, entre-temps, et malgré mon désir, je ne pourrai te garder.

— Il se fait tard. Mais je ne te gênerai pas plus longtemps que nécessaire. Je partirai demain matin pour le Hertfordshire.

Baissant la tête, il se prit le visage dans les mains. La calme froideur dont elle faisait preuve aggravait son angoisse. Il avait cru qu'elle commençait à s'attacher à lui, qu'il représentait plus pour elle que les cadeaux qu'il lui offrait. Erreur. Indifférente jusqu'à la moelle, elle se souciait comme d'une guigne de ce qu'il deviendrait.

Alors qu'elle ne manifestait que la plus totale indifférence, lui ne songeait encore qu'au fol amour qu'elle lui inspirait.

— La voiture sera à ta disposition jusqu'à midi pour t'emmener à la gare. Ensuite, je crains fort qu'elle ne disparaisse.

Combien d'autres hommes meilleurs que lui avaient survécu à une telle perte ? Il s'en sortirait, même si, en lui, une voix hurlait son désespoir.

Le Hertfordshire s'avérait plus froid et plus gris que Londres.

En d'autres circonstances, Caroline aurait adoré le domaine dont elle était désormais propriétaire, avec son petit mais confortable manoir et ses hectares de bonne terre cultivable. La maison en soi n'était pas aussi vaste ni luxueuse que l'hôtel particulier de Dominic à Londres, ni même que celle de son père où elle avait grandi, mais cette maison était à elle. Elle avait gagné le droit d'y vivre, et personne ne pourrait jamais le lui ôter.

Les terres arables ne semblaient cependant pas en très bon état. Malgré la tristesse qui l'avait envahie après avoir dû abandonner Dominic à Londres, Caroline comprit tout de suite que l'entretien en était déficient. Un examen des rapports de rendement lui permit de confirmer cette impression. Il semblait que quelqu'un se servait au passage, au lieu de réinvestir dans de futures plantations.

À en juger par son regard fuyant, le régisseur se rendait parfaitement compte de sa négligence. En prêtant l'oreille aux bavardages des domestiques, Caroline apprit vite que l'épouse de l'homme en question n'aspirait qu'à s'élever dans l'échelle sociale et que, de son côté, il entretenait discrètement une jolie fille. Deux terribles tentations pour traficoter les comptes.

Il eut beau prétendre que les récoltes avaient été mauvaises, d'autant que le matériel n'était pas assez souvent renouvelé, il finit par céder devant la détermination inébranlable de la nouvelle propriétaire.

Attitude qui fit sourire intérieurement Caroline. Elle avait affronté des situations autrement difficiles que la paresse et la malhonnêteté d'un régisseur qui méritait d'être dénoncé comme un voleur. S'attendait-il donc à ce que, sous prétexte qu'elle était une femme, elle cède devant quelques paroles véhémentes ? S'il ne les avait pas tant volés, elle et Dominic, elle aurait presque eu envie d'en rire.

En l'occurrence, elle se contenta de l'informer d'un ton des plus fermes qu'il était renvoyé et avait jusqu'à la fin de la semaine pour déménager ses affaires. Malgré ses supplications et ses menaces, à la fin de la semaine il n'était plus là.

Le reste du personnel, constatant avec quelle rapidité elle avait réglé son compte au régisseur, ne lui posa pas de difficulté. Certes, le thé disparaissait un peu vite, les bougies aussi, mais c'étaient là des inconvénients mineurs, propres à toute maisonnée ; en revanche, elle ne tolérerait aucun chapardage à plus grande échelle.

Cette propriété lui appartenait et elle se devait de bien la gérer. Les frais scolaires de Teddy et Dorothea avaient été payés pour le trimestre mais, dans quelques semaines, elle devrait trouver l'argent pour le suivant. Ils comptaient sur elle. Elle ne les laisserait pas tomber, ni même se poser de questions sur les finances de la famille. Ils avaient assez enduré de souffrances et d'inquiétudes pour une vie entière.

Cependant, les frais de scolarité ne constituaient qu'une partie de ses soucis. Les dots pour ses sœurs avaient disparu avec la fortune de Dominic. Si elles gardaient une chance de bien se marier, Caroline ne pourrait compter que sur l'argent du domaine qu'elle mettrait de côté. Le poids des cochons à la porcherie, l'épaisseur de la laine sur le dos des moutons prenaient une importance particulière à ses yeux. Ils constituaient l'espoir de Teddy d'entreprendre un jour un métier, et celui de ses sœurs de fonder une famille.

Le temps passait, mais le poids sur son cœur ne s'allégeait pas. Bien que ses journées soient largement occupées par l'entretien de la maison et des terres, bien qu'elle en apprenne chaque heure un peu plus sur ses nouvelles fonctions, elle n'était pas heureuse. Le climat de cet automne devenait de plus en plus humide et frais, et elle avait beau placer des briques chaudes chaque soir dans son lit, elle avait toujours froid.

La présence de Dominic lui manquait, son corps pressé contre le sien, sa force et sa protection et, par-dessus tout, sa gentillesse.

Car il s'était montré plus que gentil avec elle tout le temps qu'avait duré leur liaison. Certes, elle avait été frappée par sa rudesse quand il l'avait renvoyée dès ses premières difficultés financières, mais dans l'ensemble, c'était un homme d'une grande bonté.

Après tout, elle ne lui devait rien. Ils n'avaient eu qu'un semblant de relation, l'ombre de ce qu'ils auraient pu connaître. Nul ne le savait mieux qu'elle, qui avait marchandé tout ce qu'il pourrait lui donner. Maintenant c'était fini, ils s'étaient séparés, et elle constatait qu'elle aurait volontiers renoncé à une bonne partie de ses avantages pour revenir à cette esquisse de bonheur.

Le dimanche après-midi lui apparut vite comme le pire moment de la semaine, lorsqu'elle s'installait, inconsolable, dans le salon pour faire les comptes. Le temps était si couvert que, même à ces heures, elle était obligée d'allumer une lampe pour aligner ses chiffres. Malgré le feu dans la cheminée, la pièce restait humide et glaciale, et Caroline frissonnait en travaillant. Il n'y avait rien de pire que le froid quand on voulait faire ses comptes. Les chiffres refusaient de s'additionner.

Ce dimanche-là, un bruit de roues la tira de ses réflexions. Les visiteurs se faisaient rares à cette époque de l'année, alors que les jours raccourcissaient et que les routes devenaient boueuses. En outre, elle avait tant à faire avec la gestion de ses fermages qu'elle ne s'était pas vraiment donné la peine de se lier avec ses voisins. Ils lui tourneraient le dos s'ils connaissaient sa véritable situation.

Sur le moment, elle ne reconnut pas l'homme que l'on venait de faire entrer dans le salon.

En revanche, son visiteur remarqua tout de suite qu'elle ne le remettait pas et piqua un fard.

— Henry Thackeray, à votre service, madame. Nous nous sommes déjà rencontrés. À Torquay.

Petit et râblé, Henry Thackeray arborait d'épais favoris noirs qui lui encadraient le visage comme deux énormes chenilles. Maintenant, elle se rappelait. Comment avait-elle pu oublier les hommes ivres qui avaient interpellé Dominic, et puis elle-même, avec une telle effronterie ?

Cela la fit gronder intérieurement, car elle devinait la raison de sa visite. Elle aurait tout intérêt à lui faire bon accueil, elle le savait, mais cette idée lui soulevait le cœur. Même si c'était un riche banquier qui pouvait se payer une lingère à temps complet, sa chemise ne sentait pas très bon. Caroline ne supportait pas les hommes négligés.

Néanmoins, elle l'invita à s'asseoir et s'installa elle-même assez loin de lui, tout en restant d'une parfaite politesse. L'odeur âcre de sueur qu'il dégageait eut tôt fait d'envahir la pièce humide, se mêlant à la fumée de l'âtre.

— Mademoiselle Clemens... ou Caroline, si vous permettez ? lança-t-il sans attendre de réponse. Je suppose que vous êtes assez surprise de me voir ici.

Elle inclina la tête.

— Je me demande comment vous m'avez trouvée.

Préférant demeurer seule pour le moment, elle n'avait averti personne de sa connaissance. Ce changement était encore trop neuf, de toute façon, pour que la nouvelle ait eu le temps de se répandre.

— Je suis tombé sur Dominic en ville, et il m'a annoncé son revers de fortune. Je l'avais pourtant prévenu de ne pas faire les placements qui l'ont perdu, mais il n'en a pas tenu compte. L'imprudent. En tout cas, vous imaginez bien que mes pensées se sont portées immédiatement sur vous, de nouveau seule et sans amis.

Quand il souriait, on ne voyait que ses dents.

— Dominic m'a dit où vous trouver, dans votre cachette à la campagne. Alors j'ai sauté dans le train, et me voilà pour vous dire qu'il reste au moins un homme au monde qui pense à vous et à ce qui vous est arrivé.

Elle demeura totalement silencieuse, le laissant exposer tous les avantages qu'elle tirerait d'une liaison avec lui. Sans doute devrait-elle se réjouir de l'arrivée de ce nouveau protecteur prêt à louer les bienfaits qu'elle pourrait lui prodiguer, mais sa seule réaction se résumait à une sorte de dégoût ennuyé. Impossible de s'imaginer en train d'embrasser M. Thackeray, encore moins de l'accueillir dans son lit. Son corps en frémit de révulsion.

— ... mon épouse ne s'opposera pas à notre relation, je peux vous le garantir. Elle dispose de tout ce dont une femme peut rêver, deux beaux enfants en bas âge, une jolie maison pleine de domestiques et beaucoup d'argent de poche pour s'acheter des gants. Je lui offre régulièrement de nouvelles robes. Elle saura s'en contenter. D'ailleurs, je doute qu'elle s'apercevra seulement que j'aurai cessé de visiter son lit.

Cette dernière remarque le fit grimacer.

Caroline secoua la tête. Impossible, même pour payer l'école de Teddy. Elle économiserait jusqu'au moindre penny si cela pouvait la préserver de prendre M. Thackeray pour amant. Jamais il ne le deviendrait. Ce serait les rabaisser, l'un autant que l'autre.

— C'est très gentil à vous d'être venu d'aussi loin pour me rendre visite.

Il sourit.

— Tout le plaisir est pour moi, Caroline.

— Mais je ne pourrai pas accepter cette proposition. Pas de la part d'un homme marié.

Ce fut la meilleure excuse qu'elle trouva sur le moment. Il avait effectué tout ce chemin pour la voir, et il serait malvenu de le rabrouer alors qu'il se montrait si gentil.

— Si vous étiez célibataire, ce serait différent.

Elle alla jusqu'à laisser échapper un soupir de regret.

— Mais je ne m'immiscerai jamais entre un homme et sa femme. Ce ne serait pas bien.

Il afficha un air abattu.

— Ma femme ne m'a épousé que pour mon argent. Elle se moque éperdument de ce que je ressens. J'aurais cru que vous… que vous me comprendriez.

Le sot ! Aller croire qu'il pourrait acheter sa compréhension.

— Aucune femme ne se marie uniquement pour l'argent. Elle devait au moins éprouver une immense sympathie envers vous pour vous accepter à ses côtés.

— Vous croyez ?

L'espoir qui apparut sur son visage donna presque des remords à Caroline. Quelle qu'ait été la raison pour laquelle sa femme l'avait épousé, lui, en tout cas, ne s'était pas marié pour l'argent. L'infortuné M. Thackeray était encore amoureux d'elle.

Un élan de pitié envahit Caroline. Le malheureux, être marié à une femme qu'il aimait mais qui ne lui rendait pas son affection ! Elle pourrait peut-être faire une bonne action. En tout cas, il ne lui coûterait rien d'essayer.

— Je ne puis être votre maîtresse, mais vous méritez une récompense pour avoir effectué un tel voyage dans le but de m'offrir votre appui. Voudriez-vous que je vous enseigne comment regagner son amour ?

Il cligna des paupières, comme s'il n'arrivait pas à y croire.

— Vous... Vous feriez ça pour moi ?

— Si vous en êtes d'accord.

— J'en serais enchanté ! Mais j'aurais cru que c'était impossible. C'est pourquoi j'avais décidé...

Il n'acheva pas sa phrase.

— C'est pourquoi vous aviez décidé de me rendre visite.

— Exactement.

Il eut le bon goût de prendre un air penaud.

Caroline sonna pour commander le thé.

— Voyons, que je réfléchisse un peu, dit-elle en écrivant quelques mots sur un bout de papier. Nous en discuterons devant une tasse de thé.

— Vous n'auriez pas plutôt du sherry ? s'enquit-il. L'après-midi, je préfère le sherry.

— Je suis désolée, je ne bois pas d'alcool. Les femmes n'aiment pas beaucoup cela... ni son effet sur les hommes.

— J'ai l'impression qu'il y a beaucoup de choses que les femmes n'aiment pas, maugréa-t-il tandis qu'elle écrivait. Les alcools forts, les semelles boueuses et plein d'autres trucs. Si vous me disiez plutôt ce qu'elles aiment ?

Caroline lui servit une tasse du thé qui venait d'arriver... En fait, le domestique devait attendre derrière la porte pour les servir aussi vite !

— Les femmes aiment les hommes actifs, dit-elle. Il vous faudrait marcher tous les matins, au moins deux kilomètres.

Cela permettrait de diminuer sa panse et d'améliorer sa pâleur anormale. Si une peau blanche pouvait être considérée comme une qualité, lui semblait vivre dans une grotte.

Pourtant, il blêmit à la perspective d'un tel exercice.

— Tous les matins ?

Jetant un regard perplexe sur sa tasse, il but une gorgée, fit la grimace.

— Tous les matins avant le petit déjeuner, précisa-t-elle. Ensuite, quand vous rentrez, vous devez prendre un bain, vous coiffer, tailler votre moustache, enfiler des dessous propres, avant de vous rendre à la City.

Elle faillit ajouter qu'il ferait mieux aussi de raser ses monstrueux favoris, mais n'osa pas aller trop loin pour une première fois. Déjà, s'il les entretenait un peu, il aurait moins l'air d'un loup-garou mal peigné.

Cette fois, il paraissait carrément suffoqué.

— Des dessous propres tous les matins ? Je n'en change qu'une fois par semaine, le samedi.

Ouille ! La pauvre Mme Thackeray. Cette femme devait être une sainte pour supporter les habitudes répugnantes de son mari.

— Des dessous propres tous les matins, répéta-t-elle fermement. Et quand vous rentrez le soir à la maison, il faut vous baigner et changer encore de chemise, si vous vous habillez pour aller dîner.

— Une autre chemise pour le dîner ?

— Une femme n'aime rien tant que l'odeur des chemises propres.

— Quel gâchis ! Je vais devoir acheter des tonnes de sous-vêtements. Ma femme ne préférerait-elle pas une jolie broche de perles à la place de tous ces chichis ?

— Apparemment, elle ne se contente pas de bijoux, puisque vous êtes venu jusqu'ici.

— Je lui en ai déjà offert des dizaines, confessa-t-il. Mais rien n'y fait.

— Aime-t-elle particulièrement les perles ?

Question qui parut le plonger dans un abîme de perplexité.

— Comme toutes les femmes, non ?

Pauvre homme. Il ne comprenait strictement rien aux femmes. Elle allait rendre service à l'humanité en l'éduquant un peu.

— Pas moi. Je les trouve trop fades, incolores… elles n'ont pas de vie, pas de feu. Je préfère les émeraudes. Et il y a une limite au nombre de broches qu'une femme peut porter en une seule vie.

Elle le laissa réfléchir un moment à ce qu'elle venait de dire, avant de reprendre la leçon.

— Pendant le dîner, demandez à votre épouse si elle a passé une bonne journée et écoutez sa réponse, attentivement. Admirez son nouveau bonnet. Félicitez-la pour son élégance. Après le dîner, aidez-la à baigner les bébés et à les mettre au lit.

— Baigner les bébés ? répéta-t-il d'un ton horrifié. Mais c'est le travail de la nurse ! Je ne saurais comment m'y prendre.

— Il est donc temps que vous appreniez… du moins, si vous voulez impressionner votre épouse. Et quand vous êtes au lit avec elle, vous devez veiller à satisfaire ses désirs autant que les vôtres.

— Mais... c'est une femme respectable. Elle n'a pas de désirs.

— Allons donc ! Toutes les femmes, respectables ou pas, en ont. Il revient au mari de découvrir comment les susciter, et ensuite de les satisfaire.

Il rougit jusqu'aux oreilles.

— Vous voulez dire que toutes les femmes... balbutia-t-il. Même les épouses ? Même Prudence ?

— Surtout les épouses. Elles aiment savoir ce qu'elles représentent aux yeux de leurs maris. Je suis prête à parier que votre Prudence n'est pas différente des autres.

Il n'en revenait pas.

— Je n'aurais jamais cru cela. Voulez-vous vraiment dire que tout ce... toutes ces polissonneries leur plaisent ?

— Bien sûr ! Et si elle n'a pas un cœur de pierre, cela le fera fondre.

D'un geste brusque, il remit son chapeau et se leva, sans avoir davantage touché à son thé.

— Merci pour ces précieux conseils, dit-il d'un ton quelque peu dubitatif. Je pense que je vais essayer. De toute façon, je n'ai rien à perdre.

Là-dessus, il partit en marmottant, regagna son attelage.

Et Caroline de se dire qu'il n'y avait pas deux courtisanes comme elle...

Assise devant la fenêtre, elle contempla la pluie. Elle n'avait rien trouvé de mieux que de tomber amoureuse de son seul client. Et maintenant, elle ne pouvait plus accepter aucune nouvelle offre, même s'il était dans son intérêt de prendre un protecteur. L'agriculture présentait des ressources tout aussi incertaines que la spéculation. Il suffirait d'une mauvaise récolte, d'une chute des prix pour qu'elle se retrouve à nouveau sans rien. Il lui faudrait quelques bijoux susceptibles d'être mis en gage quand les affaires n'iraient plus, ainsi que quelques robes élégantes à revendre pour pouvoir parer à certains désastres.

Pour cette seule raison, elle n'aurait jamais dû envoyer promener M. Thackeray, même si elle n'aimait pas ses mains moites et sa taille épaisse. Il avait beaucoup d'argent. Elle n'était qu'une courtisane. Elle ferait mieux de songer davantage au portefeuille des messieurs plutôt qu'à l'aspect de leurs favoris.

Cependant, un seul homme lui occupait l'esprit : Dominic.

Cette semaine-là, elle reçut un visiteur après l'autre, tous venus dans le même but que M. Thackeray. Le jeune Frederic Warning fut vite renvoyé avec un baiser sur la joue : autant qu'il gagne le pari qu'il avait fait avec ses amis d'Oxford. Sir Oliver Pickering lui fit une offre qui, étant donné l'état désastreux de son portefeuille, pouvait sembler relativement généreuse, mais ce n'était pas assez pour tenter Caroline. Edward Bartles lui laissa clairement entendre qu'elle ne l'attirait que parce qu'elle avait été à Dominic et qu'il avait l'intention de s'emparer de tout ce qui lui avait appartenu. Elle le renvoya avec le mépris qu'il méritait.

Le capitaine Bellamy eut le culot de venir lui refaire la même proposition radine que la première fois. Elle le fit jeter dehors par son valet et lâcha les chiens. Quand elle le vit courir vers sa voiture en poussant des cris affolés, elle sentit son cœur bondir de joie. L'un des chiens alla jusqu'à sauter à bord, lui arrachant le fond de son pantalon au passage ; elle se sentit complètement vengée et se promit d'offrir une ration supplémentaire de viande à ce brave molosse.

Les semaines passèrent ; parfois, elle recevait encore des propositions, plus ou moins séduisantes. Mais aucune pour la décider à changer de vie. Ils étaient tous trop vieux, trop jeunes, trop pauvres, trop agressifs, ou trop mariés. Elle n'en voyait pas un seul pour remplacer Dominic dans son lit.

Pourtant, elle savait que ses tergiversations n'allaient pas remplir ses coffres. Elle allait devoir prendre un autre amant, et le plus tôt serait le mieux. Les frais de Teddy ne se paieraient pas tout seuls et, si elle voulait voir régulièrement ses sœurs, elle devait régler leurs billets de train. Ce n'étaient pas leurs maigres gages qui leur permettraient de s'offrir un voyage par semaine.

En outre, mille autres dépenses se présentaient sans cesse. Il fallait refaire la toiture de la maison, réparer les fermes de ses métayers. À vrai dire, tous les revenus de ses terres ne servaient qu'à entretenir ses terres.

Elle poussa un soupir. Ce genre de propriété rurale, même si elle lui offrait un abri, ne pouvait en aucun cas représenter une solution à ses soucis financiers, comme elle l'avait espéré.

En fait, il lui fallait une marraine, une femme bien placée dans le monde qui lui ferait une publicité discrète auprès des hommes adéquats. Elle se sentait prête à payer cette femme, à lui céder un pourcentage. Encore devait-elle en trouver une.

Son hôtesse de Sucré Salé. Voilà l'idée ! Les Cornouailles se trouvaient trop loin des chemins les plus courus pour attirer beaucoup d'amateurs, mais Mme Bertram connaissait certainement ce genre de femme à Londres et pourrait la présenter à l'une ou l'autre.

Elle allait immédiatement le lui demander, tant qu'elle en avait encore le courage.

Assise à son bureau, elle entreprit de rédiger une lettre des plus délicates.

Dominic s'arrêta devant l'entrée du lugubre café, au milieu du sinistre faubourg bordant le quartier des affaires. *Palimpseste*, indiquait la pancarte au-dessus de la porte. Un rapide coup d'œil à travers les vitres sales suffit à lui confirmer que ce n'était qu'un vulgaire café. Il apercevait quelques clients en train de lire le journal en s'offrant un peu de repos après une longue journée de travail. L'un d'eux dévorait une énorme côtelette, coupant la viande avec de grands gestes gourmands.

Dominic jeta un coup d'œil à l'invitation, vérifiant l'adresse écrite en haut de la carte. Cela correspondait bien au numéro doré plaqué sur la porte devant lui. Ce devait être l'endroit indiqué.

Une clochette de cuivre tinta pour annoncer son entrée.

Avec un manque de confiance qui ne lui ressemblait pas, il tapota la poche de sa veste pour la centième fois, sentant la mince enveloppe qui contenait son offre à Caroline. Une offre des plus modestes, mais c'était tout ce qu'il avait.

Sa dernière chance, s'il lui en restait une, de la retrouver.

Une jeune serveuse vêtue d'une belle robe de coton s'approcha de lui.

— Une table, monsieur ? Nous préparons des côtelettes pour un bon prix, si vous voulez manger un morceau.

Décidément, elle présentait mieux que ce à quoi il aurait pu s'attendre dans un modeste café de ce faubourg.

— Je viens voir Mme Erskine.

Devant le regard interrogateur de la fille, il brandit sa carte.

— J'ai une invitation.

Elle n'y jeta qu'un rapide coup d'œil.

— Vous devez être l'un des messieurs de Mlle Clemens. Veuillez me suivre.

Il lui emboîta le pas, pressé de voir l'affaire se conclure, d'une façon ou d'une autre. Désormais, il ne pouvait plus rien changer au cours des choses. Il présenterait son offre, Caroline déciderait, et il retournerait dans son triste appartement. Seul.

Inutile de nourrir de vains espoirs. Jamais elle ne le choisirait. Une fois déjà, il avait eu le cœur brisé ; si elle lui échappait encore, il ne s'en remettrait sans doute pas.

La serveuse ouvrit une porte, puis l'entraîna dans un couloir obscur jusqu'à une autre salle.

Alignés autour d'un tapis, une dizaine d'hommes attendaient, tous plus âgés que lui ; ils se surveillaient du regard et ne cherchaient pas à entamer la conversation. À son entrée, ils se tournèrent vers lui, l'air mauvais.

Ce devaient être d'autres candidats. Des rivaux.

Lui non plus n'avait pas envie de leur sourire. Avant la fin de la nuit, l'un d'entre eux serait établi nouveau protecteur de Caroline, avec tous les droits que cela lui donnerait sur elle. Qui que ce soit, il le haïssait déjà. Aucun de ces types n'était digne d'elle.

Aucun ne plairait à Caroline. D'abord, ils étaient gras et sentaient le tabac froid.

Cependant, ils avaient cette aura de supériorité apportée par la richesse. Il aurait juré que pas un ne s'était fait tout seul, comme lui, ou même n'avait travaillé ne serait-ce qu'une journée. La plupart n'étaient que de gros héritiers libidineux.

Se détournant, il reporta son attention sur la salle. Les toiles qui ornaient les murs représentaient des scènes érotiques, hommes et femmes dans toutes sortes de positions. Cette atmosphère de sexualité débridée lui donna des sueurs froides. Il passa une main dans son col pour le dégager un peu.

Venue du fond de la salle, une femme âgée s'approcha de sa démarche souveraine, semblant flotter au-dessus du sol dans sa robe longue.

— Bonjour, monsieur Savage. Je suis enchantée de constater qu'en fin de compte, vous assisterez à nos petites enchères. Si vous voulez bien me remettre votre offre, je vais bientôt ouvrir les activités de la soirée. Je crois que tous mes convives sont là.

Réprimant un soupir de désespoir, Dominic lui tendit l'enveloppe. Il savait d'ores et déjà que sa proposition ne pourrait en aucune façon approcher celle des autres hommes présents dans la salle. À vrai dire, il ne savait même pas pourquoi il avait changé d'avis, à ce détail près qu'il ne pouvait supporter l'idée de voir Caroline sortir à jamais de sa vie, sans au moins risquer une ultime tentative pour la retenir.

Mme Erskine plaça son enveloppe parmi les autres, au milieu d'un plateau d'argent posé sur un buffet.

Dominic se planta un peu à l'écart du groupe et il n'ouvrit pas la bouche, ne se présenta pas.

Une jeune femme entra dans la salle, foulant le tapis d'un pas assuré pour aller chercher le plateau d'argent.

Dominic ne perdit pas un de ses mouvements des yeux, pas plus que les autres hommes. C'était la serveuse qui l'avait accueilli à l'entrée, mais elle ne portait plus sa robe de coton. En fait, elle était à peine habillée.

Elle arborait une longue tunique argentée qui moulait sa mince silhouette, soulignant chacune de ses courbes. Un décolleté plongeant dénudait presque toute sa poitrine et, dans le dos, le tissu fendu révélait à peu près toute la hauteur de ses jambes. En quittant la salle, elle adressa aux hommes qui la dévoraient des yeux un sourire timide avant de s'éclipser avec le plateau, emportant la dernière chance de Dominic de regagner le cœur de Caroline Clemens.

Un bref silence, puis Mme Erskine reprit la parole.

— Messieurs, tout d'abord, merci pour votre présence ici ce soir. Comme vous devez vous en douter, Mlle Clemens est en train d'examiner vos offres. Elle n'a aucunement l'obligation de choisir dès ce soir son nouveau protecteur, mais elle pourrait très bien le faire. De toute façon, elle a promis de nous donner au moins une réponse préliminaire dans une demi-heure, afin d'indiquer les premiers noms qu'elle aura retenus. En attendant, j'ai prévu un petit numéro pour vous distraire. Ce café s'est fait une belle réputation en matière de divertissements.

Cette dernière phrase fut accompagnée d'un sourire et d'un regard appuyé sur plusieurs des hommes présents dans la salle.

Caroline s'était installée dans une petite pièce attenante pour examiner, non sans angoisse, les lettres étalées devant elle. Parmi elles se trouvait le résumé des prochaines années de sa vie. Sa destinée sur un simple morceau de papier.

L'une des filles de Mme Erskine avait ouvert les enveloppes puis étalé les offres sur un grand bureau, cachant les noms de leurs auteurs.

Les instructions données à chacun d'eux stipulaient de ne mentionner leur nom qu'à l'envers du feuillet, afin que Caroline puisse choisir une offre sans préjugé. Pour une fois dans sa vie, elle voulait prendre une décision en se basant sur la logique et la raison, non sur l'émotion. En vraie courtisane, elle accepterait la meilleure proposition. L'argent d'un homme était toujours bon à prendre.

Avant d'examiner chaque lettre, elle ne put résister à la tentation de jeter un regard à la salle, afin de se faire une idée de ce qui l'attendait pour les années à venir.

À travers un petit trou de guet, elle aperçut un groupe d'hommes quasi obèses, en train de fumer le cigare. En outre, presque tous portaient une grosse moustache. Cela lui piquait la peau rien que d'y penser.

Avec un petit sourire, elle s'avisa qu'elle aurait peu de chances d'en trouver un parmi eux, plus beau, à la silhouette mince et athlétique, sans barbe de préférence…

Peu importait : le choix serait plus facile si elle savait que chacun des candidats était aussi peu attrayant que son voisin. Elle allait se retrouver au bras d'un homme dont le seul charme serait la fortune. C'était l'unique perspective qui lui restait.

À l'écart des autres, Dominic vit le groupe se retourner comme un seul homme vers les deux jeunes femmes qui venaient de faire leur entrée et se dirigeaient vers le centre du tapis. Dans un coin, une troisième femme se mit à jouer un sensuel morceau de piano, sur lequel ses compagnes se mirent à danser.

Il les regarda du coin de l'œil, leurs robes de mousseline flottant comme des voiles autour d'elles, laissant de temps à autre apparaître un bout de sein ou une jambe dénudée.

Elles se rapprochèrent brièvement, le temps d'ôter chacune une écharpe sur l'autre, révélant un peu plus de nudité.

Alors qu'il n'avait plus aucune emprise sur son destin, Dominic n'avait guère le cœur à ce genre de batifolage. Il ne pouvait s'empêcher de penser que Caroline était là, tout près, en train d'effectuer un choix parmi des offres plus attrayantes les unes que les autres.

Sauf une. La sienne.

Quelle sottise il avait commise en venant ! Ce qu'il proposait, elle pouvait le trouver n'importe où. Il ne se distinguait plus de la masse anonyme du peuple.

Furieux, il tourna les talons et se dirigea vers la porte.

Caroline examinait les offres étalées sur la table en essayant de rattacher chacune aux hommes qu'elle avait aperçus dans la salle voisine. La plupart se ressemblaient mot pour mot, avec leurs textes denses et leurs colonnes de chiffres. À croire qu'elles avaient toutes été rédigées par le même notaire ou le même comptable.

Une seule, cependant, attira son attention, totalement différente des autres. L'écriture en était grande et nette, elle ne comportait que peu de paragraphes et, apparemment, aucune forme d'arithmétique.

Caroline se mit à lire.

Ce n'est pas le feu
Mais il brûle le corps.
Ce n'est pas une arme
Mais il perce le cœur.
C'est mon amour pour toi et tout ce que j'ai à t'offrir.

Étouffant un cri, elle recula, comme si ces paroles venaient de la frapper avec l'intensité d'une gifle. Elle n'avait pas besoin d'en lire davantage. Aucun des hommes qu'elle avait aperçus ne pouvait avoir écrit cela. Se précipitant vers le trou, elle regarda de nouveau dans la salle.

Ce fut le mouvement qui capta son regard. Derrière les filles à demi nues qui dansaient autour des hommes, une mince silhouette se dirigeait vers la porte.

Dominic !

Malgré ses épaules anormalement affaissées, elle aurait pu le reconnaître n'importe où.

Au diable la logique et la raison, au diable l'argent ! Sa propriété suffirait à les loger tous les deux. Et si cela ne suffisait pas, eh bien, qu'ils soient pauvres ensemble ! Elle préférait cela à la richesse sans lui.

Dans un brusque mouvement qui éparpilla au sol les autres propositions, elle quitta la pièce et se rua vers le vestibule, craignant qu'il ne parte avant de l'avoir vue.

Dominic se retrouva dans le café proprement dit.

— Une table, monsieur ?

Il marqua une courte hésitation. Rien ne le retenait ici, rien ne l'attendait non plus derrière la porte. Autant reprendre des forces avant de partir.

— Oui, une table, s'il vous plaît, et une côtelette avec un café.

Assis à la place qu'on venait de lui indiquer, il s'empara d'un numéro du *Times*, pour étudier aussitôt les pages financières. Son dernier projet avait donné de bons résultats et il guettait une nouvelle opportunité. Encore que cela ne risquât pas de le tirer d'affaire, alors qu'il venait de fermer la porte à l'unique personne qui comptait pour lui.

Caroline surgit dans le café, essoufflée d'avoir dévalé le corridor et le vestibule. La salle du restaurant était déserte, à part un homme dont le visage disparaissait derrière un journal grand ouvert.

Tout en reprenant sa respiration, elle s'approcha lentement de lui.

— J'ai toujours aimé t'écouter réciter de la poésie.

D'un geste décidé, elle écarta le journal et posa les yeux sur l'homme qu'elle aimait.

Dominic eut l'impression de se pétrifier sur place. Elle était là, devant lui. Caroline.

Un long moment s'écoula avant qu'il ne retrouve sa voix.

— Et moi, j'ai toujours aimé écouter les battements de ton cœur, surtout quand on sait quel courage l'habite.

Le sien battait la chamade alors qu'il guettait ce qu'elle allait lui répondre.

Caroline ne le fit pas attendre trop longtemps. Posant une main sur la sienne, elle le regarda dans les yeux.

— Je t'aime, Dominic. Et j'accepte ton offre.

AVENTURES & PASSIONS

5 novembre

Zoë Archer

Les justiciers - 1 - Un désir de vengeance

Inédit

Ancien gamin des rues, ancien voleur, ancien boxeur, Jack Dalton croupit depuis plus de cinq ans dans la prison de Dunmoor. Lorsq'il apprend que lord Rockley, l'assassin de sa sœur, se trouve dans une auberge du coin. Il va s'évader et se venger. Arrivé sur le lieu du rendez-vous, deux hommes l'attendent et une jolie blonde pointe un pistolet sur lui.

✦

Lisa Kleypas

La famille Vallerand - 2 - Le capitaine Griffin

Inédit

Le bateau qui conduit Célia Vallerand à La Nouvelle-Orléans est attaqué par des boucaniers. Dans l'embuscade, son mari est tué. Captive, la jeune veuve est rachetée par le mystérieux capitaine Griffin. Dominateur et cynique, il prend ce qu'il veut quand il le veut. Révoltée par sa brutalité, Célia ne peut cependant lutter contre la passion qu'il éveille en elle.

✦

Julie Garwood

Le voile et la vertu

Seul un mariage avec un Anglais peut sauver la princesse Alexandra. Son tuteur, le marquis de Cainewood, observe les débuts de sa ravissante pupille dans le monde. Elle est une proie rêvée pour les coureurs de dots. De plus, des rumeurs courent sur la disparition mystérieuse de jeunes héritières. Le meilleur moyen de la protéger serait de l'épouser. Mais est-il prêt à sacrifier sa liberté ?

Eloisa James

Les sœurs Essex - 1 - Le destin des quatre sœurs

Être le tuteur de quatre belles jeunes filles est une lourde tâche pour le duc de Holbrook. Ce n'est pas tout de les recueillir, il va falloir les marier. Malgré sa bonne volonté, le duc est dépassé. Aussi la raisonnable Tess Essex décide-t-elle de se dévouer. N'est-elle pas l'aînée ? Mais qui épouser ? le très sérieux comte de Mayne ou le sulfureux Lucius Felton ?

✦

Monica Burns

Kismet

Inédit

1893. Shaheen vit au milieu d'une tribu bédouine qui l'a adopté et il est devenu le garde du fils du chef de la tribu. Volontairement, il a oublié son passé, son pays, son titre. Par hasard, il va rencontrer une autre Britannique en visite au Maroc, elle aussi hantée par de sombres souvenirs. Aucun des deux n'y croit, mais rapidement ils vont développer une relation complexe et passionnée.

19 novembre

Mary Balogh

La saga des Bedwyn - 6 - Le mystérieux duc de Bewcastle

Inédit

Qui va conquérir le cœur du mystérieux duc de Bewcastle, cet homme fier, dédaigneux, insensible, qui n'a qu'un intérêt dans la vie : sa famille et son rang. Bien sûr, il a une maîtresse, mais à la mort de celle-ci il ne voit qu'une solution : trouver une nouvelle maîtresse aussi discrète que Rose. Mais qui ? Peut-être cette jeune veuve pleine de vie et qui ose se moquer de lui ?

✦

Monica McCarthy

Les chevaliers des Highlands - 7 - Le chasseur

Inédit

1300, Écosse. Excellent pisteur, Ewen Lamont dit le Chasseur doit retrouver un courrier qui a disparu lors d'une mission secrète. Sa cible n'est pas banale, il s'agit de sœur Genna, religieuse ravissante et rebelle avec laquelle il a échangé un baiser resté gravé dans sa mémoire. Dès lors, lutter contre les charmes de la belle pourrait être le combat le plus difficile d'Ewen.

✦

Johanna Lindsey

En proie à la passion

Tristan de Thorpe doit concrétiser son mariage avec l'aînée des filles du baron Cristin. Mais Tristan a gardé un souvenir cuisant de sa future épouse alors âgée de six ans. Une furie qui, comme il le constate, s'est transformée en une véritable mégère. Dommage qu'on ne lui ait pas promis l'autre fille, une véritable beauté !

Mary Balogh

Les trois princes - 1 - Puritaine et catin

Jeune veuve et sans le sou, Anna Wren décide de travailler. Or le comte de Swartingham cherche de toute urgence une secrétaire. Engagée, Anna apprend à apprivoiser le maître de Ravenhill Abbey, homme disgracieux, autoritaire, colérique, bourru. Pourtant, Anna ne peut nier l'attirance qui grandit entre eux et qui va les emporter dans une passion que la société de l'époque réprouve.

✦

Kris Kennedy

Le valeureux guerrier

1152. L'Angleterre est ébranlée par de violentes guerres civiles qui opposent le roi Henri III et le roi Stephen. Une nuit, Gwen de l'Ami, la jeune comtesse d'Everoot, rencontre Griffyn Sauvage, ténébreux guerrier. Elle est d'emblée séduite, mais Griffyn n'a qu'une idée : récupérer les terres qui lui ont autrefois été volées et dont la jeune fille est désormais l'héritière.

PROMESSES

5 novembre

Roxanne St. Claire

Barefoot Bay - 1 - Pieds nus dans le sable

Inédit

Un ouragan a anéanti la maison où vivaient Lacey Armstrong et sa fille Ashley, sur la plage de Barefoot Bay. Qu'à cela ne tienne, Lacey décide de tout reconstruire et de réaliser son rêve de toujours, ouvrir une maison d'hôtes.
Clay Walker, architecte comme son père, a besoin d'un projet pour lancer sa carrière et prouver à celui-ci ses propres compétences. Quand Clay propose à Lacey de l'aider gracieusement, a-t-il idée du bouleversement que cela va entraîner dans leurs vies ?

19 novembre

Tracy Brogan

Douces folies

Inédit

S'il y a bien une chose que sait faire Sadie, c'est mettre de l'ordre. Aussi, lorsqu'elle constate que sa vie n'est plus qu'un vaste capharnaüm, elle se dit qu'un petit séjour chez son excentrique tante Dody, au bord du lac Michigan, lui fera le plus grand bien. Elle va recharger ses batteries et panser les plaies laissées par son ex-mari infidèle. Loin des hommes. Tous autant qu'ils sont. Tous ? Calamité. Dody s'est mis en tête de jouer les entremetteuses et de la marier avec son voisin. Or, Desmond est le pire cauchemar de Sadie. Il est beau, grand, bronzé et musclé. Et en plus, il s'entend à merveille avec ses enfants.
Il a forcément un défaut.

Passion intense

5 novembre

Erin McCarthy
Bouche à bouche

Laura a rendez-vous avec un homme rencontré sur Internet. Il est là, en effet. C'est bien celui qu'elle a vu en photo. Il s'appelle bien Russ Evans et il est bien flic à Cleveland. Pourtant ce n'est pas avec lui qu'elle échangeait, mais avec un escroc qui usurpait son identité. Laura est terriblement déçue. Et même si le vrai Russ Evans ne s'intéresse pas à elle, Laura compte bien mettre un peu de piment dans sa vie…

CRÉPUSCULE

19 novembre

Michele Bardsley
Bienvenue à Nevermore - 2 - Sombre sacrifice
Inédit

Cela fait plusieurs nuits que le shérif Taylor Mooreland est tourmenté par la vision d'une femme à l'agonie. Aussi, quelle n'est pas sa surprise de découvrir la belle inconnue de ses cauchemars enchaînée à un autel en plein milieu des bois, offerte en sacrifice. Bouleversé par ce spectacle, Taylor se jure de protéger la mystérieuse Lenore, et ce, même s'il lui faudra déjouer la magie la plus noire qui soit...

Romantic
Suspense

5 novembre

Allison Brennan
Poursuite fatale

Enfant, Olivia St. Martin a vécu l'enlèvement et le meurtre de sa sœur. Trente ans plus tard, la nouvelle tombe : Brian Harrison Hall, blanchi par une analyse d'ADN, va être libéré. Ce qui signifie que le vrai criminel court depuis des années... Usant de son poste au FBI, Olivia reprend discrètement l'enquête, aidée de l'inspecteur Zack Travis. Zack aussi s'est juré de démasquer le tueur car, comme Olivia, il dissimule de vieilles blessures…

19 novembre

Julie Ann Walker
Forces d'élite - 2 - Au prochain virage
Inédit

Becky Reichert ne va jamais au-devant des ennuis, c'est eux qui viennent à elle. Comme le jour où Frank Knight lui a demandé s'il pouvait utiliser sa boutique de motos comme couverture, afin de dissimuler Black Knight Inc, son agence secrète de forces d'élite. Un projet que Becky s'était vue accepter, sans doute grâce à son petit audacieux. Sauf que, trois ans plus tard, prise en otage, Becky regrette amèrement sa décision et se surprend à espérer l'aide de l'ex-SEAL…

Et toujours la reine du roman sentimental :

Barbara Cartland

« Les romans de Barbara Cartland nous transportent dans un monde passé, mais si proche de nous en ce qui concerne les sentiments. L'amour y est un protagoniste à part entière : un amour parfois contrarié, qui souvent arrive de façon imprévue.
Grâce à son style, Barbara Cartland nous apprend que les rêves peuvent toujours se réaliser et qu'il ne faut jamais désespérer. »

Angela Fracchiolla, lectrice, Italie

Le 5 novembre
Un cœur qui chante

10886

Composition
FACOMPO

Achevé d'imprimer en Italie
par GRAFICA VENETA
le 1er *septembre 2014.*

Dépôt légal septembre 2014.
EAN 9782290097779
OTP L21EPSN001310N001

ÉDITIONS J'AI LU
87, quai Panhard-et-Levassor, 75013 Paris

Diffusion France et étranger : Flammarion